魔法少女育成計画
「赤」
遠藤浅蜊
Endou Asari
illustration マルイノ

ピティ・フレデリカ
（カシキアカルクシヒメ）
たくさんの魔法の
水晶玉を操るよ
リップル
手裏剣を
投げれば
百発百中だよ
スノーホワイト
困っている人の
心の声が聞こえるよ
カナ
（ラツムカナホノメノカミ）
質問をすれば
答えがわかるよ
オールド・ブルー
（初代ラピス・ラズリーヌ）
本質を見抜く目を
持っているよ
メピス・フェレス
甘い言葉で堕落
させちゃうよ
テティ・
グットニーギル
魔法のミトンで
なんでも
つかめるよ
クミクミ
物体を壊したり
組み立てたり
できるよ
MAGICAL
GIRL'S

雷将アーデルハイト
吸収したエネルギーを再利用できるよ
ミス・リール
金属でできた身体の材質を変えられるよ
ラッピー・ティップ
魔法のラップでなんでも保存できるよ
カルコロ
魔法のソロバンで計算したり戦ったりするよ
サリー・レイヴン
カラスの使い魔を作り出せるよ
プリンセス・ライトニング
雷の力で敵と戦うよ
奈落野院出ィ子
一瞬だけどこにもいなくなるよ
クラシカル・リリアン
魔法の編み機で好きなものを編み上げるよ
プシュケ・プレインス
魔法の水鉄砲で戦うよ

0（ラブ）・ルールー

石に秘められた
力を解き放つよ

アーク・アーリィ

攻撃を受ければ
受けるほど強くなるよ

三代目ラピス・ラズリーヌ

気分を変える魔法の
キャンディーを作るよ

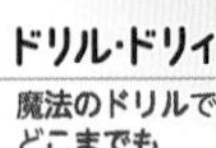

ドリル・ドリィ

魔法のドリルで
どこまでも
掘り進めるよ

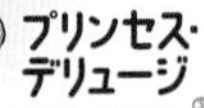

プリンセス・デリュージ

氷の力を
使って
敵と戦うよ

ブレイド・ブレンダ

切れば切るほど
切れ味が
上がるよ

キャノン・キャサリン

好きなだけ弾を撃ち出せるよ

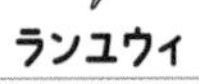

ランユウィ

扉と扉を繋げる
ことができるよ

魔法少女育成計画

遠藤浅蜊
Endou Asari
illustration
マルイノ

CONTENTS

特製 リバーシブルカバー仕様！
カバー裏にもうひとつのカバーイラストが！
裏返して楽しもう！

イラスト：マルイノ
デザイン：AFTERGLOW

第五章
無口な人形達
129
第六章
私達はあきらめない
163
第七章
血で血を洗う
193
第八章
マジカルダンジョンバスターズ
225
第九章
二年F組
251
第十章
魔法少女狩り
279
最終章
その先へ。
309
Go ahead!!

プロローグ

◇カシキアカルクシヒメ

身体能力の確認は終えた。ピティ・フレデリカだった頃に比べてあらゆる数値が大幅に上昇している。フレデリカが理想とする魔法少女にとって最重要なポイントではないものの、これからやろうとしていることには必要となる。

魔法の確認も終えた。攻撃性を増し、戦闘では強力さを押し付けて敵を粉砕することができるようになるだろう。日常での利便性は以前の方が勝っていたが、目を瞑る。

精神的には昂っている。興奮しないわけがないのだからそれはいい。知性は上向きも下向きも感じない。少なくとも数字の上では「自覚しないまま知性が鈍磨していた」という悲劇は否定されている。

見た目は多少の華やかさを加えつつベースはフレデリカだ。本来なら全く別人になってしまった方が都合はいい。いいのだが、そうしなかった理由がある。下手に身長体重を変化させて不慣れな肉体で下手を打っては困るというのが表向きの理由、裏向きの理由は「リップルやスノーホワイトと出くわした時、フレデリカだと気付いてもらえないのはあまりにも寂しい」というもので、当然こちらは誰にもいえない。

知識はしっかりと仕入れてある。遺跡は危険だ。寺社、屋敷、学校、時代が進むと共に形を変えて「魔法の国」は入り口を施設で塞ぎ、見張りを送り込んでいた。現代では実験場のホムンクルス軍団によって鉄壁の防御網が敷かれていたが、事件や事故が重なって今は出入りしやすくなっている。

三賢人の現身（うつしみ）の一人、プク・プックはとんでもない計画を実行しようとした。焚火（たきび）に折れ枝をくべるが如く、魔法少女を材料に「魔法の国」のエネルギー問題を解決しようとしたのだ。反対されないわけがないとんでもない計画であり、こんなことをやろうとする故プク・プックのとんでもない人柄が偲（しの）ばれる。そんなとんでもないプク・プックでさえ学校の遺跡を使おうとはしなかった。正確には検討をした上で却下した。

常識の外に外（はず）れたプク・プックでさえ触れたがりはしない、恐るべき遺跡だ。だからこそフレデリカはそこに手を出す。

準備はした。気分がいい。最高潮だ。誰にも負ける気はしないが、こういう時こそ念には念を入れておく。

現身の肉体。アスモナを欠くものの、それを除けば現状最高に取り揃えた傭兵部隊。カスパ派魔法少女護衛隊。遺物の性質、経年による変化も考慮した遺跡の構造、その他諸々。

「さて」

居並ぶ魔法少女達に向け、カシキアカルクシヒメ——ピティ・フレデリカは笑みを浮かべた。ある者は緊張に固くなり、ある者はなにも考えていない目でこちらを見上げ、ある者は破壊と殺戮の予感に頬の緩みを隠すことができないでいる。一人残らず頼もしい味方だ。

「皆さん準備はよろしいですね？　それでは参りましょう。無法者に襲われた魔法少女学級の少女達を救うのです」

時計回りで一回転し、スカートの裾を浮かせ、スピンを加えて壇上から飛び降り、そのまま先頭に立って走り出した。魔法少女的に無駄なアクションは心を浮き立たせる。

◇ジューベ

梅見崎中学が結界により封鎖され、魔法少女学級が何者かに襲撃された。

カスパ派が拠点としている屋敷の一つが魔法少女集団に襲撃を受けている。

魔法少女学級に送り込んだラッピー・ティップと一切の連絡が不通になった。いざという時のために用意しておいたラッピー・ティップ人形は「知らない」「わからない」もしくは沈黙か意味のないことを喋っているだけで役に立たない。スノーホワイトの魔法の端末も沈黙を守っている。結界は物理的にも魔法的にも場所と場所を隔てさせていた。

監査部門は上を下への大騒ぎで大変なことになっている。

こういう時のため各所へ伸ばしていた情報網は不穏な情報の数々をジューベまで送り届けてくれていたが、それを完璧に活用するためには金も人も力も足りていなかった。ジューベの魔法「真実を知るペン」を使って急所を握り、事態を予測するには時間が不足していた。知ることはできたものもあったが、完璧にはほど遠い。

それでも今すべきことはしておく。

「パペタ、監査部門への全面協力を。手空きの者を残らず助けに回せ。そうでない者も可能な限りは切り上げさせて監査の方へ」

「それ以外については？」

フレデリカのカスパ派、オールド・ブルーの研究部門、どちらかに恩を売るべきタイミングではないか、ということをいいたいのだろう。ジューベは折り畳み椅子に腰掛けたまま、探るような目をこちらに向けている魔法少女、副部門長のパペタに鼻を鳴らしてみせた。

「予想外に事が急過ぎた。私の予想が浅かったのが、まあ悪かったのだろう」

「ああ、いえ、そんな」

パペタは「そんなことはない」と慰めようとでもしたのだろうが、彼女の右手に収まっているラッピー・ティップ人形が「案外大したことないんだなあ」と楽しそうに笑った。パペタは慌てて人形の口を押さえたが、出した言葉が戻りはしない。

「すいません、この馬鹿が失礼なことを」

「馬鹿なんて失礼な」

「だよねえラッピーちゃんは悪くないよねえ。ほらパペタ、早く仕事」

「あっすいませんすいません」

足音を立ててパペタが会議室から出ていった。普段はもっと静かに移動をしている。彼女の心の動き、焦りと驚きと恐れがよくわかる。

誰もいない部屋の中で長机の木目を見下ろしジューベは溜息を吐いた。部門長ともなれば思うまま溜息を吐くこともできない、という不自由さにもう一つ溜息を吐いた。

人事部門の長という立場を使っても遺跡と遺物について知ることは難しかった。研究部門のオールド・ブルーはジューベより長く深く様々な場所と人に手を伸ばしていることだろうが、それでも全貌を掴めているとは思えない。部外秘として派閥の中枢で固く固く封じられている。カスパ派のフレデリカならある程度知ることはできただろうが、それでも完全に理解しているのかどうか。

人事部門の長としてではなく、ジューベという魔法少女として知る手段もあった。ジューべは魔法のペンを使う。さらさらと文章を書いて二十四時間経つと、それが事実なら青字に、事実ではないなら赤字になる。少なからずクールタイムを要するため濫用はできないものの、なかなかに便利な魔法だ。梅見崎中学遺跡地下深くに安置されている遺物は、魔法の国のエネルギー問題を解決してくれる。

二十四時間前に書いた文書は、綺麗な青字に変化していた。

質問の具体性を増やし、より深く切り込んでいく――という選択肢をジューベは選ばなかった。離れた安全な場所から魔法を使っていてさえ「これは良くない」と感じた。戦いの場で切った張ったをする魔法少女だけではない、ジューベのような後方で働く魔法少女にも「虫の声」だったり「第六感」だったりはある。「あっこれはまずいな」と予感した時は心の声に従っておくべきだ。オカルトな話だけではない、理屈に則って考えてもよろしくない。ジューベのしていること、魔法を使って遺物について探っていることが「遺物に対して魔法を使用している」と見做されていない保証がない。

世の中には触れない方がいい物はある。フレデリカとオールド・ブルー、それにハルナ・ミディ・メレンが遺物を取り合うというなら放っておいた方がいい。誰かを助けて戦後に利得をなどと考えるべきではない。負けた者はろくなことにならず、勝った者もろくなことになる気がせず、では、関わるだけ損だ。

ジューベはまた溜息を吐き、ふわりと持ち上がった髪先が落ちるより早く立ち上がった。

人事部門長は会議室で休んでいる暇もない。

第一章 the lightning time

◇リップル

フレデリカの全身に手裏剣とクナイが突き刺さった。その中の一本、喉に突き立ったクナイから高々と血が噴き上がってシャンデリアまで届き、しぶきを避けてリップルは半歩下がった。よろめくフレデリカに向かって踏み込む。擦(す)り抜けながら一刀、振り返って一刀、倒れたフレデリカに向けダメ押しに刀を突き刺した。

室内に動いている敵はいなくなった。デリュージは身体を引きずり、ブレンダ、キャサリンを助け起こしにいっている。リップルは彼女を助けに駆け寄ろうとし、足を止めた。

安堵や達成感はなかった。奇妙な収まりの悪さを感じていた。リップルは何手か先まで考えていた。フレデリカが水晶玉の魔法を使って手裏剣をいなそうとするのは大前提だ。そこから二手三手先、四手五手先をどうするかまで考えていた。だが現実はこの通りだ。フレデリカは固有の魔法を使うことなく倒された。

違和感が広がっていく。敵を過大評価し実像以上に恐れていたわけではない。フレデリカとは長い間行動を共にし、忌まわしい記憶も消されることなく残っている。リップルの出現が予想外だったとしても、水晶玉の存在を忘れるほど慌てふためくことは絶対にない。

爪先で死体をひっくり返した。血がべちゃりと跳ねる。絵に描いたような無念の形相だ。確実に死んでいる。刀の先端でコスチュームの中央部分を縦に割き、しゃがんで内側を確かめた。胸、脇腹、ヘソ、ときて、太腿に小さな傷跡がある。出血はない。リップルの武器によってつけられた傷ではない。

リップルは奥歯を折らんばかりに噛み締めた。何度も見てきたやり口だ。魔法の細剣を使って記憶をいじっている。なにをしたのかについては薄ぼんやりとしかわからないが、大事なのは「フレデリカはきっとまだ終わっていない」ということだ。イカサマをして負けたふりでゲームを続けている。放っておけばいつまで経っても終わりはしない。

デリュージは深い手傷を負っている。キャサリンとブレンダは倒れたまま動かない。

リップルは怒っていた。怒りに任せてフレデリカを追えば痛い目を見るのは誰よりも知っていたが、怒りがあるからこそ走り、進むことができた。だからリップルは怒るのをやめようとは思わない。煮え滾り、吹き零れる激情は細波華乃だった頃から武器になった。

スノーホワイトの隣に立って魔法少女を続けることはもうできない。どう言い繕っても不適格だ。かといって離れようとすれば、向こうから追いかけてくる。いっそ死んだ方

が楽だが、それはただの責任逃れだ。

クラムベリーの試験が殺し合いに移行する前からスノーホワイトのことは気になっていた。白い魔法少女の情報をチェックし、トップスピードにからかい混じりで指摘されたこともあった。

連続する殺し合いの中で最後まで手を汚さなかった彼女のことは立派だと思ったし、その後自分を恥じて積極的に動くようになった時は危うさを感じ、守らなければと思った。

リップルはトップスピードを守ることができなかった。鬱陶しいやつ、仕方なく組んでいる、と思っていた相手が友達だったことに気付いたのは、彼女が殺された後だった。

あんな思いはもうしたくない。なら戦いから離れればいい。そう考えた。

だがスノーホワイトは違った。試験を終えた後も彼女の中の熱は目減りすることなく残り、リップルとは戦いを介在する関係を望んできた。

リップルもそれに応えようとして、躓き、転んだ。フレデリカに操られ様々な人達を傷つけ、プラスの働きはなにもなく、意義あるものはなに一つ残すことができなかった。

だがスノーホワイトは違う。彼女はこれまでも残してきたし、これからも残すことができる魔法少女だ。「こうあってほしい」というのは押しつけでしかない、とわかってはいても、それでもスノーホワイトには危険から離れてほしい。死んでほしくない。

フレデリカだ。フレデリカを排除する。しなければならない。

　スノーホワイトを危険に呼び込む存在であり、リップルの心を操り多くの人を不幸にした憎むべき仇敵であり、見捨てるべき状況で助けてしまったという痛恨事、罪悪感であるピティ・フレデリカは、「とりあえずこいつを倒してから考える」という当面の敵として相応（ふさわ）しい相手だった。

　怒りこそが最もわかりやすい燃料になる。どんな時でもそうだった。トップスピードの仇を討つ時、フレデリカに騙された時、リップルは怒りで動いてきた。

　フレデリカの野望を挫（くじ）く、フレデリカの戦力を削（そ）ぐ、フレデリカの敵と手を組む、フレデリカの嫌がることはなんでもする、最終的にはフレデリカを倒す。どう考えても否定しかできない、同じ世界で一緒に生きていたくはない、スノーホワイトにとっても害悪、見逃してやる理由は一つもない。

　スノーホワイトに手を汚させたくはない。この手の仕事はリップルがすべきことだ。いち早くフレデリカを倒す。リップルは相変わらず怒り続け、その怒りは当分消えそうにない。怒り戦う間は考えずに動けばいい。

　リップルは怒る。それこそがエネルギーになる。

◇雷将アーデルハイト

廊下の向こう側から現れたプリンセス・ライトニングをしばし呆然と見返し、倒れているプリンセス・ライトニングに目をやり、そちらも間違いなくプリンセス・ライトニングであることを確認すると、もう一度新たなプリンセス・ライトニングに目を向けた。

目を離した隙にライトニングが増えていた。横に三人並び、更にその後ろにも複数のライトニングが詰めている。アーデルハイトの「なんでやねん」という呟きが全くそのまま状況を示していた。

ライトニング達は皆一様に武器を構えていた。アーデルハイトの知る剣だ。いつも、さっきの戦いの時も、プリンセス・ライトニングが握り、振るっていた。

先頭の一人が、こちらを値踏みするように目を細めた。

「アーデルハイトだっけ？」

返事を待たず、一方的に話し続ける。

「雷将（らいしょう）？　よね？　プリンセス・ライトニングとちょっと被ってると思わない？」

まるでライトニングのようなことをいう、と思った。「同じ顔揃えてなにキャラ被り気にしとんねん」くらい粋な返しができればよかったが、驚きで声が震える気しかせず、アーデルハイトは反応せずに相手を見返した。

だが「まるで」どころではない。全員ライトニングだ。ライトニングと同じ顔でライトニングがいいそうなことを喋っている。アーデルハイトは奥歯を噛み締めた。先程までバチバチに戦っていたプリンセス・ライトニングは恐るべき敵だったが、今、目の前で囀り合っているライトニング達には、また別種の恐ろしさがあった。

「あなた、敵なんでしょ？」

「敵に決まってるわ」

「待ち……なさい」

最後の言葉は先程までアーデルハイトと戦っていたライトニング、廊下の上で大の字になっていた彼女の言葉だ。首を動かして頭をもたげ、現れたライトニング達に顔を向けた。

「この子は……殺さないで、いい。私……が、勝たないと――」

小気味いい音と共に短剣が天井に突き立った。ライトニングの一人が投げつけた短剣を、アーデルハイトが弾いた。軍刀が音を立てて廊下に転がり、アーデルハイトは手を突いた。軽く投げただけに見えたが、想像以上に重い。怪我のせいか、それとも相手が強いのか。なにかを口にするよりも早く、後ろで控えるライトニング達から追撃の短剣が三本飛んだ。アーデルハイトは転がりながらマントで短剣を払い落とし、倒れていたライトニングを抱えた。

抱えられたライトニングは定まらない目でアーデルハイトを見上げ、何度か身体を震わせ、変身が解除された。艶やかな黒髪が埃でいっぱいの廊下に広がる。長い睫を揺らし、ゆっくりと目を閉じた。

ライトニング達は美しい小鳥が囀るように、秩序なく好き勝手に喋っている。

「悪くない動き」

「魔王塾って聞いたけど」

「ふうん、面白そう」

アーデルハイトは立ち上がった。この人数のライトニングを相手に立ち向かえば死ぬに決まっている。元気いっぱいでも勝てはしない。ましてや今は少なからぬ怪我を負っている。逃げればいい。逃げるべきだ。理解しているはずなのに、足はそのまま、後退り（あとずさ）すらせずに大きな声で怒鳴りつけた。

「なにしてくれとんねん！」

直後、冗談のように大量の短剣が投げ込まれた。

刃がギラギラと光り、恐怖を抜きにしても直視し難い。恐ろしい速度で向かってくる大量の質量を前にしてアーデルハイトの脳は全力で回転し、生き残る道を探す。軍刀は手から離れている。マントは襤褸（ぼろ）と大差なく、ついでに靴は底が抜けていた。

回避は絶対にできない。振り返って背中で受けることさえできない。今抱えているライトニングを盾にして、というのは試してみてもよかったが、しかし気が進まない。

重く鈍い時間の中で短剣だけが進んでいる。避けられない死だ。無念、恐怖、後悔、それらを味わう前に短剣が目前に迫り——突如向かって右側の木壁が弾け飛んだ。

　時間感覚が戻った。弾け飛んだ壁の向こう側から人影が飛び出す。短剣は飛び出した人影に命中し、鈍い音を発して壁に逸れ、床に落ち、天井に当たり、うち一本はくるくると回転してアーデルハイトの足元、爪先の三センチ先に突き立った。

　もうもうと立ち込める埃の中、人影はゆっくりとライトニングの集団へ向き直った。

「誰？」

「ああ、あいつよあいつ。刑務所から出てきたっていう」

「二班だったっけ。ちょうどいいんじゃない？　一緒にやっちゃいましょう」

　壁の穴から風が吹き込んだ。埃が晴れていく。学校の制服に攻撃的なアクセサリー。アーデルハイトからは背中しか見えないが誰かはわかる。カナだ。そしてカナであればこれからなにを始めるかもわかる。わかるからこそ止めなければならない。

　カナの肩に手をかけ、とにかく逃げろと伝えようとしたが、カナはアーデルハイトの手を乱暴に、邪険にするという言葉がぴったりくる動作をもって振り払った。

「触れるな下郎」

　カナの声であるはずなのに、まるで聞いたことがない音だった。アーデルハイトは呆然と見た。顔は見えないが、間違いなくカナの背だ。いつもとぼけたことをいってメピスを困らせている魔法少女だ。刑務所から出てきたばかりと聞いているのに全く犯罪者感がなく、常識外れで浮世離れした感覚の持ち主ながら誠実で嘘を好まず、我が身を犠牲にしてでも仲間を助けようとする。彼女の淡々として落ち着いていた声音が、今はただただ冷たい。

カナは振り払った手でアーデルハイトを突き飛ばした。堪えることはできず、その場に尻餅をつく。カナが振り返る。冷たい目で見下ろしている。

「野良犬が媚を売るな。怖気が走る」

脚が動いた、と思った時には蹴られていた。アーデルハイトは埃を撒き散らしながら長々と廊下を滑り、抱えていたライトニングを途中で手放し、縦に回り、横に転がり、瓦礫の山に打ち当たり、そこに埋まってようやく止まった。

埃の中で目を見開き、今はもう遠くなったカナの背中を見た。

「なに？　ここに来て仲間割れ？」

ライトニングの一人が前に出、腰に手を当て、挑発するようにカナの顔を下から眺めた。あれは最初に短剣を投げつけてきたライトニングだ。身体を捩じるような姿勢のせいで鎖骨の辺りが見えている。スペード、それにJのマークが描かれている。

「同じ班なんでしょう？　カスパ派よね？　仲間なんじゃないの？　つまらないことを」

弾けるような音が鳴った。前に出ていたライトニングが宙を舞い、後ろの仲間達に受け止められた。顔面が変形し、鼻から盛大に血を噴いている。既に意識はなさそうだった。

カナの攻撃だろう。だが全く見えなかった。ライトニング達から笑みが消える。全員が一斉に剣を抜き放ち、カナに向けた。カナは笑った。瓦礫を震わせるような声を出し、大きく笑った。

「裁判は不要！　一族郎党極刑に処す！　不敬の報いを受けよ！」

突き入れられた長剣を回避しながらカナは前に出、掌で、とん、と胸を突いた。ライトニングの一人がその場で頽れ、唸り声をあげながら身を丸めた。

「不服ならば戦果で示せ！　己の未来を力で変えてみせよ！」

掌を上に、両腕を開き、身体を回転させ、カナは周囲を示した。蹴り、短剣、稲妻までも見えない動きで回避し、突き入れられた長剣を指で摘まみ止めた。掴んだ部分からバチバチと紫色の火花が弾けているところを見るに、刃は帯電しているはずだが、痛みも苦しみも全く感じさせずに怒鳴った。

「下郎ども！　憂さ晴らしに付き合わせてやろう！　カスパ・ヴィム・ホプ・セウクが現身、ラツムカナホノメノカミの首が欲しければかかってくるがいい！」

ライトニング達が驚きで表情を歪めた。かつてのクラスメイト、三班班長のプリンセス・ライトニングと同じ顔が、異様な物を見る目をカナに向けている。アーデルハイトは、きっと自分も似たような表情だろうと思い、埃臭い瓦礫の中で一人歯を食い縛った。

カナが目視不能な速度でライトニングの間を駆け抜け、敵が纏めて吹き飛んだ。長剣が空を切り、雷は当たらず、カナが動くだけでぽんぽんとライトニングが飛び、天井を突き破り、壁が粉砕されていく。カナは徐々に移動していく。ここから離れ、向かう先には体育館がある。

アーデルハイトは気付いていた。カナの言葉だ。野良犬が媚を売るな、怖気が走る、あれはメピスが持っていた漫画の台詞(せりふ)だ。裁判は不要、一族郎党極刑に処す、これも別の漫画の台詞だ。

偶然に出てくるものではない。カナからのメッセージであると考えていい。自分はカナである、記憶を持っている、とアーデルハイトに伝えている。わかりやすく言葉と態度で表せばライトニング達に悟られ、アーデルハイトは巻き込まれるなり人質に取られるなりするだろう。それを防ぐために冷たい態度をとりつつ、自分がカナのままであるということを教えてくれた。

正直、ラツムなんとかなどと急にいわれてもなにがなんだかとしか思えない。カスパどうとかというのはカスパ派のカスパなのか。本当なのか嘘なのかもライトニングにはわからない。しかし今のカナの神様のような戦いぶりを見れば、そうなのかもしれない、と思えてしまう。壁が吹き飛び、廊下が吹き飛び、ライトニング達はダース単位で吹き飛んだ。

◇サリー・レイヴン

凄まじい大声だった。近くにいたサリーも耳が痛んだ。だが至近距離で浴びせられたプシュケはそれどころではない。目と耳と鼻から血が流れ出し、見るからに意識を失っていた。

プシュケがゆっくりと倒れていく。サリーは叫び、走った。同時にカラスを自分達と敵の間に降下させ、牽制させる。キューティーパンダのお面で顔を隠した悪漢魔法少女は獣のように低い姿勢で後ろへ退き、カラスに向き直った。プシュケが顔から地面に倒れる寸前、スライディング気味に抱きかかえ、後ろも見ずに駆け出した。

カラスの鳴き声を背に受けながらサリーは走った。じんじんと痛む耳に辛うじて校内放送らしきものが聞こえたが、今そんなものを流すわけがないので幻聴かもしれない。地面が弾けた。土砂が降ってくる。また地面が弾けた。サリーは右へ左へステップを効かせながら走り続け、狙いをつけさせない。だが土がぶつかり、砂を浴び、足元が崩れ、あえなくその場で転び、プシュケがゴロゴロと転がった。

サリーは起き上がりざま振り返った。即座に右へ跳び、攻撃を回避、身構える。カラスは無事、というより相手にされていない。キューティーパンダは右手でカラスをあしらい、左手に大きな石を何個も握り込んでいる。あれを投げていたのか。

「おい、こんなところにいたのか」

キューティーパンダの後ろから声をかけた者がいる。クラスメイトではない。キューティーゼブラ、のお面を付けた何者かだ。こんなことにキューティーヒーラーのグッズを使うことが許せず、しかし今のサリーにはどうすることもできない。カラスが攻撃しようとするも、嘴を突っ込む隙がなくすぐに引っ込んだ。

「面倒そう？　手伝う？」

ゼブラに続き、キューティーアルタイルが現れた。更にその後ろからダークキューティーが、原作通り陰から染み出すように現れた。

ダークキューティーは頭の近くまで足を振り上げ、

「キューティーヒーラーが子供をいじめるな」

小さく呟き、目の前にいたキューティーアルタイルに向けて振り下ろした。

サリーは目を見張った。なにが起こったのか、すぐには理解できなかった。

首元に鋭い一撃を貰ったアルタイルが、高いところから落ちたかのように勢いよく昏倒し、他の魔法少女達がダークキューティーに向かって一斉に向き直った。

アルタイルを蹴った時には確かに感じたダークキューティーの体温がすっと下がった。

パンダはその場でジャンプ、啄もうとしたカラスの嘴を蹴って後方へ跳んだ。ゼブラはほんの僅かに跳ぶのが遅れ、背後から盛り上がった影絵の蛇に一飲みされ、悲鳴をあげながら地面に引きずり込まれていった。

サリーは目を擦った。違う。ダークキューティーのお面を被った魔法少女、ではない。

あれはダークキューティーだ。本物のダークキューティーがいる。サリーの両目から涙が零れ、止め処なく流れ落ちていく。本物のダークキューティーが、アニメの中でしか見たことがなかったキューティーヒーラーシリーズ屈指の悪役が、生きて、動いている。幻覚ではない。サリーの危機にダークキューティーが助けに来てくれた。

　ダークキューティーは襲い掛かる寸前のネコ科動物のように姿勢低く身構え、呟いた。

「涙を流すな」

　サリーは慌てて涙を拭った。そうだ。泣いている場合ではない。プシュケは、と振り返ると、血の跡を残しながら姿を消していた。逃げてくれたのか。それだけの体力が残っていたことにほっとした。

「キューティーヒーラーを目指す者がべそをかく場面ではない……前を向き胸を張って戦え」

　キューティーヒーラーを目指す者とはサリーのことだ。ダークキューティーが認めたからには間違いのない事実だ。キューティーパール、キューティーオニキス、キューティーベガ、キューティーアルタイル、歴代のキューティーヒーラー達と並んで歩く自分を感じる。形だけ真似た偽物ではない。本物の中の本物だ。最高に格好よく輝かなくてはならない。

　カラスに指示を出し、自分は逆方向からパンダに向かっていく。空に飛んだカラスが眩く輝き、ダークキューティーから伸びる影の獣が黒色を濃く、強くした。

◇カナ

フレデリカは「魔法の国」のある有力貴族から紹介された。体調不良と称して公務を休んでばかりだったラツムカナホノメノカミを案じて話し相手として送り込まれた。

それが企みあってのことだったのか、フレデリカに誑かされていたのか、今となってはわからない。フレデリカほどの悪党であれば、世間知らずの魔法使いに取り入る程度容易だったことだろう。当時のカスパ派は全体が腑抜けていた、というより、厭世的だった。別にどうなってもかまうものか、と上が思っていれば、言葉に出さずとも下にも伝わる。セキュリティは緩くなり、つけ込む隙を与え、トップが精神を支配されようと関知しない。

上——ラツムカナホノメノカミが気力を失った原因は自身の魔法だった。「始まりの魔法使い」が今どこでなにをしているのかを質問したのだ。そもそもこのために設計された魔法であり、この質問は存在意義のようなものだった。

「魔法の国」を救うには強いリーダーが必要として、プク派やオスク派は指導者足り得る現身を作り出した。カスパ派は二派に比べると原理主義だったのかもしれない。強いリーダーとは、偉大な魔法使いである三賢人——ですらなく、更に偉大な師である「始まりの魔法使い」に他ならないと考える者が先頭に立って計画を推し進めた。

当然最悪の結果も考えられた。「始まりの魔法使い」が戻ってこないのは、つまりそういうことではないか、ということだ。「始まりの魔法使い」が既にいないことも覚悟の上でラツムカナホノメノカミは生み出され、結果、真実に辿り着いた。

「始まりの魔法使い」は消えていた。賢人システム構築の際に起こった事故に巻き込まれたのだ。

賢人システムは永遠に存在するためのものだった。「始まりの魔法使い」がそれをどう利用しようとしていたのかは、カナの魔法をもってしても回答を得られなかった。なんらかの「先」があったとして、それを理解できる者はもういない。事実としては、システムを組み上げ、実際動かす前にしくじり、いなくなった。残された弟子達が意識を取り戻した時、師匠は煙のように消え失せていた。

そして賢人システムは生き残った弟子達が本人も意図することも意識することもなく受け継いだ。事故が起こった遺跡は「始まりの魔法使い」が作り出したということ、加えて単純に危険であるということから封印された。その後適切に維持管理はされていたはずだが、秘かに動き続けていたことは誰も知らなかった。質問をしたラツムカナホノメノカミだけが、三賢人のために使われていたことを知ってしまった。その際に必要とされるエネルギーは巨大なものであるが、「魔法の国」全体から吸い上げて賄う。

そして、その賢人システム自体が、「魔法の国」のエネルギー不足を招いていた。リーダーであるはずの三賢人こそが「魔法の国」衰退の原因だった。動かしようのない事実がラツムカナホノメノカミを打ちのめした。エネルギー問題解決のためには自分達こそ消え去るべきだ。だがそれを他の現身に話したところで同意してもらえる気がしなかったし、システムを変えなければ新たな現身が選ばれるだけだ、他の派閥はどうする、どうにかできるものなのか、ぐずぐずと考えながら日々を送り、その間にグリムハートとプク・プックが相次いで倒れ、また新たな現身が用意されることになった。

ぼやぼやしていれば更にエネルギーが浪費されてしまう。悩み続けている時間はない。質問の答えを知ることができるのは答えがある時だけだ。どうすればいいものか。内側から溢れ出そうになっていた悩みをよりにもよってフレデリカに相談してしまった。

その時のフレデリカは話し相手としての役目を存分に果たしていた。水を一滴ずつ砂漠へ染み込ませていくようにゆっくりと、同時に不用品を態々マグマにくべるような馬鹿げた大胆さでもって心の隙から入り込んだ。今日の天気から始まって、詩、歌舞音曲、絵画彫刻、あらゆるジャンルで語れないものは存在せず、雑談を厭うラツムカナホノメノカミから徐々に言葉と興味を引き出し、誠実で正直な態度をもって信頼を引き出した。

さっさと質問によって信頼できる相手か確かめるべきだったが、それも後知恵だ。恐らくはプライバシーに関わる質問は慎重に行うという性格傾向も知られていた。なによりラツムカナホノメノカミの体たらくがフレデリカを呼び込み、そして気を許したところで操られた。

長い期間カナとして活動させられ、学校が襲われたタイミングでフレデリカが魔法を解除し、ラツムカナホノメノカミの記憶を取り戻した。だがカナとしての記憶が失われたわけではない。魔法少女学級での毎日のこと、余さず脳内に記録している。ラツムカナホノメノカミであると同時にカナであり、両者は混ざり合って切り離すことができなくなっていた。

刑務所から出たばかりの魔法少女として警戒されていた初日のこと、レクリエーションでろくに活躍できなかったこと、誰よりも早く給食を食べ終えて独自に情報収集していたこと、授業中に発言しようと挙手したがカルコロが見ないふりをしていたこと、メピスと一緒に読んだ漫画の数々、アーデルハイトから教わった野球のルール、リリアンから貸してもらった恋愛小説、クミクミの教科書に描かれていたいたずら書き、親切にしてくれた梅見崎中学の生徒達、一つ残らず覚えている。忘れるわけがない。

カナは荒々しく顔を右手で拭い、突き入れられた長剣を握り止め、所持者を蹴りつけ、彼女の背後に纏まっていた集団ごと纏めて吹き飛ばした。戻ってきた記憶で脳がかき乱されるが、頭を抱えて蹲っている時間的な猶予がない。

アーデルハイトは怪我を負っていた。倒れていたライトニングはカナの知るライトニングだろうか。殺される前に乱入できたことだけは不幸中の幸いだった。そして彼女達以外のクラスメイトはいったいどうなっているのか。

ライトニングの集団がカナに付きまとって離れようとしない。どれだけ打ち倒そうとも数を頼りに行き先を塞ごうと集まってくる。力の差は理解しているだろうに、彼女達は恐怖心を欠片も見せることがない。

身体能力はクラスメイトのライトニングに勝る。だが戦い方は数任せで荒い。カナの知るライトニングはもっといやらしく、ねちっこく、心理の裏を突いてくるようなところがあり、それでいて妙に無邪気だった。

カナが全力をもって走れば彼女達を引き剥がすこともできるだろう。しかしそれではカナについているマークが他の魔法少女に向かってしまう。カナは敵を引き寄せなければならない。同時にクラスメイトの安否も確認する。

——メピスは無事か?

喧騒の中、心の中で問いかける。記憶を操る魔法によって自分の魔法を過少認識魔法していたカナとは違い、回答者がおらずとも真実を知ることができる。

回答がない。無事ではないが死んでもいないということか。解釈に時間を割いている余裕はない。歯噛みしながらクラスメイト達が無事でいるかどうかを質問していった。安堵と激しい怒りを頭の中で繰り返し、内心を象徴するかのような嵐のような暴れ方をしながらカナは駆け回った。

ライトニングを蹴り、ライトニングを殴り、ライトニングを突き飛ばし、その一撃一撃に怒りを込めながら、それでも手加減をせざるを得ない。一緒に授業を受けていた、レクリエーションで争っていた、ホムンクルス騒動で共に戦った、ライトニングの顔と全く同じ顔を見ると、怒りで全身を燃やされていても全力で叩き潰すことはできない。クラスメイトを助けたいなら情け容赦なく殲滅すべきだとわかっているのに、ライトニングと同じ顔に全力の拳を打ち込むことができない。

カナは吠えた。この咆哮も届きはしないと知りながら吠えずにはいられなかった。

◇奈落野院出ィ子

大して広くもない、体育館よりも少し狭いくらいの空間を目指して恐ろしい数の魔法少女達が攻め込んできている。

当初は中庭への侵入を許し、中庭内で交戦せざるを得なかったせいで美しい庭が無惨に破壊されてしまった。アーチ門は崩れ、天井が落ち、石畳が割れ、庭木は折れ、花は散らされ踏み躙られた。唯一まともな形で残っているのは、現在校長が籠っている物置小屋くらいのものだ。

出ィ子達の頑張りによって中庭への侵入者は撃退したものの、休むことなく別の襲撃者達が攻め込んできた。中庭に集まった生徒達は、校長の指揮下、中庭にかけられた魔法の援護を受けながら、侵入しようとする者を中庭に入れないよう、入り口を防衛線に戦っている。

まず襲撃してきたのはお面の魔法少女だった。だが出ィ子の知らないところでどのように状況が変わってしまったのか、お面の魔法少女達は次第に数を減らし、気が付けばプリンセス・ライトニングの集団に襲われている。出ィ子にとっては味方だったはずのライトニングもこうなってしまえば敵だ。

ライトニング達は中庭の入り口に殺到してくる。中庭を防衛する役割を担っている出ィ子は当たり前のように迎撃する。

ライトニングが複数いるということへの驚きは並々ならぬものがある。なんでこうなっているのかまるで理解できず、普通なら混乱している。だが戦える。校長のため、学校のため、戦わなければならない。これが長馴染みのランユウィと戦え、となれば心理的な抵抗が強いかもしれないが、ライトニングならマシだ。

出ィ子がランユウィのことを思う時は、基本的にいつも心配している。身の丈を越えた成果を望むのも、自分を実際以上に大きく見せようとするのも、よくわからないまま話に割り込んでいこうとするのも、全てどうかと思う。是が非でもラズリーヌになりたいという必死さは、かえって彼女をラズリーヌから遠ざける。そういったあれこれを助言してやりたくとも、ランユウィの精神は現実を突きつけられれば容易く壊れてしまいそうに脆く、出ィ子は相手が傷つかないようやんわりと助言できるほど口が上手くない。

繰り出された長剣が頬に届かんとし、出ィ子はその場から消え、すぐに現れ反撃した。

戦いの最中に余計なことを考えるのはよくないことだ。集中しなければならない。

「そんな奴相手にしてんな！　こっちにかかってこいやあ！」

メピスが挑発する。そちらに向き直ったライトニング達に対して出ィ子が背中から突進、別のライトニングが迎撃しようとする寸前に姿を消して間合いの内側から出現、膝、肘、脛、と三連打目でノックアウトし、別のライトニングから斬りつけられまた姿を消す。

授業での一対一での模擬戦ではライトニングの方が白星を先行させていたが、校長から受けている魔法の支援により能力が大幅に強化され続けている。十分前よりも五分前の方が、五分前よりも今の方が、動きが鋭く力強い。身体能力だけではなく魔法もだ。

出ィ子が姿を現し、蹴りつけ、すぐに消え、また現れ、殴って、消える。魔法の使用速度がかつてなく速い。クミクミはつるはしで削った瓦礫に触れることなく壁を作って雷を止め、リリアンがクミクミの作ったオブジェに糸を引っ掛け高速移動、メピスの声を無視できる者は一人もおらず、近付いたところをテティが普段より力強く掴み、がっしり握り、潰す。

校長とメピス達との連携で戦うことができている。雷に焼かれ、校長の魔法で治癒し、長剣に斬られ、治癒し、蹴りを受け、後方へ跳んだ。怪我が治りきっていないが、それでも前に出なければならない。これ以上中庭に入れさせてはならない。入り口を死守だ。

テティに電撃が浴びせられ、ミトンを盾に防ぎ、横合いから長剣で突いたところでクミクミがカバー、ドラゴンの顎で長剣を挟み取るも、今度は複数の電撃が四方から浴びせられ、出ィ子が瞬間転移でガードするも全身が軋んだ。

ライトニングの群れに埋まりつつあったメピスは「後ろにも気を付けた方がいいんじゃねえか」と叫んで敵の注意を逸らし、両手を地面につき上下逆さまになって足と尻尾をぶん回した。その勢いのままにライトニングを蹴散らし、再度身体を上下逆転させ、小さな翼をはためかせて飛び、出ィ子の傍に降り立った。

肩で息をしている。元々白い顔が透けるように青白い。右腹部に刺さった短剣を抜き、すぐさま怪我が癒される。物置小屋からでも届く、校長の魔法による支援だ。

後続のライトニング達が入れ替わりで前に出た瞬間、音のハンマーに薙ぎ払われた。耳を劈く音に出ィ子は顔を顰め、身を低く、四肢で身体を支えた。

「やれやれです。数で押し込もうとは無粋も甚だしい」

聞き覚えのない声だった。理知的で落ち着いた声、なのに聞くだけでぞっとする禍々しさが籠っている。出ィ子、そして耳を塞ぎしゃがみこんでいるメピスの間に割り込むようにすっと入る魔法少女がいる。長く尖った耳、音楽家風のジャケット、足に絡み、背中で咲かせ、頭を飾る薔薇の蔓（つる）、何度も聞かされてきた森の音楽家クラムベリーがそこにいた。先日見たクラムベリー型のホムンクルスとは違う。クラムベリー本人だ。だが生きているわけがない。雑談の中で師匠（オールド・ブルー）から聞かされたプレスリー生存説の方がもっともらしい。なのに、声も、姿形も、ライトニング達をまとめて吹き飛ばした音の魔法も、クラムベリーにしか見えない。

　森の音楽家クラムベリーを仮想敵としてトレーニングを積むラズリーヌ候補生は多い。初代ラズリーヌから恨み節を聞かされたわけではないにせよ、経緯は知っているからだ。だが、今の出ィ子は、クラムベリー型ホムンクルスに対して本来の実力を越えた頑張りを見せて戦っていたランユウィのような気持ちにはなれない。別にクラムベリーがいたからといって心は動かない。そういう意味ではランユウィこそがラズリーヌに相応しいのかもしれないが、果たしてそれを彼女に伝え、喜ばせる機会があるかどうかもわからない。

◇ラッピー・ティップ

　アーリィやドリィはすぐに見えなくなった。カルコロは叫び声だけ聞こえる。ミス・リールが打ち叩かれているらしい金属音が延々続く。どうにかサポートするにしても距離があるし、間には敵がいっぱいに詰めている。実質分断されてしまった。

とにかく敵が多い。多過ぎる。動き続けなければ死ぬ。教室に入り、廊下に出、また教室に戻り、壁や天井も全て使う。だが動き回っていては仲間達と固まっていることができない。もう教室の中がどうなっているかもわからない。

長剣の突きを腕で流し、一歩で内側に入り込み、顎に向かって肘を打ち上げた。腕を絡めて止められ、抜かれた短剣はラップを巻き付け、ぐいと引き寄せ、今度こそ顎に一撃、よろめいたところへ膝、鳩尾（みぞおち）に爪先をぶつけ、後ろに固まっていたライトニング集団の方へ蹴り飛ばす。

蹴りつけられたライトニングが群衆の中に埋まっていき、新たなライトニングが今度は三人、ラッピーの前に歩み出てきた。

ラッピーが廊下の東側、スノーホワイトが西側で、エリアへの敵の出入りを防ぐ。狭い空間で限られた人数を相手にしてなんとかやれている。広い場所で四方八方から攻撃されたらラップに包まって蹲るくらいしかやることがないだろう。そもそもなぜ攻撃されているのかもよくわかっていない。お面の襲撃者達とは別の勢力なのか、それとも仲間達なのか。

ラッピーは短く息を吐き出し、ラップを繰り返し千切っては投げた。そこにテプセケメイが風を吹き付ける。ひらひらと宙に舞うラップが風によってライトニングの顔に貼り付き、武器に貼り付き、足に貼り付く。纏わりつくラップのせいでよろめいたところへローキックで脛を打つ。柄にラップを巻いたライトニングの短剣をフレイルのように振り回して頭部を一撃、二撃、殴打されてふらついているライトニングをテプセケメイの風が纏めて吹き飛ばす。

また次が出てくる。

群れとして現れ襲い掛かってきたライトニング達は、個々の強さとしてはラッピーが知るライトニングに及ばない。人読みで癖や戦術の裏をかいてくるとか、穴を突いてほくそ笑むような意地悪さもない。戦闘技術においても一歩か二歩は遅れている。ただし使い方は若干拙（つたな）いものの魔法の威力が変わらず、身体能力は高く、なにより数が多過ぎる。

廊下という細く長い特殊な空間、窓もラップ張りで侵入不能にし、前後から攻め入る敵にだけ対処すればいい。テプセケメイという援護役の存在により、本来防御的なはずの魔法のラップがひゅんひゅん宙を舞いオフェンシブに役立っている。

そこまでしてなお押しまくられていた。倒しても倒しても数が減らない。そもそもなぜライトニングが複数いるのか、複数いるライトニングとどういう理由で戦わなければならないのか、なにもわからないまま、向こうが襲ってくるというそれだけで戦っている。

ラップの嵐の中に飛び込み、一枚一枚を盾にしながら敵に取りつき、近距離で拳を振るう。右に三発、フェイントを入れて左に二発、ガードを擦り抜けた一発が相手の心臓を叩き、掌で押し出すように動きが止まった敵を打ち、また集団の中に放り込む。

と、背中に触れるものがあった。敵ではない。スノーホワイトだ。ラッピーとは逆側を担当していたスノーホワイトが押し込まれている。ラッピーはその場にしゃがみ、予(あらかじ)め床に敷いておいたラップをぐいと引き寄せた。スノーホワイトの方で戦っていたライトニングが二人、足元が崩れたせいでよろめき、隙を逃さずスノーホワイトが武器を振るう。

スノーホワイトは大きく息を吸い、吐き出し、ぴたりと敵に刃を向けた。

呼吸が荒い。疲れている。ラッピーもいい加減嫌になっていたが、スノーホワイトはそれ以上だ。テプセケメイの援護、それに宙を舞うラップがあってもきつかろうとは思う。レクリエーションにおいてのスノーホワイトのラッピー内評価は下の上、から下の中、エリート揃いの集団の中での評価とはいえ、魔法少女狩りの異名に見合う強さではない。

ラッピーは後方を見ずスノーホワイトの腰にラップを巻き付け、そこを支点にして彼女との体を入れ替えた。一瞬で敵が入れ替わり、僅(わず)かに戸惑ったライトニングの隙を突いて胸元に蹴りを入れ、後ろへ飛ばす。スノーホワイトの方では金属と金属を打ち合わせる音が何度も鳴った。息もつかせぬチャンバラだ。

天井で足音が聞こえた。そちらに意識をとられかけ、目の前に迫った長剣の刃を慌ててラップで絡めとる。魔法のラップは電撃を通すこともない。

また天井から足音が聞こえた。複数いる。がつんがつんとなにかを打つ音が聞こえ、より大きな音が続き、屋根と天井が纏めて落ちてきた。スノーホワイトは転がって回避、ラッピーは頭の上にラップを掲げることで瓦礫を受け止め、敵の方に向けて投げつけた。

天井があった場所から日が差している。ライトニング達がこちらを見下ろしていた。

まずい。あまりにもまずい。前後左右だけでなく上からも攻撃されたら対処しきれない。

「やめなさい！　いい加減にしなさい！」

聞こえてくるカルコロの声が遠い。姿も見えない。声が聞こえるから辛うじてあちらにいるとわかるくらいだ。今もどんどん離れている。味方を頼りにするのも不可能だ。

ぶつかり合う金属音はアーリィとドリィか、それともミス・リールか。クラスメイトの無事を確かめる余裕もなく、ラッピーは跳び、駆け、魔法のラップを振り回した。

――これは……。

相手はそこまで強くも厄介(やっかい)でもない、自分はなんとか戦えている、と思っていたのは甘かった。ラッピー達は既に集団の中に飲み込まれてしまっている。剣を避け、転がり、転がった先で刺されかけたのをラップで止め、殺到した足がラッピーを蹴り、サッカーボールのように右から左へ、左から右へと転がされ、どうにか身体を起こした場所は教壇の前、黒板を背にしてライトニング達に囲まれていた。

◇スノーホワイト

ラッピーが見えなくなった。ラップも舞っていない。テプセケメイが飛ばす風の刃は数を減らしている。仲間の声が遠ざかっている。心の声も、現実の声もだ。

敵の心の声は鬱陶しいくらいによく聞こえる。

心の声から得た情報を整理すると、ここにいるライトニング達は、シャッフリンの技術を用いて数を増やした人造魔法少女だ。振られたスート毎に役割が違い、数字は強さを示している。

今スノーホワイトの前に立ちはだかるライトニング達は、ライトニング集団の中でも戦闘力では下方に位置している「ハートのライトニング」だ。本人達もそれは承知していて、その上で数を使ってじりじりと追い詰めてきている。

既に分断された。助け舟は入らない。声が多過ぎて一つ一つに対応できない。現状はどこまでも厳しい。こうなってしまってから解決するのではなく、こうなる前に立ち回る必要があったのではないか、という思いが消えてくれない。

あくまでも捜査するために転校してきた。事件を調べ、学級の現状を調べ、遺跡周りを調べ、ピティ・フレデリカとの繋がりがある生徒がいればその糸を辿り、政治的な根回しが必要なら監査だけでなく人事や管理の協力も受けて準備をしておき、という方針は今思えば悠長だったかのかもしれない。なによりいつ襲われてもいいという備えをしておくべきだった。相手の意表を突いて行動するのはフレデリカの常套手段だ。

ほんの一瞬、スノーホワイトの心が遠くに飛ぶ。

N市の事件が終わってから何度も何度も「もう少しなにかできなかったろうか」と思い悩んだ。力は弱く、戦えばきっと負ける、そんな魔法少女であっても動くことで事態を変えることができたのでは、と繰り返し考えた。

魔法少女達の顔が次々に浮かぶ。

うるるが助けてくれるのは本当に有難い。笑わせてくれたり、励ましてくれたりという精神面での助けだけではなく、書類仕事や雑用も文句をいいながらではあるけれど手伝ってくれる。でも彼女はいつまで一緒にいてくれるかはわからない。彼女の妹、プレミアム幸子（さちこ）に手を下したのはリップルだ。彼女が心を操られていたという事情を知ってはいてもいざ会えばどうなるかはわからない。

プリンセス・デリュージはうるる以上に今後どうなるかわからない。彼女は悩み、苦しみながら前に進もうとしている。「魔法の国」から押し付けられる理不尽に対抗できる方法を暗闇の中で模索している。デリュージ、それにアーリィ、ブレンダ、キャサリン、の三人とは短期的に目的を同じくして協力できているだけでもよしとすべきだ。スノーホワイトは、彼女達のことが嫌いではない。

監査部門、そしてマナ、最近ようやく頼ることができるようになってきた気がする。だが「もっと上手く頼る」ことはできなかったか、と思う。自分だけでなく、協力してもらうにしてもベスト、とまではいわずともベターな動きができていれば、今のようにはなっていないのではないか。

キークの事件の時は、あと少し早ければ、と悔しく悲しい思いをした。もっと上手く、スムーズに、ともすれば強引に事を運べば、死なずに済んだ魔法少女が一人か二人、ひょっとするともっとたくさんいたはずだ。

地下の人造魔法少女研究施設では強引に動いた。友人の死を知らせず、魔法少女達をスノーホワイトの思うように配置した。事件は解決したけれど、それで後悔がなかったわけではない。研究所の中で聞こえた心の声はいつまでも耳から離れることはなく、もっといいやり方があったのではないかと今でも考えることがある。幼馴染を、プリンセス・インフェルノを、あんな悲しい目に遭わせ、あんな悲しい言葉を最後の一言にさせることもなかったかもしれない。

プク・プックの事件では後悔しかない。こうしていれば、ああしていれば、は次々に湧いてきて途切れることなく精神を苛み続ける。だがスノーホワイトが思い悩むことができるのは生きているからだ。死んでしまえばそれもできない。前に進むことができない。生きている者は苦しかろうと前に進まなければならない。

きちんと解決できた事件はない。終わっても終わらず、そして心にしこりが、時にはそれ以上のものが残る。だがスノーホワイトは「事件を解決した」として評価され、フレデリカのつけた魔法少女狩りというあだ名だけが大きくなっていく。

魔法少女狩りという呼び名を嬉しいと思ったことはない。単純に嫌だというだけでなく、その呼び名に相応しい魔法少女だとは思えない。完璧にやってのけた仕事は今までに一つとしてなかった。いつだってじくじくと後悔し続けている。思いを捨ててさっぱりと再出発なんてことは絶対にできない。皆を背負っていくしかない。その重さがスノーホワイトの足を鈍らせていても、だ。

そして魔法少女学級でも「ああしていれば」「こうしていれば」は同じだ。魔法少女達の悲痛な心の声が聞こえる度、新しい後悔がスノーホワイトを叩きのめす。

早く動けばよかった。お面の魔法少女達はフレデリカの手下、ライトニング達はフレデリカを妨害するためやってきている。ならばフレデリカの動きが読めていれば話は違った。もっと連携できる相手はいなかったか。いっそ強引に捜査してしまうべきではなかったか。派閥や部署の力関係や政治について考慮したせいで誰かが死ぬなんて馬鹿らしいことだ。それで死んだ人間に顔向けできるのか。

明日を信じて学校に通っていた魔法少女達の未来が、閉じられていく。スノーホワイトは泣きたくても泣いてはいけない。動かなければ、また誰かが死ぬ。

スノーホワイトの妄想をかき消すように劈くような音が鳴り響いた。床を割ってライトニングの雷から逃れる。蜘蛛の巣と泥に塗れながら床下を滑るように移動した。剣が突き入れられる。短剣が投げ込まれる。一つでも命中すれば致命傷だ。スノーホワイトは逃げ続けた。

◇０・ルールー

自分はミミズであると念じた。速度を出さず這い進むことだけが許される移動方法だ。先んじて魔法少女学級の敷地内に潜入したまではよかったが、お面の襲撃者達から身を隠すはめになり、今度は味方であるはずのライトニング達から逃れてじりじりと移動している。

複数のプリンセス・ライトニングがそこかしこを走り回っているという悪夢じみた光景の中、ルールーは身を隠しながらカタツムリのような速度で移動していた。どれだけ焦れても急いで駆け出すわけにはいかない。ゆっくり確実に、瓦礫の下に潜り、見つからないよう進んでいく。

ライトニングがあちらこちらにいるのを確認し、度肝を抜かれたが、そこはもう「そういうものだ」と割り切るしかない。ライトニングの浮世離れした個性はなにがあってもおかしくない。戦闘能力ではラズリーヌ候補生一人とおっつかっつの彼女が、最終兵器として重んじられているのだからむしろこれくらいのびっくりはあって当然だ。

そしてルールーはライトニングが複数いることを知らされていなかった。ルールーが触れることのできるレベルの機密ではない、ということになる。

ルールーは掌に握った紫色のクズ宝石をきつく握り締めた。アイオライトの石言葉である「道を示す」を魔法によって顕現させる。小さなクズ宝石の力などたかが知れているが、だからといってなにもしないよりはずっといい、はずだ。

魔法をかけたからといって光が出たりするわけではない。なにかが心に囁きかけるわけでもない。治癒、不変といった物理的に作用するもの、洞察力や集中力といった心に作用するものと違い、運に作用するものは結果が出るまでわからない。おまじないと同じだ。

校庭側から外周に沿って進む。後者の壁に背を張り付け、針が落ちる音さえ聞き逃さないよう耳をそばだて、焦燥感を押し殺す。

リップル番のルールーに魔法少女学級と関わることは期待されていない。だからこそライトニングがたくさん出てきて驚かされてしまっている。

リップルの動きを事細かく師匠に報告すべきだったか。そうすれば現在の状況も報告済み、当然師匠は把握済みということになり、ライトニングと連携することもできたかもしれない。だがルールーは動かなかった。自分の動きと考えを残らず師匠に話そうとはしなかった。話してしまえば止められていた気しかしない。

だから過ぎてしまったことをねちっこく悩み続けるのは無駄だ。ここから少しでも良い方向に進むために舵を切る。

全神経を集中させて潜伏しながらじりじり進み、魔法の方も手を抜くことはできない。要求されることがとても多い。ここだけの話ではない。リップル専属を命じられてからは本当に要求されることが多い。そして当のリップルがルールーの涙ぐましい献身をどこまで感謝しているのかはわからない。聞けば教えてくれるかもしれないが、怖くて聞けたものではない。ぶっきらぼうな態度は変わらずとも会ったばかりの時よりは柔らかくなっているが、それがルールーの勘違いではないと断言できない。

溜息が出そうになるが、飲み込む。隠密に無駄な呼吸は禁物だ。余計なことを考えながらの行動も禁物だが、恐怖心と仲良く手を取り働くためにはこれくらい外れたことを考えていた方がいい。リップルへの不平不満ならいくらでも出てくる。

爆発で大きな穴が開いた教室の真下に着いた。瓦礫の中に潜み、気配の消えた隙を狙って開いた穴から教室の中に滑り込む。机、椅子、黒板、教室を象徴するアイテムの数々が完膚なきまでに破壊され、元の形もわからなくなってしまっていた。

ルールーはアイオライトに込める魔法を強めた。お願いします、お願いしますと祈り、砂粒のようなクズ宝石は溶けるように消え失せた。果たしてどこまで役に立ってくれたのか、ルールーの魔法は結果がとてもわかり難い。

瓦礫から瓦礫へと移動する。呼吸と鼓動を整え、気配を殺す。ラズリーヌ候補生にとって自己の肉体をコントロールする術は必修科目だ。こうやって習い覚えた技術を使うと「自分は案外ラズリーヌ向きだったかもしれない」と思えてくるから不思議だ。ラズリーヌに向いている魔法少女が、今こんなことになっているわけがないのに。

雷の落ちる音が聞こえる。誰かの悲鳴が続く。

第二章　昔、ここで

◇オールド・ブルー

才能のない人間でも魔法少女になることができる。安価で大量に同じような性能の魔法少女を揃えることができる。このようなコンセプトでオールド・ブルーが推し進めた研究部門主体の人造魔法少女計画、通称プリンセス計画は、ある程度成功しつつも目的――「魔法の国」に対抗できる戦力の確保――を達成したわけではなかった。

だがプリンセス達の犠牲を無駄にすることなく計画は前進を続け、プリンセス・ライトニングに至ることができた。適性、火力、身体能力、応用の効く魔法、燃費、生存能力、精神力、人間並の知性、それらを確保しつつスートと数字による役割付けで更なる強化を果たし、ライトニングの兵団は完成した――もとい完成しつつあった。実戦運用の前にまだまだやっておきたいことはあったが、フレデリカが動くならば試験兼実戦だ。

「次はどこへ？」

「味方じゃないなら敵でしょう」

「本当に敵かしら？」

「あんな所に敵？」

「中庭へ」

魔法により生み出された愛玩用の少女という商品は「魔法の国」の倫理観をもってしても問題しかなく、スポンサーはめいめい処罰され、開発局は取り潰されるという関係者が軒並みろくな目を見なかった曰くつきの一品だったが、オールド・ブルーにとっては福音だった。一目見た瞬間、オールド・ブルーの魔法は彼女の本質を見抜き、最も有効で強力な運用方法に思い至った。

「あちらはどうするの？」

「数を増やす？」

ラツムカナホノメノカミを名乗る魔法少女が暴れているという報告は驚きに値するものではあったが、同時に納得感は強かった。ピティ・フレデリカが事を起こすのならそれくらいの飛び道具は置いておくだろう。本物か偽物か悩む必要はない。ライトニングの集団をものともしない強さを持つなら本物でいい。

ラツムは戦いの中心から引き離す。スペードのエースを筆頭にした精鋭を送り、中庭から遠ざける。スペードのエースであれば自分の安全を確保しつつやり抜いてくれるだろう。

どうしてもできないようならこちらに連絡がくる。考えるのはそれからでいい。

遺跡と遺物の具体的な内容についてはどの資料でも伏せられており、違法な手段を使ってさえ知ることはできなかった。上級幹部だから知らされている、というものですらない。三賢人ならば知っていることにはなっているが、それさえ確認をとったわけではない。あやふやで不確かだ。魔法使い達はそのようにふわふわしたものでさえ「『始まりの魔法使い』が作った遺跡なのだから」で終わらせてしまうが、オールド・ブルーはどうしても詳細を知る必要があった。なので直接見る。写真や映像では得られない情報も、オールド・ブルーの魔法で対象を見れば手に入る。

自分の目で遺跡を見て、入れるようなら入って遺物を盗む。まず遺跡の確認をするのが第一、遺物を確保できるようなら確保するのが第二。確保が難しいようなら破壊する。とにかくフレデリカに渡さないよう、彼女の思い通りにしないことが重要だ。

「魔法の国」に対する反抗という目的だけなら合致していたから、フレデリカと協力することもできた。彼女の使う水晶玉とオールド・ブルーの目は大変に相性が良かった。だがいずれ袂（たもと）を分かつことも確定していた。フレデリカの最終的な目標は「魔法少女システムの支配」と「お眼鏡にかなう魔法少女を生み出す」ことであり、こちらが目標として掲げる「魔法の国の切り離し」と「魔法少女システムの消滅」で相反していては最後まで協力できるわけもない。そしてフレデリカは本来の目的を捨てオールド・ブルーに従うような魔法少女ではない。

目的は達成させない。遺跡がどれだけ厄介であろうと、フレデリカが手勢を送り込んだということは突破する算段があると見ていい。フレデリカに奪われるくらいなら遺跡諸共遺物を破壊する。破壊も侵入もできないのであれば別プランだ。

◇ピティ・フレデリカ

ひらりと剣を避け、すれ違いざま脛骨を軽く触って粉砕、足を払って脛から下を砕き、宙へ浮いた敵の身体をとんと押して別の敵にぶつけ両者を破壊、雷撃の下を潜り、右側面より放たれた稲妻を左手で払って掻き消し、それでも多少の痺れを感じただけだ。

——なるほど現身になるべく作られた肉体とは強いものだ。

軽く撫でるような攻撃で目につくライトニングを破壊し、そのうち一体の首を掴んで引き起こし、コスチュームを捲って鎖骨の辺りを見た。先程ちらと見えたのは見間違いではなかった。スートはダイヤ、数字は8だ。それだけ確認すると首を捻り折った。

——これが初代ラズリーヌの隠し玉か。

シャッフリンとプリンセスシリーズを合わせたか。安直ではあるが、安直なものほど強い。そのまま時代を築けば王道になる。技術者達の血と涙が透けて見えるようだ。

だが評価はできない。無粋だ。プリンセス・ライトニングだけではなく人造魔法少女全般にいえることだが、魔法少女への個人的な思い入れを排し、兵器として運用するために作り出されている。個人的な思い入れこそが魔法少女の強さだ、とかつては考えていたし、今のカシキアカルクシヒメ——ピティ・フレデリカも考えている。

　心の弱さすらも強さに変えるのが魔法少女だ。

　ライトニングを一体、二体、排除し、三体、四体、己の肉体がどう動くかを徐々に掴みつつある。五体、六体、七体、遭遇するのはライトニングばかりだ。

　——こちらの第一陣は残っていないか？

　第二陣もいつまでもつか。第一陣よりは精鋭を揃えたが、それにしてもライトニングは強い。八人、九人、とばして十五、十六、まだまだ出てくる。この数、そしてこの強さを揃えたなら初代ラズリーヌが隠し玉にするだろう。

　移動中、配下がライトニング達と戦っているところを目撃する。

　みこちゃんのお面をつけた魔法少女が電撃を浴びて痙攣し、トドメを刺されようとするところへキューティークラウドのお面をつけた魔法少女が割り込み、ライトニングを一人、二人と黒い靄（もや）のようなもので飲み込んだ。靄の中で稲光が弾けている。

　今のフレデリカにとってライトニングは問題となる強さではない。が、配下だけで処理できなければ相手にしないわけにもいかなくなる。敵が向かってくるのに相手をしないというのは、パワーアップして現れた魔法少女として美しい振る舞いとはいえない。

目的地は中庭だが、美意識を抜きにしても今すぐに向かうべきではない。ちょうどいいタイミングはもう少し後だ。それまでは新しい身体の慣らしを兼ねて、この混沌の中で楽しんでいこう。耳を澄ます。今の肉体はフィジカル全般に優れている。五感、その中の聴力も今までとは比べものにならない。

――この音……。

遠くで聞こえる足音。ライトニング達とは明らかに違う。歩法、体捌き、動き一つに美しささえ感じる。

――オールド・ブルー……やはり、来ていましたか。

遺物入手の前に倒さなければならない相手がいる。

◇カナ

背後から三体のライトニングが同時に斬り込み、カナは後ろを見ずに鎖を振り回して剣を弾いた。剣に纏わせた紫色の雷がバチバチと身体を這い上り、正面から浴びせられた電撃と合わせて焦げた制服から嫌な臭いが立ち上る。

蹴り飛ばし、振り払い、放り投げ、それでも後から後から雲霞のようにライトニングが現れ、カナは殴り、飛ばし、蹴りが空を切った。

回避された。思わず相手を見返した。ライトニングだ。普段よりも人を馬鹿にしたような笑顔を浮かべ、群れの中へと消えていく。同じように見えても強さが一定ではないようだ。意識して見れば動きの速さや力強さに差異がある。

電撃、斬撃、短剣の投擲、隙を見せた途端に次々と浴びせられる。カナは左から右へとステップを利かせ、途中にいた数人のライトニングを跳ね飛ばした。

カナはフレデリカにより記憶を捻じ曲げられ、自分の魔法を本来より遥かに弱いものだと思わされていた。誰かに質問する必要はなく、頭の中で質問を思い浮かべれば、不確定な未来を除き、真実を手にすることができる。これが本来の形だ。

――プリンセス・ライトニングは誰の手下だ？

オールド・ブルー。

――俺の知るプリンセス・ライトニングなのか？

違う。全員別人だ。

――やつらの狙いは？

中庭の遺跡と安置されている遺物。

カナは渡り廊下のコンクリートで強く足を踏み締め、衝撃でバランスを崩した周囲のライトニング達を纏めて薙ぎ払った。その後ろから元気なライトニングが全く怯むことなく真っ直ぐカナに向かって突っ込んでくる。

アーデルハイトと遭遇した時に纏めて吹き飛ばしたライトニング集団と比べ、より精強に感じられる。こちらに攻撃が通ることこそないが、次から次へと追加が現れ、それらが皆強く、中には更に跳び抜けて強い者もいる。カナが暴れているからその都度追加を寄越しているのではない。意思がある。カナを近付かせたくない場所がある。

ライトニング達はより手練れを投入してきているのに、最早カナを打倒しようとはしていない。カナがライトニング達に致命傷を与えないよう手加減していることを察し、足元を見るように嫌がらせめいた波状攻撃に徹している。精々服を焦がすことしかできないと本人達も理解しているだろうに、攻撃の手を緩めず、徐々に戦場を移動させ、特定の場所――中庭から遠ざけようとしている。

中庭には遺跡の入り口がある。蓋を開き、階段を降り、道を進めば石造りの通路――遺跡に出る。そこには遺物が安置されている。なにかに利用してやろうと考えるべき物ではない。持ち出せば不幸しかない。あのプク・プックでさえ使おうとはしなかった。

カナは、質問によって過去を知って以来、生々しい白日夢を見ることがあった。心の弱った者が見る妄想として片づけるにはあまりにも現実感があった。脳裏に蘇る。緑色の地獄。

開発者である始まりの魔法使いでさえ取り扱いをしくじった。設計思想すら知らない後続の魔法使いがそれ以上に上手く扱えるとは思えない。地形が変わり、多数の魔法使いが命を落とした。事態を収束できたのも開発者が己を犠牲にしてようやくだ。今はもう始まりの魔法使いがいない。

オスク、プク、カスパ、残った三人は、自分達がどうして生き残ったかさえわからず、いなくなった師の残した物を存続させるために遺跡を封じた。それが三賢人システムの根幹であり、「魔法の国」を蝕（むしば）むという自覚もないまま、だ。結果的に生き残った三人の弟子は三賢人と呼ばれるようになり、立場的に逆らう者は一人もおらず、封印は守られてきた。しかし永遠に続くものはない。記録に残しておらず、三賢人も事情を知らず、語り継ぐ者がいないのだから「私ならきっと上手く使えるはずだ」と考える者が出ないはずもない。

発端は恐らくハルナだ。遺跡を中心とした術式の構築、恐らくは「魔法の国」由来とも知らずエネルギーの上前をはねている。フレデリカはカナの言葉からいけると踏んだに違いない。駄目だ。上手くいくとは思えない。たとえその時は上手くいったとしてもフレデリカに与えてはならないものだ。

歪む悲鳴。変形する肉体。飲み込まれ、消えていく。

右に走り、左に走り、敵を引きつけたところで振り返り、駆け出した。途中、邪魔する者は跳ね飛ばした。驚いた表情のライトニングが吹き飛び、校舎が粉砕される。カナは庭木をへし折り、真っ直ぐ走った。後方からかけられるライトニング達の声が遠ざかる。

「魔法の国」のためには三賢人こそが邪魔者だ。暇さえあれば「どのようにすれば新しい現身を作られることなく自分を殺せるか」考えていた。だがこうなってしまえば今すぐにいなくなってやるつもりはない。梅見崎中学を、クラスメイト達を守る。そのためには彼女達一人一人を探すよりも先に中庭を抑えなくてはならない。遺跡や遺物を私物化しようとする愚か者がいれば、周囲全てに危険が及ぶ。そういう輩は排除し、今後二度と現れないようにしなければならない。

◇ハルナ・ミディ・メレン

クラムベリーのコピーが音を爆発させ、それに対して五倍から六倍の電撃が放たれる。ハルナが張っておいた矢返しの魔法によって撃った者に返っていくが、残念ながらプリンセス・ライトニングは雷に撃たれても平然としていた。

ハルナは物置小屋の小窓から状況を確認しつつ魔法で援護をした。予め設置された魔法の機構による強化術に加え、別途魔法も使用していく。直接的な攻撃——炎の弾丸を飛ばしたりしても魔法少女に命中することはないが、癒しであったり身体強化であったりすれば充分な成果を上げてくれる。

　生徒達は賊相手に渡り合っているが、相手の数が多過ぎる。

　――もう少し足すか。

　遺物との間を繋ぐ見えないパイプ、そこに繋がるバルブを捻る。機構に注ぎ込む魔力を増やし、生徒達の強化の度合いを更に一段上昇させた。

　また爆音。そして雷。これが戦いの最中でなければ耳を塞いでしまいたい。実際、魔法少女ならぬハルナにはこれだけでもダメージがあるかもしれない。

　中庭を守る学生達の損傷も激しい。彼女達は全員憑融済みだが、憑融は無敵の兵士を作り出すわけではない。ホムンクルスの肉体に魔法少女の肉体と精神を融合させてより強い肉体を作り出す。あくまでもより強い、だ。戦えば傷つき、傷が酷くなれば動けなくなる。物置小屋の窓からメピス・フェレス、テティ・グットニーギルに治癒の魔法を使い、火傷と切り傷を治療してまた前線に向かわせた。

　雷が鳴り響く。光と音だけで頭がおかしくなってしまいそうだ。

　クラムベリーがライトニングの一人を蹴り飛ばし、中庭の入り口から押し戻した。群れに向けて爆音、魔法少女達が四方八方へ吹き飛ぶ。

　吹き飛んだライトニングの中の一人がゴロゴロと転がっていき、壁に受け止められた。露出した首筋にはクローバー、それに数字の6が描かれている。

　ハルナは苦々しく舌打ちをした。

シャッフリンの技術が使われていると見て間違いない。獅子心中の虫がいるか、もしくはオスク派の技術が盗まれたか。プリンセス・ライトニングの推薦者を考えれば、プク派か、有力貴族か、研究部門か、それらの協力体制か。

――クソどもめ。

もしシャッフリンと同じルールに従っているとすれば、スペードのエースがいるだろう。あれはよろしくない。現在の防衛体制のままでは少々危険だ。

飛び道具が効果をあげられないからか、今度はライトニング達が剣を構えて前に出てきた。瞬き一つで転移した出ィ子が蹴り付け、テティが受け止め、クミクミがカバーに入り、それでも手が足りず、クラムベリーは直接拳を振るった。

クラムベリーが肉弾戦を始めたため、音の魔法による圧が減じた。後続のライトニング達が前に進む。そこに後方から液体が浴びせられた。ライトニング達の美しい顔が苦痛に歪み、しゅうしゅうと音を立てながらその場で転げ回る。瞬く間にクラムベリーに蹴散らされた。

群れの間を縫うようにして人影が滑り込んできた。人影も同様に親指を立て、握った左拳を出ィ子に向けた。目から、鼻から、口から、血を流し、それでも右手に構えた水鉄砲を離すことはなく、敵に向かって液体を放射している。憑融させた生徒の最後の一人、プシュケ・プレインスだ。

思わぬ伏兵により、ライトニング達は再び押し退けられた。だが攻撃の手が緩んだわけではない。今も大きな音と光でハルナをいらつかせながら戦っている。

——もう少し強めるか。

ハルナは手元の魔法円を操作し、更にバルブを緩くし、遺跡から借りているエネルギーを増やした。これで中庭を守る生徒達の能力が強化される。

中庭の物置小屋こそがハルナの研究施設、本拠地になる。希少なマジックアイテム、魔法の宝石が詰まった樽、文献、憑融用の素体と、余人に見られては困るものがいっぱいに詰まっている。カルコロも出入りする校長室はただの執務室だ。

プリンセス・ライトニングは無駄口を叩き、意味なく笑みを浮かべ、同時に死を恐れることなく襲い掛かってくる。そしてシャッフリンのシステムが適用されるならスペードの絵札、エース、ひょっとしたらジョーカーまでいるかもしれない。

——まだいけそうではあるが……準備はしておくか。

出し惜しみは無しでいくしかない。今後を見据えてなどと悠長なことをいっていれば今後が無くなってしまう。本来の使用用途とは違っているが、使うのは今だ。もったいないなどという言葉はどぶに捨てる。

ハルナは窓を閉じて振り返った。壁に並んだ透明なシリンダーには、憑融前で未使用状態のホムンクルスが並んでいる。アーデルハイト、サリー、ラッピーを飛ばし、四つ目のシリンダーに手をかけた。

◇雷将アーデルハイト

足音と破壊の音はある程度離れた。カナの意図を汲めば、ここで逃げるのが最上ということになる。まずは安全な位置取り、味方がいれば合流、敵は可能な限り避ける。

これでいい。魔法少女学級襲撃のフォローという任務はライトニングとの一対一で充分に果たしている。ライトニング集団に対して手負いのアーデルハイトが一人で戦うなどオーバーワークもいいところだ。味方を探すか、逃げるかだ。味方というのはクラスメイト達も含まれる。ランユウィや出ィ子はともかく、二班は当然としてラッピーやミス・リールであれば共に戦うこともできるかもしれない。

周囲を警戒しつつ、瓦礫の中から身を起こした。埃に塗れてはいるものの、カナの攻撃によるダメージは微々たるものだ。加減して蹴ってくれたのだろう。助けてもらった命を無駄にすることはない。

倒れているライトニングはそこかしこにいる。その中の一人を抱き起す。アーデルハイトと戦っていたライトニングは、変身解除後の服装が制服だ。他はジャージ、スウェット、

Tシャツ、妙にラフな服装が目につく中で区別しやすい。

息がある。表情は苦しげだが胸は上下している。とはいえ意識はないままだった。今意識を取り戻してなんだかんだと喋られるより寝ていてもらった方がいい。黙っている方がいい、喋ると台無しになる、というのはつまりいつものライトニングだ。

自分の考えに思わず笑みを零し、まだ余裕がないわけではないと再確認した。

短剣、長剣、それに宝石が瓦礫の隙間に転がっていた。アーデルハイトは落ちている宝石を二つ三つ拾い上げ、光に透かしてみた。ライトニングは出力を上げるのに使っていたが、彼女でなくとも使えるものなのだろうか。一応とっておこうと袖口に落とす。

そして埃だらけのライトニングを引きずり出し、背負った。どうせ埃だらけなのはお互い様だ。うっかり落として後で文句をいわれないよう、コートを破って紐を作り、それでしっかりと括り付けておく。

あとは念のため軍刀が欲しい。多少状態が悪かろうともないのと有るのでは大違いだ。落としたのはどこだったか。

「どうぞ」

手渡され、咄嗟に手に取り、慌てて跳び退った。ライトニングがそこにいた。

アーデルハイトの知るライトニングは、服装的に今背負っているライトニングだろう。ということは、このライトニングはアーデルハイトを襲っていたうちの一人ということになる。敵ではあるのに、まるで警戒する様子もなく教室で声をかけるように話し始めた。

「さっきの見た？」

アーデルハイトは軍刀の柄に手をかけた。じりと軸足を前に出し――

「返事は？」

ライトニングの顔がすぐそこにある。彼女が瞬きし、長い睫に撫でられたようなこそばゆさを頬に感じた。柄の上にはライトニングが手を置いている。

アーデルハイトは離れることもできず立ち竦んだ。ライトニングはふうと息を吐き、アーデルハイトの喉にかかった。

全く動けなかった。出ィ子のような瞬間移動ではない。ただ速かった。

「ねえ、返事は？」

「ああ……見たよ」

アーデルハイトの脳裏に様々な物が浮かび、消えていく。どうすべきかを過去の経験から引き出そうとし、いやこれではないと引き出しを閉める。

「カナのことやね？」

「そうそう。凄かったでしょう？」

「まあ……そうやね」

会話で引き延ばす。その間頭は回転を続けている。だがまだなにも引き出せない。

「切った張ったには自信ある方だけど、あれと真正面から戦いたいとは思えなくて」

「そらそうや」

「で、あなたなんだけど」

ライトニングは微笑み、すっとアーデルハイトから離れた。スカートの裾がふわりと浮かび、太腿に記されたスペードマーク、その隣のAが見えた。

「なにか偉そうなことといって蹴飛ばしてたけど、あれってつまりあなたが攻撃されないように移動させて自分が囮になった……ってことでしょう？　あなた、見た感じ全然動けてるみたいだし。あの怪物が本気で蹴ったならミンチになってもおかしくはないのに」

背筋に冷たいものが走った。全て見抜かれている。

「つまりあなたは大切な存在ってことじゃない？　なら人質になってもらって、こいつの命が惜しいなら大人しくしろって命令すれば、あの怪物も手出しできなくなるでしょう」

名案でしょう？　といわんばかりに上目遣いで首を傾げた。

「そのために……一人残ってた、と？」

「残ってたわけじゃなくてね、戻ってきたの。どうやら正面突破は難しいみたいで、ならあそこで蹴られたあいつを利用すればって思いついて。で、大人しく捕まってくれる？」

「断ったらどうなるんやろうね」

「断れるわけないじゃない」

音が鳴り、光が弾けた。

◇三代目ラピス・ラズリーヌ

アスモナは手強かった。ラズリーヌは未だ通路を突破できていない。カスパ派の屋敷、フレデリカの居室へ続く廊下で二人の魔法少女は殴り合いを続けていた。

大振りを避けて小刻みな連打、ねっとりとした防御で絡めとられて捕られかけた腕を引き、肘、震脚からの掌底、一、二、三で退き、合わせて寄った相手へ膝、体を入れ替え脛受け、三発、五発、小指の先まで伸ばして一撃、眼鏡に掠った。

一度距離を取り、敵——大姦婦アスモナは眼鏡の位置を整えた。ラズリーヌは肩甲骨を緩め、ゆっくり、長々とした息吹で備えた。

豪壮な屋敷の一角が廃墟と化している。屋根が落ち、壁は崩れ、絨毯はズタズタ、シャンデリアは粉々、価値がありそうな絵画や西洋甲冑はゴミ同然になった。これだけの破壊行為を経て、今なおアスモナには傷一つついていない。ラピス・ラズリーヌの魔法であれば、傷どころか一撫ですれば終わるというのに、それさえも難しい。

流石に強い。魔王塾七大悪魔は伊達ではない。このレベルがあと六人いるのであれば、パム健在時に魔王塾が偉そうな顔をするわけだ。だが相手の強さは認めつつも負ける気はさらさらない。

肘の隠しポケットから袖口へ、袖口から掌へ、敵の目から隠しながらキャンディーを一つ取り出した。ラズリーヌは感情や記憶、魔法の影響をキャンディーにすることができる。アスモナと戦っている間、今もずっとキャンディーを身体から出し続けているのは、キノコの魔法による悪影響を受けないようにしているためだ。悪影響だけではなく、良い影響を与える魔法であってもキャンディーにして取り出せる。

予備動作なしに跳ねた。拍子はつけない。一度身体を丸め、敵に背中を見せ、その一連の動きの中で隠しながら取り出したキャンディーを口中へ放る。甘さが溶ける。

以前戦った魔法少女、名前は忘れたが、肉体強化の魔法を使う相手だった。その魔法の効果をキャンディーにして隠し持っていた。さっきまで全力で打ち合っていた相手が、より強く、より早く、攻撃してくる。かわせるものか。

突いた。最速、最強だ。アスモナのガードを掻い潜った貫き手が頬を掠めた。ラズリーヌの魔法が入る。アスモナの顔からぽろりと記憶のキャンディーが抜けた。

ぐらり、とよろめいた。アスモナの目から光が失われている。意識を奪った。

ここでトドメ、と踏み込む。追撃を繰り出しながらラズリーヌは違和感を覚えた。様子がおかしい。気配がある。アスモナから意識を奪ったはずなのに、だ。

アスモナの頭の上に載っている水玉のキャスケット帽が僅かに浮いた。帽子と頭の境から、赤く長い、まるで蛙の舌のように長いなにかが飛び出し、踏み留まったラズリーヌの目前で抜け出たばかりのキャンディーを掴み、アスモナの口に突っ込んだ。

――しまっ……！

攻撃一辺倒で防御どころか残心も考えない捨て身の一撃だった。この場に師匠がいれば確実に叱られている。相手に隙はあるが自分の隙もたっぷり、それでいて恋人同士にしか許されない息のかかる距離だ。

アスモナの目が色を取り戻すよりも先にラズリーヌは動いた。ひょっとしたら相手も同じように「自分の方が先に動いた」と感じていたかもしれない。

ゼロ距離での肘、膝、掌、背中、さっきまでの攻防が嘘のように打撃が入り、入れられた。打撃の度にキャンディーを抜こうとするが、肌に直接触れることだけは徹底して許されず、布の上から殴り、蹴るしかできない。縺れながらもなんとか離れ、アスモナは血を吐き捨て、ラズリーヌは目にかかろうとした血を振り払った。

頭蓋にヒビが入っていた。肋骨はヒビなどという可愛らしい怪我ではない。

アスモナは眼鏡がヒビ割れている。同じヒビでも大違いだが、それだけで済ませるわけはない。右手がだらりと下がっているのは、肩を砕いたからだ。右頬は腫れ、右目は充血し、差し引きどちらの負傷がマシかは判断が難しいところだ。

「帽子、かあ」

お互いのダメージを確認する傍ら、殊更ゆっくり話しかけた。アスモナは息を荒げることもなく聞いてくれている。向こうも理解している。

「本体とは別に自我を持っていたんだね」

アスモナの肉体から記憶のキャンディーを取り出し、それで意識を断ったはずだった。だが別個の自我を持っていた帽子が自律行動し、掴み取ったキャンディーを主の元に戻してしまった。簡単なようでいて中々できることではない。これで即座に対応できるアスモナは、まあ化け物だ。

「そちらに比べれば奥の手と呼ぶほどのものではありませんけどね」

師匠なら見抜いていたかもしれない、と思ったが口には出さなかった。

「それじゃここからは……」

足音が近付いてくる。音が大きくなる。凄まじい勢いだ。キノコの胞子を割って黒い影が走り込んだ。

「フレデリカ……じゃない……あれは、影武者！」

背負われたデリュージがそれだけ口にし、ぐうと呻き、目を瞑った。

背負っているのはリップルだ。表情は憎しみ一色に染まり、怒りを露わにしている。アスモナが眉をひそめたのは、守っていたはずのフレデリカが影武者を使っていたことか、それともリップルの表情に対してか。

ラズリーヌはリップルに背負われている人物三名から目を外さなかった。まずデリュージだ。彼女は限界を迎えているように見えたが、それでも胞子の中で魔法を使い、ここまでもたせた。キャサリン、ブレンダもいる。変身が解除され、意識を失っている。

空気の緩みを感じた。キャンディーの放出が減り、すぐに止まった。有害な魔法を取り出すべし、という魔法が空打ちしている。アスモナが胞子の魔法を解除したようだ。ラズリーヌは尋ねた。

「戦いは終わり?」

「ボスを守るという仕事は……当人が私に話さず替え玉を使っていた以上、おしまい……いや、最初からなかったんでしょうね」

アスモナ、ラズリーヌ間の微妙な空気には構わず、リップルはまずデリュージを下ろし、ラズリーヌに渡した。

「任せた」

止める暇もなかった。私だって立派な重傷者、とはいえなかった。リップルは走り去り、どうしたものかとアスモナがいた方を見ると、既にこちらも消えていた。全員とにかく動きが早い。

ラズリーヌは全身の痛みに耐えながらデリュージ達三人を背負い直し、駆け出した。まだ戦っている魔法少女達、倒れて動けない魔法少女達、全員引き連れて撤退だ。

転がるように、あるいは飛ぶように、逃げ続けた。みっともなくてもいい、とにかく逃げる。熱を感じる距離で雷が炸裂し、舞い散る木っ端は全て黒く焦げている。鼓膜がまだ生きているため音だけで気が遠くなる。それでも倒れてはいけない。足を動かし続けなければならない。

◇スノーホワイト

リップルの悲しそうな顔が頭に浮かぶ。

クラムベリーの試験の後、いなくなるまでの間、笑っていたこともあったし、怒っていたことも、とぼけた顔をしていたことだってあったのに、思い浮かべるリップルの表情はいつも悲しそうだ。スノーホワイトはずっとリップルを悲しませ続けてきた。

彼女の願いは知っていた。誰かと戦うのではない、平和に暮らしたかった。町の魔法少女としてちょっとした問題を解決して回る。

スノーホワイトもかつてはそんな魔法少女になりたかった。今でもそんな魔法少女に憧れている。

だが自分は別のことをすると決めた。リップルはスノーホワイトを止めようとし、それでも止まることはなく進み続け、リップルを巻き込み、彼女を不幸にし、他にも大勢の人達を不幸にし、ファルもいなくなり、それでも止まることはできない。

苛立ちをぶつける先が欲しかったのではないか、と思うことがある。癇癪を起こして暴力で発散させようとしているだけなのでは、と思うこともある。他人の心の声は聞こえても自分の心の声は聞こえないため、なにが真実なのかはスノーホワイトにもわかりはしない。魔梨華なら「それでいいだろ」の一言で終わらせるかもしれない。スノーホワイトには割り切ることはできない。

N市で戦い終了のアナウンスがあった時、スノーホワイトは心の底から安堵した。リップルは自分の心に従い戦いを続けた。スノーホワイトの制止の言葉は彼女を止めることができず、最後の最後までやりきった。

結果的には彼女が思いを貫きトップスピードの仇を討ったからこそファヴを倒すことができた。スノーホワイトの軽い言葉では為しえなかったであろう重い成果だ。

あの時のことは何度も何度も繰り返し思い出す。

雨が降りしきる真夜中のダム、という寒々しい場所で彼女だけが唯一熱を持っているかのようだった。ぼろぼろに傷つき、手と目を失い、武器を杖代わりにして立っていた。倒れていないことはおろか、生きているだけでも奇跡的な大怪我だったのに、一つ残った瞳はマグマのような圧倒的熱量を湛えていた。

スノーホワイトは息をのみリップルを見上げていた。恐ろしく、惨たらしく、雄々しく、そして呼吸を忘れてしまうほど美しかった。

姫河小雪(ひめかわこゆき)は魔法少女に憧れていた。だが戦いたいと思ったことはなかった。暴力で悪者を倒す魔法少女に憧れたことはなかった――立ち上がったリップルを見るまでは。

今、小雪の中にいるリップルは悲しそうな顔で俯(うつむ)いている。こちらを見ることはない。

第三章　集まれ黒幕たち

◇雷将アーデルハイト

　唇を引き結ぶ。徐々に晴れる煙の中、敵のいた方向から視線を外さない。両手は軽く握り、両腕は顔の前でクロス、腰を落とし姿勢を低くする。もらった電撃は全てエネルギーに変換、それを使い次の攻撃に備える。

「難攻斧落（フェストゥンクマリエンベルク）」

　雷撃が二度続けて弾けた。防御のためだけに魔法を用いる「難攻斧落（フェストゥンクマリエンベルク）」でなければ到底耐えられるものではない。天井が落ち、床が割れ、瓦礫に火がつき、目の前の——太腿にスペードのエースがあったライトニングのすました顔を下から照らす。

　アーデルハイトは意識して卑屈な笑顔を作り敵に向けた。

「ちょい待てや」

「なに？」

「今あんたのお仲間背負ってんねん」

肩を下げて背負っている負傷者の頭を見せてやった。目の前のライトニングは「だから？」という顔でそちらを見ようともしない。

「下手に攻撃したら巻き込むやろ。お勧めできへんね」

「人質のつもりだとしたら相手を見てやれとしかいえないわ」

長剣が振るわれた。といっても斬撃を視認したわけではない。アーデルハイトの周囲、柱や土や床板がザクザクに切り裂かれ宙に浮いている様子、それにエースのライトニングがいつの間にか長剣を握っているのを見て「攻撃された」と遅れて気付いただけのことだ。

間違っても戦いたい相手ではない。相手が強ければ強いほど嬉しいなどという思いは十歳になる前に捨ててきた。戦うなら勝てる相手に限る。

「タフね。殺すわけにいかないから手加減してあげたけど、それにしても」

見えない攻撃が続く。徐々に威力が上がっている。アーデルハイトは耐え続けた。「禁城鉄壁（ジークフリートリーニエ）」とは違い、溜めたエネルギーで攻撃に転ずることはない。ただひたすら耐えて耐えて耐え続ける。敵のスタミナ切れ、すぐにやってくる味方、それらの当てがなければ本来使うべき技ではない。

アーデルハイトの知るライトニングは景気よく雷を撃ち過ぎてダウンすることもあったが、目の前のライトニングに同じことは期待できない。ライトニングの群れが他の場所にも出現しているのであれば、魔王塾の先輩達も逃げ延びるだけでやっとだろう。ましてやクラスメイト達は生き残ることもできるかどうか。つまり味方にも期待できない。

アーデルハイトの生活基盤は幼少の頃から魔王塾にあった。そこでは母を含めた先輩達に頼ることができた。魔法少女学級ではむしろアーデルハイトの方が頼られることになった。面倒で鬱陶しいという気持ちはあったが、誇らしくもあった。なるほどこういうのが学校というものなのか、などと思ったりもしたものだ。

エースライトニングの攻撃は徐々に激しさを増している。軍帽が飛び、マントが切り裂かれ、地面が隆起して割れた。アーデルハイトはじっと耐えた。

攻撃の激しさと反比例するようにエースライトニングの表情が冷めていく。攻撃の最中、アーデルハイトの目を見据えて尋ねた。

「ひょっとして時間稼ぎしてる？　ああ、やっぱり」

答えてはいない。表情の変化を見透かされたか。そもそもカナの意図を読んでこちらに飛んできたのだから、アーデルハイトの知るライトニングとは違い、意図を汲み察する能力に長けているとみていい。

「私の攻撃を吸収してそれを防御に回している……打撃斬撃や稲妻じゃいいようにあしらわれる、と」

敵の戯言を相手にしているつもりはない。だが恐らくは言葉に対してアーデルハイト本人でさえ意識していない微細な反応が出てしまっている。いっそ目を瞑って耳を塞いでしまえればいいのだが、そんなことをしても喜ぶのは敵の方だ。

「あなたの首絞めて窒息させたりは……できなくはないか。けど時間がかかる？　接触したまま時間がかかるというのはちょっと問題ね。喉元固めてる間に攻撃されたら困るし」

意味を考えるなと念じ、表情から読み取られまいと歯を食い縛った。

「……無理そうね。とりあえずさっさと動けなくして運ぶってやり方が通れば一番いいんだけど」

無理だ。これ以上はまずい。情報を与えられないが、それを意識するだけの余裕がない。耐える。ただ耐える。袖口が切れ飛び、軍靴の紐が千切れ、それでも姿勢を維持して防御にエネルギーを消費、更にエネルギーを獲得、を繰り返す。

「そもそも私は得意じゃないの。相手を殺すことなく無力化するなんて。性格的にもそうだし、能力的にもそう。わかりやすくはっきりとさせるのが一番得意。あなたの目論見通りに時間稼ぎされてるというのが特にストレス」

エースライトニングは、いつの間にか手に持っていた光る石を額に当てた。まずい、と思っても防御に徹するアーデルハイトには止める手段がない。もっとも、防御に徹しておらずとも止めることは不可能だろう。

「ラグジュアリーモード・オン」

眩い光が迸った。目を開けているのも難しい輝きの中でアーデルハイトは歯噛みした。魔法少女というものは本当に理不尽で不公平だ。止められるか否かでいえば相当に難しい。回避はもっと難しく――

「あっ……ぐっ」

喉の奥からくぐもった声が漏れた。エースライトニングの顔がすぐそこにある。つまらなさそうにアーデルハイトを見ている。

「あなたの防御魔法、流れだした血を止められるわけじゃないんでしょう。このまま傷が深くなればより多くの血が流れる。早く諦めてくれると助かるわ」

エースライトニングが右手に握った短剣がアーデルハイトの喉笛に押し付けられていた。じわじわと押し込まれ、血が噴き出す。

「それじゃ我慢比べをしましょう。これ以上時間稼ぎさせるつもりはないから手加減もしてあげない。あなたが死んだら他の手段を考えるわ。しっかり観察してるから不意の反抗も無理。できるだけ早く音を上げてね」

少しずつ、少しずつ、刃が肉体に埋まっていく。血が流れ続ける。アーデルハイトは力なく笑い、それでも倒れず立っていた。後ろへ回した右手に力を込めて強く握った。エースライトニングは不思議そうに眉根を寄せた。

「なにがおかしいの？」

声は出せない。なので答えることはできない。太い血管が破れる嫌な音がした。血が流れる。魔法は解除せず、エネルギーは回し続ける。体温が下がっていく。脈拍が静まっていく。しかし未だ負けは確定していない。今のアーデルハイトは、細い細い糸にしがみつくしかない。それが唯一生き残る方法——生き残ることができるかもしれない方法、だ。ぎゅっと右手を握る。

エースライトニングがナイフの柄を握っていた右手に左手をのせた。刃がずぶりと沈み込む。アーデルハイトは魔法で押し込む力に対抗するが、どうしようもなく負けている。血がしぶいた。右側の視界が赤い。紫色の雷が弾けた。食い縛った奥歯が砕けた。右手からも力が抜けていく。

魔法は解除しない。まだ防御と防御のループを続けている。だがアーデルハイトの肉体が限界を迎えた。自発的になにかをしようということはもう不可能だ。足が崩れる。エースライトニングにもたれかかる。

エースライトニングの口が動いた。口角(こうかく)が上を向く。アーデルハイトを嘲笑(あざわら)っている。ここでなにくそと思う気力はもう残っていない。魔王塾卒業生のプライドも、魔法少女が起こす奇跡も、拳を握る体力すらない。

アーデルハイトの右手が開いた。温(ぬく)もりと強さが一度に抜けていく。もう終わりだ。美しい顔でいやらしく笑うエースライトニングと目が合った。そして、アーデルハイトを見ているその眼球に、背後から突き出された短剣が突き刺さった。

普段通りならきっと回避していただろう。反射神経を含む敵の身体能力は怪物以上、アーデルハイトの知る最も強い肉体を持った魔法少女、魔王パムを凌いでいる可能性さえあった。だが彼女は勝利を目の前に気が緩み笑顔さえ浮かべた。アーデルハイトの動きさえ注視していれば問題ないと距離を詰め過ぎた。背負っているそれはお荷物でしかないと存在を見過ごした。肉体的強さと判断能力、洞察力、それら全てに優れながらアーデルハイトの見立て通り戦闘経験が足りていなかった。

エースライトニングの目が見開かれた。口が大きく開いた。なにかを話そうとしているのではない。アーデルハイトの背後から伸びた腕がぐいと前に出、短剣を押し込んだ。血が噴き上がる。アーデルハイトの視界が全て赤く染まる。

ホムンクルスが暴走した夜のことを思い出す。あの時もプリンセス・ライトニングを背負い、アーデルハイトが魔法を使った。アーデルハイトの魔法からエネルギーを掠め取ったライトニングが元気を取り戻してホムンクルスに雷を落とした。

エースライトニングの手がアーデルハイトに突き刺さった短剣からずるりと外れた。そのままなにかを掴もうとし、泳ぐように動き、もがくが、空を掻くだけでなににも触れることはない。

防御のための防御という八方塞にも見える行為の裏で、背負った重傷者にエネルギーを送り続けていた。まるで傷病者の看病だ。

気まぐれなお姫様はアーデルハイトを助けてくれるのか。ライトニングの集団から殺されかけていたとはいえ、賭けだった。だが賭けなければどうしようもなかった。

そして助けてくれる気になったとしても半死半生の状態から目覚めることはできるのか。エースライトニングに悟られることなく一撃で致命傷を与える攻撃を繰り出すことができるのか。

数々の賭けに勝ち、あとはアーデルハイトが生き延びれば完全勝利——のはずだが、どうも怪しくなってきた。

敵とアーデルハイトはお互いに向かって倒れ込み、縺れながら床に転がった。もう指先を動かすことさえできなかった。赤かった視界も黒一色に染まっている。

「まあ……勝ったようなもん……で、ええやろ」

背負ったライトニングがどんな顔をしているのか見ることができない。それが最も大きな心残りだった。

◇スノーホワイト

アーリィ、ドリィ、カルコロ、ミス・リールの心の声が遠ざかっていく。ドリィの魔法で教室に穴を開け、アーリィやミス・リールといった硬い魔法少女達が追っ手からの攻撃をガードをしながら移動し続けているようだ。だがそれがどこまで続くかはわからない。

校内放送で中庭に集まれといっていた、あれ単体で見るなら極めて怪しい。スノーホワイトの魔法が効き難いことも含めてあそこに何らかの仕掛けがあるのは間違いない。結局は中庭に向かわなければ現状を打破する切っ掛けさえ掴めない。

スノーホワイトは武器を持つ手に力を込めた。意識したわけではない。自然と力が入る。フレデリカが学校に入った。中庭を挟んだせいだろう、声はすぐに聞こえなくなったが絶対に聞き違えたりはしない。

フレデリカを遺跡に触れさせてはならない。

スノーホワイトは髪に引っかかった蜘蛛の巣を払う間もなく床下を移動した。この旧校舎に限らず、大抵の建物は直接地面と接しているわけではなく、床と地面の間に空間がある。旧校舎の床下は高さにしておよそ五十センチ、移動はできる。

今は床が破壊されどこにでも穴が開いているため、こっそり進むことは難しいが、逆に考えれば出たり入ったりすることができる。

普通入る者はいない空間だ。埃とゴミが溜まっている。今はそれも利用する。土埃を立てて視界を塞ぎ、目まぐるしく位置を変えることで後から追ってくるライトニング達の目を晦ます。自分は心の声を聴いて床下から上に向けて武器を突いてライトニングの足を狙い、三度目の刺突で床上に出た。魔法のラップで身を庇うラッピーへ殺到していたライトニング達を追い払う。

実力はスノーホワイトの知るライトニングより落ちる。実戦経験にも乏しい。聞こえてくる心の声は数が多過ぎる上落ち着きなくコロコロ変わって彼女達の動きを掴ませようとしないが、それでも見えてくるものが全くないわけではない。

だがその物量は圧倒的だ。一拍置いて四方から撃ち込まれた稲妻をラップの中へ入ってラッピーと共に回避、風の刃が右から左へライトニング達を薙ぎ払う。

声が近付く。スノーホワイトは止まらず動いた。

教室の窓を割って飛び出し、追ってきた雷はラッピーが壊れた窓に張ったラップで受け止めた。テプセケメイがライトニング達の足元を縫うように飛び、そちらに目を向けた敵はスノーホワイトが殴り、蹴り、無視してスノーホワイトに向かった方は旋風で足を取って転ばせ、廊下を突っ切る。

ラップが止めきれなかった雷撃がスノーホワイトの背中に直撃し、歯を食い縛って意識を繋ぎ止める。今にも止まってしまいそうな足を機械的に動かし前へ、廊下の突き当りから聞こえてきた心の声を聞き取った。

ライトニングの集団が敵を探しながら進んでいる。クローバーの絵札が中心となった集団で、今戦っているライトニング達と比べて遥かに強い。

「左へ」

集団を避けるために方向を変える。敵は強く数も多いが地の利はこちらにある。ギリギリだが、まだいける。

地窓をスライディングで蹴り飛ばし、埃を巻き上げながら使われていない教室に入り、後ろからついてきたラッピーの手を引き、更に後ろから追いかけてこようという連中を止めるため、先程の窓と同様にラップを貼った。が、ほぼノータイムで教室の壁が叩き壊され、息をつく暇もなく二人は走り出した。

まともに交戦はできない。とにかく今は動き続けるしかない。

多過ぎて聞き取り辛いライトニング達の声をなんとか聞き、中庭への順路を修正しながら進む。アーリィ達の声は遠くなるが、そちらに注意を払っている余裕がない。お願いだから無事でいてくれと祈るしかない。

不意に心の声が聞こえた。今まで全く意識していない声だった。突如出現したわけではない。戦場の中にあっては聞き逃してしまうくらいあまりに穏やかだった。自分の心の声を抑えていた。そんなことをした魔法少女は今まで一人もいなかった。

スノーホワイトは驚くと同時に声の質と内容に戸惑い、それでも警戒を怠らず武器を構えて声の方に向き直った。

「良い戦いぶりですね」

ライトニングの群れが割れた。こちらに向けられた手が徐々に近づいてくる。スノーホワイトはラッピーの前に手を出して行動を制した。ラッピーもスノーホワイトと同様に困っている。なにが起こっているのか理解できていない。

スノーホワイトはある意味ラッピー以上に困惑していた。聞こえてくる声の内容、それに質だ。もたれかかってしまいたくなるような、温もりがそこにある。

「あなたと私で手を携えることができる、そう思いませんか」

心の声が聞こえてくる。彼女はリップルの協力者だ。スノーホワイトは強く武器を握りしめた。

——リップル……リップル……リップル！

ライトニングの精鋭がこちらに剣を向けている。彼女達に囲まれてこちらを見る青い魔法少女「オールド・ブルー」はなんだか楽しそうな顔だった。

◇オールド・ブルー

スノーホワイトについての情報はクラムベリー最後の試験が終わってから逐一仕入れ続けていた。リップルに知られれば二発か三発くらいは殴られてしまうだろう。

それくらい彼女のことは気にしていたし、それなり以上に好感を抱いていた。積極的に害したいというわけではもちろんない。

だがライトニングは個々も気まぐれなら集団でも気まぐれだ。オールド・ブルーという指揮官を置いていてさえ密に指示を出すことは難しい。大まかな命令で動いてもらう、くらいのふんわりした運用が最も良い。突入に際して、スノーホワイトだけ攻撃するな、という命令は、当のスノーホワイトが仲間を守るため動く以上、勢いを削ぐことになりかねない。

スノーホワイトには応戦してもらい、その途中で不幸がないことを願う。

ライトニングから入る情報を元に動き、スノーホワイトの前に出た時は、上手くいってくれたと内心快哉を叫んでいた。スノーホワイトには利用価値がいくつもある。リップルとの協力関係もより長くなることだろう。

現在は「魔法の国」の内側で働いているスノーホワイトだが、心の内には「魔法の国」を変えたい、魔法少女を守りたい、という思いがある。向こうは体制側の一員、こちらは体制転覆を狙う組織のリーダー、完全な協力は無理でも一定の協調は可能だ。たとえば今この場で力を合わせてピティ・フレデリカを倒す、とか。

傷ついてはいる。ライトニング達を相手に立ち回って傷一つないわけがない。死なない程度に弱れば選択肢は減る。

「カルコロ先生とクラスメイトの安全を保障してください」

窮鼠らしからぬ眼差しをこちらに向けながらスノーホワイトは「お願い」した。協力するにしても条件付き、というのはスノーホワイトなら当然求めてくるところだろう。こちらの考えが透けているからこそ妥協するために出された要望、つまり蹴るわけにはいかない。オールド・ブルーは頷き、インカムから指令を出す。

「ドリル・ドリィを除く二年F組所属者に対する攻撃を禁じます。彼女達が逃げるならそのままに。攻撃してくるのであれば致し方ありません、反撃してください」

ライトニングへの指示は可能な限り減らして彼女達の負担を減じておきたいが、スノーホワイトにごねられるよりはいい。

「ドリィは？」

「彼女は実験場に所属していますので」

「関係ありません。クラスメイトです」

スノーホワイトへ直接返答せずにオールド・ブルーは指示を出した。

「ドリル・ドリィへの攻撃も禁じます」

「ありがとうございます」

「御礼は結構。では契約成立ですね」

スノーホワイトは武器を床に転がし、両手を挙げた。

ライトニングの一人、スペードのKが可愛らしく鼻を鳴らした。

「攻撃していいのかしら」

オールド・ブルーは食い気味に、

「無抵抗な相手に手を出しては駄目ですよ」

と応じ、受け入れる意思を二人とライトニング達に示した。

オールド・ブルーの目で直接見ることで認識を修正しなければならない点もあった。スノーホワイトは噂で聞くよりもひ弱な魔法少女だった。戦いに適さない肉体を修練と執念で戦場に向かわせ、心の方もびくともしない強さかといえばそんなことはなく、常に迷い苦しんでいる。

だがそれらの点がスノーホワイトの評価を下げたかというとそんなことはない。スノーホワイトは弱く、肉体的に損傷し、精神的に消耗し、それでも瞳の輝きを失ってはいなかった。諦めない者の目だ。そしてオールド・ブルーがそう判断していることも、聞いていたより弱いと評価したことも、全て心の声を聞いて承知しているはずなのに、目の輝きは損なわれない。しぶとさと粘り強さがある。

――似ている。

圧倒的な暴力を持つ森の音楽家クラムベリーを前にしてもけして怯むことはなかった魔法少女。彼女は肉体以上に心が強かった。オールド・ブルー――当時のラピス・ラズリーヌはそんな孫を慈しみ、孫の方からも慕ってくれた。

「おばあちゃんとあたしが一緒なら絶対に負けたりなんてしないもんね」

彼女の言葉を聞いて祖母は微笑み、森の音楽家は嘲笑った。

——話に聞くのと実際会うのではやはり印象が変わる。

オールド・ブルーの魔法を思えば「百聞は一見に如かず」が当然だ。むしろ納得し、スノーホワイトの傍らに立つ魔法少女に声をかけた。

「あなたはどうします？」

ラッピー・ティップは何度も頷き「抵抗しません」と掌にかかっていた魔法のラップを、まるで汚いものかのように床へ落とした。

「報告によればもう一人いたそうですが」

オールド・ブルーの問いかけに、スノーホワイトは首を振った。

「さっきまでは一緒でした。今はわかりません」

相談する時間があったか、といえばなかった。独自の判断で潜伏を選ぶ、ということもあるだろう。オールド・ブルーの魔法は「スノーホワイトがこのような状況でつまらない嘘を吐くことはない」と伝えていた。

「スノーホワイト。消えた彼女には我々を攻撃させないでもらえますか」

「攻撃されないのであれば反撃もしないと思います」

「信じましょう。ダイヤ三名、あなたとあなたとあなた。ラッピーを保護してください」

意味合いとしては拉致と大差ない。ライトニング達に命じ、両脇を固めて抵抗能力を失わせ、本部へと連れて行く。ラッピーは人事部門との交渉に使うことができるだろう。ジューベは冷血漢を気取っていても人情が捨てきれないタイプだ。

「あの」

ラッピーがおずおずと尋ねた。

「私だけ、ですか？」

「あなただけ、ですよ」

ラッピーはスノーホワイトに目を向け、口を開き、なにかをいおうとした。

「わたしは残ります。必要なので」

スノーホワイトの言葉に、いおうとしていた言葉を飲み込み、溜息を吐いた。そんなラッピーにライトニングの一人が話しかけた。

「あなたって私と同じクラスだったんでしょう？」

「いやあどうだろうね。プリンセス・ライトニングとは同じクラスだったけど」

「私のことどう思った？　好き？　嫌い？」

「余った給食のデザート勝手に食べたりしなければ嫌いじゃないよ」

ラッピーの軽口を聞いてけらけらと笑うライトニング達は無視し、オールド・ブルーはスノーホワイトに向き直った。

「それでは」

スノーホワイトは使える。オールド・ブルーは「少なくとも今スノーホワイトに裏切るつもりはない」と理解している。彼女の魔法は傍に置いてこそ意味がある。罠を仕掛けた者がいたとして、その心の声が聞こえれば彼女は適切に助言してくれるだろう。スノーホワイトを戦場に残したことをリップルに責められたなら「私の近くにいれば最も安全だと考えた」として、それが通じるかはともかく無事で渡せば問題はない。スノーホワイトが無事ではないのならオールド・ブルーも大概無事ではないだろうからやはり問題はない。

リップルへの算段も含め全ては心の声になって聞き取られているはずだが、スノーホワイトの態度にも表情にも変化はなかった。オールド・ブルーも聞かれていることを自覚しながら態度と表情は変えなかった。

「ついてきていただけますね？」

「はい」

心の声が聞かれているからか話が早くて助かる。オールド・ブルーは頷いた。

◇スノーホワイト

なにもかも見透かされるような目だった。話しているだけで抱き止められているような優しげな態度、血生臭い戦場と化した学校の中にいても優雅な挙措、目に見える要素だけしか知らなければ、彼女の原動力が怒りや悲しみであったことには気付かなかったかもしれない。

心の声は、まるで血を滲ませているかのようだった。それも今だけではない。十年以上、彼女の心は血を流し続け、まるで止まることを知らない。

オールド・ブルーの隣で走り、後ろから聞こえてくるライトニング達の、通じているようで通じていない、でもなぜか意思疎通はできている会話を聞き流し、スノーホワイトは丁寧に呼吸を調整した。ただ吸って吐くだけでも今のスノーホワイトには難しい。オールド・ブルーは、森の音楽家クラムベリーへの煮え滾る怒りを外に出そうとはしない。まつわるあれこれを思い出せば怒りで我を忘れるかもしれない、ということを理解しているからだ。そこには大切な思い出も含まれている。しかし必要であれば蓋をする。オールド・ブルーにはそれができる。スノーホワイトに話しかける距離まで心の声を隠し通した。

恐ろしい魔法少女ではあるが、フレデリカと戦おうという今だけは、頼もしい魔法少女でもある。スノーホワイトは心の声を聞いて集めた情報を彼女に報告した。

「フレデリカの手下が中庭の方に集まろうとしていますが、あなたの部下に邪魔をされて上手くいっていません」

「学級の生徒達も中庭に集まっていますが……」

「が？」

「中庭方面は普段から声が聞き取り難くなっています」

「ふむ」

「中庭に向かっていったプシュケの声からすると、心を操られているようです」

「校長でしょうね」

魔法で防衛してまでスノーホワイトに本音を聞かせようとはしなかった。中庭になにかが隠されていた。学級の管理者は校長である。要素要素を抜き出してみれば校長には怪しいところしかない。だから納得はできる。できるが、それはそれとして怒りは生まれる。オールド・ブルーならスノーホワイト程度の怒りをすぐに見抜くが、それでも表情と言葉は平静を保って報告を続けた。

「それとフレデリカ本人が入ってきたところまでは確認できましたが、それ以降は心の声が上手く聞こえません」

「ほう」

雷に触れたばかりの背中が引き攣れる。痛みで目が回りそうだ。中庭に魔法が上手く効かないというのは普段のままだが、いつも以上に乱れているのではないか、と思う。それはスノーホワイトの体調に由来している乱調か、それとも中庭が普段通りではないのか。

泣き叫ぶようなカナの心の声が聞こえる。

ランユウィはもういない。オールド・ブルーの心の声を聞いていたスノーホワイトは既に知っていた。

中庭を生徒達が防衛しているというのはわかったが、かといってそちらに力を貸そうとは思えない。オールド・ブルーの心の声からハルナ校長がやってきたことが伝わってくる。そこに嘘偽りを混ぜることはできない。中庭の生徒達は残らず操られていると見ていい。

耳を澄ませる。声は他にも聞こえてくる。恐らく彼女がとても困っているから他より声が届きやすいのかもしれない。

「あなたの弟子の一人……リップルと親しくしている魔法少女が隠れながら移動しています。怯えています」

弟子が窮状にあることを伝えたつもりだったが、オールド・ブルーは顔色を変えずに応えた。

「残念ながら彼女を助けている余裕はありません。頑張ってくれるでしょう」

残念に思っているのは本当だが、迷いはない。彼女は決めるべきを決めるのに時間を費やしたりはしない。戦場においては猶更だ。

スノーホワイトには時間がない。資質もない。だから悩み苦しむ。0・ルールーはリップルの友達だ。彼女はリップルのことを考えてくれている。できれば助けてあげたいが、そこまで手が届かない。

心の声が聞こえてさえいなければ、オールド・ブルーのような人に頼って生きる道があったかもしれない。だが心の声は聞こえている。

「リップルは……」

「彼女のことは終わってからでいいでしょう」

リップルの姿がふっと頭に浮かんだ。消えはせず、そのままそこに残っていた。彼女はいつも心配するか怒っていた。笑うことがあってもたまに、だ。

◇カルコロ

振り上げられた剣が一本、二本、三本、バチバチと音を立てて帯電し禍々しく光っている。こうなってしまえば計算もへったくれもない。魔法を詠唱する時間もない。計算機は蹴り上げられて教室の隅へ滑っていった。ほぼ反射的に両手を翳し、どうにか許してもらわなければと思っても咄嗟に声を出すことさえできない。

「それじゃ、さようなら」

死ぬ。殺される。わけがわからない。なぜこんなことになってしまったのか。どうしてプリンセス・ライトニングが大勢いるのか。誰も答えてはくれない。口は「やめて」と動いたが声は震えて言葉になってくれなかった。

「ちょっと待って」

ライトニングの一人が手を挙げた。掌サイズの平べったい機械、恐らくは通信機だろうか。耳元に当て、ふんふんと頷いている。

「先生がその人殺すなって」

時間差をつけて剣が一本ずつ下ろされていった。へたり込み、それを見上げていたカルコロは胸の奥から大きく息を吐き出し、前のめりに倒れ、両腕で身体を支えた。

——助かった……？

なにが起こったのかはこれまた理解できない。理解できることの方が少ないかもしれない。なにがなにやらと身体を起こし、ふっと焦げ臭さが匂った。カルコロはその理由を考える前に、右方向、計算機がある片隅へ横っ飛びで跳んだ。

人間大の赤黒い炎が突如吹きあがった。ライトニング三人はカルコロより僅かに反応が遅れたが、それでも直撃は避けた。髪やコスチュームを焦がしながら剣を構え、炎の出どころ、魔法少女のお面をつけた襲撃者達へと向かっていく。

カルコロは計算機を拾いながら速度を落とさず教室の窓を割り破った。襲撃者達のお面はスタークィーンシリーズだ。カルコロが戦っていた連中とは別の魔法少女だ。コスチュームには傷も汚れもない。戦った形跡がない。魔法も記憶していない。

——隠れていたのか、そうでなければ……。

新手だ。雷が床を揺らす。剣戟の音が激しさを増す。人数が増えている。新手が送り込まれている。ライトニング達とは別の勢力だ。破れていた床板へ飛び込み、床下に潜った。暗い中、モチーフ通り鼠のように這いずりながら静かな方へ静かな方へと移動していく。恐らくは先客がいたのだろう。地面の上には跡が残っている。手足以外の蛇行した痕跡は長い武器でも引きずっていたのだろうか。

——どうする、どうする。

生徒達とは逸れてしまった。身体を張って雷を防いでくれたミス・リールとアーリィがいなければ、カルコロは死んでいただろう。ドリルを振り回していたドリィは無事でいるだろうか。ああもうと吐き捨てて進行方向を変える。

中庭に集まるようにという放送があったことを思い出した。少なくとも放送時点では校長は無事だったとみていい。警備用のホムンクルスが残っていれば、そうでなくてもなにかしらの防衛機構があれば、だいぶマシになる。ひたすらに守り続けて襲撃者二勢力が潰し合ってくれれば、いずれ監査部門なり情報局なりが助けにきてくれるだろう。

それに、カルコロには他に当てがない。生徒達が放送を覚えていればそちらへ向かうはずだ。行くべきは中庭だ。場所のわかりにくい床下であっても位置と方向は計算で割り出すことができる。

カルコロはじりじりと、鼠よりも慎重に進んだ。

◇マナ

結界の外からどれだけ睨みつけようと校内の様子は相変わらずぼんやりとしか見えない。時折光ったり爆発したりを確認できるが、こちらから手を出すことはおろか観測さえまともにできていない。外側で手をこまねき歯噛みしているだけだ。

結界の内側、梅見崎中学の本校部分は特に動きが見えず、旧校舎ではかなりの数の魔法少女達が走り回り、戦っているようだった。生徒達はエリート揃いと聞いているが、だからといって戦場のただ中に放り出されても無事でいられるとは思わない。

結界の解析は遅々として進まない。監査部門本部の術者で出せる者は全て出し、待機中の者も全員呼び出し当たらせているが、あれでもないこれでもないという報告ともいえない報告があがるだけで一切状況に寄与できていない。

結界の周囲は一応囲んではいるが、一般人を近寄らせないようにするのが精々だ。

スノーホワイトとの連絡はつかない。全てが隔たっている。

マナは歯噛みした。初動は最速に近い。それでも及んでいない。旧校舎の屋根が吹き飛び、マナは思わず右手を翳した。落下した屋根が土埃を巻き上げ、ただでさえぼんやりしていた光景がより朧になった。

「ねえねえ」

しかもうるさい魔法少女が隣にいる。本来ここにいていい理由はない部外者が、スノーホワイトの自称協力者だからと居座っている。マナはうるるを無視し、結界の外周を歩いた。監視体制はどうしても足りていない。

「ねえってば」

「静かにしていろ」

「うるるがいい案を思いついたから聞いて」

「静かにしていろといっている」

「助けてもらえばいいんだよ」

マナは足を止め、振り返った。うるるは鬱陶しくも得意げな顔で頷いた。

「生徒達は色んなところから派遣されてきているんでしょ？　だったらそこに教えてあげればきっと人を出してくれるはずだし、助けてくれそうなスノーホワイトの知り合いなんかもうるるは知ってるし、プク派にだって知り合いはいるし、今人手が足りないなら他所から分けてもらえばいいんだよ！」

事件捜査に他所から嘴を突っ込まれることをよしとしない監査部門職員は多い。今回は関わっている利害関係者が多いだけに「そういう輩」も出てくるだろうが全て撥ね退けろ、と直属の上司から仰せつかっていた。

マナも思いは同じだ。自分達こそが専門家であるという自負もある。だがここでうるるの提案を馬鹿なことと一蹴する気にはならなかった。実際問題、監査部門の総力を結集しても結界はいつ解除できるのかわからない。マナは質問した。

「……一つ聞いておく」

「なに？」

「いざとなれば他所に助けを求めるという案はお前が考えたのか？」

「もちろんうるるが考えたよ」

マナの心はうるるが考えたに違いないとかつてなく納得し、それによってマナはうるるの魔法が効いている、つまりうるるは嘘を吐いているということを理解した。

──スノーホワイトだな。

「連絡すべき相手がリスト化されているはずだ。いえ！」

「そんなに威張らなくていいでしょ！　はいこれ！」

ずらずらと名前が並んでいる。ざっと目を通す。マナでも名を知る有名な術士もいる。これが全員呼び出せるなら結界の解除も非現実的な妄想ではない、かもしれない。

──上司に怒られるのも捜査員の仕事の内。

かつて下克上羽菜から聞かされた現場の心得を心の中で唱え、一つ舌打ちを入れ、マナは頷いた。

第四章　指差したその先には

◇オールド・ブルー

予備動作無しでその場に発生した斬撃を右に左にと回避し、すれ違いざまにお面の魔法少女の頸部を捻り折った。オールド・ブルーは速度を落とさず折れた鉄骨を飛び越し、左側の壁に目をやった。建物の他部分が残骸や瓦礫になる中、ここ一帯だけは壁としての姿を保っている。中庭を囲む形で魔法がかかっているようだ。破壊は難しい。この壁の向こうに中庭がある。

ラツムカナホノメノカミは暴れている。フレデリカらしき魔法少女が入ってきたという情報もある。中庭は未だ攻略することができていない。良い知らせは少ない。

ライトニング達に切り刻まれている傭兵魔法少女には目もくれず、オールド・ブルーは壁から天井、また床へと移動しながら走り続け、徐々に速度を落とし、中庭を囲んでいる壁、その一点で足を止めた。

後方のライトニング達から不満の声があがるが無視する。スノーホワイトは特に疑問を挟まない。共連れの相手としてはこれほどやりやすい魔法少女もいない。

オールド・ブルーの目は本質を捉える。そこには目に見えない経路があった。壁の下、瓦礫を取り除き床を露出させる。この下だ。

地面の下に陣が敷かれ、そこから経路を伸ばしている。強化装置を結界でコーティングしているという「機構」だ。これにより、中庭全体が、ハルナと手下達にとって非常に都合のいい空間になっている。

通常、術をかけた者以外が結界を解除しようとした場合、非常に煩雑な解除魔法と複数の術者が必要になる。時間も手間も大きく消費させられることになり、戦場のただ中でするようなことではない。

だがオールド・ブルーは魔法使いではない。解除に迂遠（うえん）な手段は用いない。魔法を使って結界の「本質」を見抜けば、まるで一点の経穴を突いて人を死に至らしめるのと同じように、簡単に結界を破壊することもできる。

床を剥ぐと複雑な図形が刻み込まれていた。これが魔法の陣だ。手を伸ばし、すぐに引っ込めた。魔法的な障壁が張られている。だが無敵ではない。本質を見抜く目で経路を読み取り、ピンポイントで杭を打つ。

オールド・ブルーは一歩下がり、床を指差した。

「総員、この印に攻撃を」

加えなさい、までいう前にライトニング達が雷を放った。

◇ハルナ・ミディ・メレン

右手指先に痛みを感じ、咄嗟にそちらを見た。魔法円が青白い火花を放っている。

外を見た。ライトニングの群れと戦っている生徒達が押されている。動きが鈍っている。強化が弱まっているようだ。

——これは……！

素早く確認した。中庭の機構に狂いが生じている。ハルナは右手で指差し魔法円の機能を停止させた。生徒達の強化された能力は徐々に戻っていくだろう。だがここで下手に動かし続ければ遺跡から吸い上げたエネルギーが暴走する、までである。

発見は偶然だった。

ある日、中庭にぽつんと生えていた。根のような芽のような不思議な植物。あらゆる図鑑を調べたがどこにも掲載されていない。ハルナはすぐに報告せず、まずは調べた。

報告より調査を優先したのは、ひょっとしたら予感があったのかもしれない。植物はとんでもないエネルギーを秘めていた。ハルナは考えた。この植物は恐らく遺跡と繋がっている。遺跡から地上へと、ハルナの元へと、エネルギーを運んでくれているのだ。

　エネルギー量は凄まじい。活用の手段はいくらでもある。ハルナは報告を取りやめた。根の存在を隠すように、中庭に物置小屋のような外観の研究施設を建てた。その中で、根からもたらされるエネルギーを利用し、ホムンクルスの可能性についての研究を進めた。

　ハルナがこの根を見つけたこと、施設の管理責任者であったこと、すべてが天の配剤だ。汝の使命をまっとうせよ、天がそう告げている。

　ともかく、異変の原因を探らなくてはならない。ライトニング達に変化は見られない。どれだけ優れた技術者であろうと、キーパーツを見つけて機構の防御システムを排除するまでに三日は必要になるはずだ。三重のパスを通すだけでもどれだけの手間暇がかかることか。もっと乱暴な手段で破壊するにしても小型結界が邪魔をする。

　中庭の機構は完全に喪失したわけではない。だが損なわれている。

　故障はいつ何時でも起こり得る。術者の腕により確率を減らすことはできてもゼロにはできない。最悪のタイミングで起こってしまったとしても諦める理由にはならない。

　どうする。どうするべきだ。今なにをしなければならない。考える。

　遺跡と遺物を賊に渡すわけにはいかない。あまりにも大きな力だ。真に「魔法の国」の現状を憂う者が使うべきだ。つまりハルナだ。膨大な力があればより大規模な憑融を行い、魔法少女には幸福を、「魔法の国」には大きな利益をもたらすことができる。

少なくとも中庭に敵を入れないという方針を変更する必要はありそうだ。そこで押し留めようとすればどうしても無理が出てくるだろう。

◇スノーホワイト

苦痛を訴える声が数を増していく。校内の魔法少女達が絶叫に近い心の声を響かせる。その一つ一つを聞いていれば動くことすら難しい。スノーホワイトは拾うべき声を拾っていく術を持っているが、だからといって楽とは到底言い難い。

「フレデリカが……恐らく……私の知るフレデリカとは違う……力を、手に入れています。あなたの部下が複数犠牲に」

「ふむ」

特に重要と思われる事柄を逐一伝え、その度にオールド・ブルーの声が聞こえてくる。オールド・ブルーの心の声は驚くほど平坦だ。波が少ない。凪いでいる。弟子の窮状、犠牲になるライトニング達、得体の知れないフレデリカ、それらを聞かされても返す言葉は平静であり、それは単なる見せかけではなく心からのものだ。彼女がけして感情のない魔法少女でないことは、スノーホワイトはよく知っている。感情を持っていて、その感情をコントロールし、行動に影響を及ばさないよう抑えることができる。

心の声は彼女の現状も教えてくれる。オールド・ブルーは準備万端で行動しているわけではない。フレデリカが狙っている遺跡と遺物について詳しい情報を掴むことができていなかった。だがフレデリカが動いた以上、こちらも動かないわけにはいかず、間に合わせ的に事を起こしていた。学校の主であるハルナについてもどのような防備を敷いているのか完全に調査できているわけではない。不完全な上に不完全を重ねているような状況だ。

しかし心の声はいたって穏やかだった。穏やかさに恐ろしさを感じたのは初めてかもしれない。そしてオールド・ブルーはスノーホワイトが恐れを抱きながら並走していることも承知している。

「中庭の方は……どうしても声が聞き取れません。ただ戦いは終わっていないみたいです」

「なるほど」

心の声だけではない、中庭から聞こえてくる物理的な破壊の音が止んでいない。オールド・ブルーはスノーホワイトの言葉で作戦に微修正を加えた。中庭で頑張っている魔法少女達を排除、もしくは彼女達がライトニング集団と戦っている間に遺跡を直接見る。見た上でプランが枝分かれする。

プランの一つに遺跡の破壊があった。実行者が恐らく生きては帰れないことまでオールド・ブルーは想定している。

理解し難いことにオールド・ブルーはライトニング達への愛情を持っていた。一人一人の個性と人格を把握し、自分のため働いてくれる彼女達を愛（め）で、その上で使い捨てようとしている。感情に引きずられて為すべきことを見誤らない。

　中庭入り口が近付きつつある。スノーホワイトは気を付けるよう声をかけようとし、しかしその声は掻き消された。精一杯の大声を出したが、スノーホワイトの大声が通るような場所ではなかった。稲妻と魔法が飛び交い、耳が壊れるような音と濃く生々しい血の匂いで満ちている。倒れた少女で足の踏み場もない。ちらと視界に入っただけでも気が遠くなる。地獄があるならきっとこんな光景なのだろう。

　入り口の門を潜り、中庭へ入る。

　オールド・ブルーは全く臆（おく）さず進んでいった。スノーホワイトは三歩遅れて彼女の後ろを歩いた。焦げて砕けた縁石の上を、葉が散らされ惨（みじ）めな姿になった庭木の中を、まるで擦り抜けるような足取りで進み、途中、ライトニングの一人と戦っていたお面の魔法少女を一人、二人と叩いた。仲の良い友人同士が手を叩き合うような一撃をぽん、ぽんと顎先に、喉にと受け、魔法少女達は声も出さずに頽（くずお）れた。その更に先、戦っている魔法少女を見て足を止めた。

　スノーホワイトはチャットのアバターと教科書の写真でしか目にしたことはなかったが、姿かたちで誰かはわかる。森の音楽家クラムベリーがそこにいた。ライトニング達の稲妻を掻い潜り、音の一撃をもって掘り起こした土諸共に吹き飛ばしていた。

オールド・ブルーはクラムベリーにも心を動かすことなく前に進み、突如、奈落野院出ィ子がオールド・ブルーの背後に出現した。魔法を使った瞬間転移だ。

オールド・ブルーは出ィ子を見もせずに突き入れられた貫き手を絡めとり、ぽんと投げ、蹴った。命中の寸前、出ィ子の身体がまた消え、入れ替わるようにクラムベリーが前に出る。

オールド・ブルーの心の声は凪いでいる。スノーホワイトに届く心の声からは愛する者をクラムベリーに無惨に殺された記憶が聞こえてくる。聞いているスノーホワイトの心が震える。にも関わらず、なにより憎い森の音楽家クラムベリーの姿を前にしても揺らぐことさえない。それは彼女が魔法により目の前の敵の本質を見抜いているから、だけではない。強い。なにがあろうと戦いの中で動揺することはないだろう。

出ィ子が叫んだ。

「こいつを狙え！　敵の中心だ！」

再びオールド・ブルーの背後に出現、前方のクラムベリーが同時に蹴り、オールド・ブルーは出ィ子の腕を固めて後方へ下がって回避した。師と弟子は縺れ合い、ライトニングの集団が覆い被さるようにして彼女達二人の姿は消えた。オールド・ブルーを助けるべきか、仲間の支援をするべきか、悩んで足を止めたライトニングの一人が顔面に得体の知れない緑色の液体の直撃を受け、悲鳴をあげて吹き飛んだ。

スノーホワイトはオールド・ブルーの支援に入るべく武器を突き入れ、受け止められた。相手を見て、思わず息を呑む。

周囲のライトニング達から戸惑いの声が聞こえてくる。スノーホワイトの武器を止め、じりじりと押してくるホムンクルスは、まるでスノーホワイトをそのまま黒一色で染め上げたような姿かたちだった。

◇プシュケ・プレインス

フリーランス魔法少女としてのプシュケ・プレインスは仲間と共に戦うことを好まない魔法少女だった。

魔法により生み出した接着剤、潤滑油、ガソリン、揮発性麻酔薬、戦闘に使えそうなほぼ全ての液体が味方にも被害を齎しかねない。自分単独で戦う時に比べて狭苦しい立ち回りを強いられてしまう。

仲間の命より自分の命を優先させるという当然の行為を咎められることもストレスだ。同じフリーランスであれば多かれ少なかれわかっていることではあるが、無報酬で働く町の魔法少女であったり、部門に所属するサラリーマン魔法少女であったりと一緒に動く時、彼女達はプシュケのやりように文句をつけることが多い。

これはプシュケにとって甚だ不本意だった。自分は一匹オオカミの傭兵、見捨てられても文句はいわないという覚悟をもって仕事に臨んでいるのに、覚悟のない連中は見捨てられれば恨みがましい文句でこちらを責め立てる。仕方のないことだと口では殊勝なことをいいながら声を震わせ目でこちらを責めていることもある。

魔法少女学級に通い、学生をしてほしい、などというふざけた仕事を仰せつかった時は、悩みつつも、キャリアアップや高額報酬という魅力に抗うことはできず、命の危険がないならいいかと妥協した。無責任の象徴である学生魔法少女達と肩を並べて戦うなどご免こうむるとしか思えなかった。

だがやってみると話は違った。校長の指揮下、全員が一丸となって襲撃者であるプリンセス・ライトニング軍団を迎え撃つ。メピスとテティのコンビネーション、出ィ子が前に出て敵を打ち、クミクミとリリアンが即席のトラップを仕掛け、プシュケは後方から支援に徹する。魔法による援護で強化された肉体は、徐々にその効果が薄らぎ、ライトニング達を入り口で防ぎ止めることもできなくなっていたが、士気を下げる者は一人もいなかった。プシュケはここに来る前にけっこうな重傷を負っていたが、それももう校長の魔法によって完治している。有難いことだ。

味方は魔法への耐性がある。校長によって作り変えられた肉体は、生半な毒も薬も受け付けはしない。普段なら味方への悪影響を考慮して使えない各種薬品類、それどころか自分が危ないから使うことがない劇物さえも問題なく使用できる。

とはいえ真正面から派手に戦うのはプシュケのキャラクターではない。プリンセス・ライトニングが相手ということで魔法の絶縁オイルを頭から被り、仲間達にも浴びせ、その辺一帯をオイル塗れにする。

一人、知らない魔法少女――顔は教科書で見たことがあった――がいたが、味方として戦ってくれているからにはきっと味方なのだろう。腕力も音の魔法も並ではなく、強い味方がいるというのはとても頼もしい。彼女には特に念入りにオイルをかけてやった。

「こいつを狙え！　敵の中心だ！」

青い魔法少女が出ィ子の腕を固めてライトニング集団の中へ消えていった。プシュケは目を細めた。命の張り所はここだ。集中力を高める。

勘だけで生きていくことは不可能だ。しかしフリーランス魔法少女は勘の良さがなければ生きていけない。あれは間違いなく敵の中心、首魁だ。そしてとんでもなく強い。

プシュケは強い者との戦いを好まない。自分が勝てない相手、勝てるかもわからない相手より確実に勝てる相手と戦うべきだ、と考えていた。今までのプシュケであれば、無茶をした出ィ子に手を合わせて冥福を祈るくらいで終わらせていただろう。

だが今日のプシュケは違う。潤滑油を撒き散らしながら高速で滑り、壁を蹴って逆サイドへ、敵の攻撃を受けて更に方向転換、右へ、左へ、肉体へのダメージは無視して滑りまくった。周囲を潤滑油で満たして移動を阻害、そしてライトニング達の狙いを外す。スノーホワイト型のホムンクルスが攻勢を強めている。本物どころの強さではない。出ィ子に合わせて森の音楽家クラムベリーが前へ出た。ライトニング達がそちらに集中している。良い攪乱だ。

プシュケのダメージは少なくない。肉が切れ、血を流し、水着は破け、それでも動きが鈍るような真似はしなかった。出ィ子が消えた辺りに滑走しながら狙いを定める。周囲を丸ごと毒に沈め、あの青い魔法少女を殺す。ライトニング達だけになればこちらの勝利だ。

全員の力を結集しなければ勝利は望めない。仲間がいるから強くなる。サリーから無理やり押し付けられたキューティーヒーラーと同じだ。仲間がいるから強くなる。一足す一が百にも千にもなる。

魔法のボツリヌストキシンが詰まった水鉄砲を向け、発射する寸前、視界がぐるりと回転し、青い魔法少女と目が合った。特になんの感情も持たない目でプシュケを見ている。

出ィ子はどうなったのか。自分は今どうなっているのか。声が出ない。愚痴も吐けない。代わりに血を吐いた。脛骨が砕かれている。意識が遠ざかる。キューティーヒーラーなら諦めはしないという言葉を思い浮かべ、あまりに毒されていると自嘲した。

◇０・ルールー

どうにも情報の外側に置かれている気がしてならなかった。ライトニング達はそこかしこで戦いながら頭部のインカムからなにか指示らしきものを受け、不満そうな表情を浮かべたり鼻を鳴らしたりしている。

ルールーには受信機などという上等なものが支給されていない。

現状がいったいどうなっているのか全くわからないまま、手探りで進むしかなかった。お面の魔法少女達、魔法少女学級の生徒達、この二グループは当然として、ライトニング達と顔を合わせるのも全く気が進まない。スノーホワイトと会ってリップルの名を出せば、彼女は心を読むとのことだからルールーが嘘を吐いていないことまで含めて察してくれるはずだ。問題はこの地獄の中でどうやってピンポイントでスノーホワイトを探すのか。一番安全なのは床下に土でも掘って簡易塹壕（ざんごう）の中でじっとしていることだが、スノーホワイトを案じるリップルを思えば動かないわけにもいかない。誰よりもここに来てスノーホワイトを助けたいリップルが、自分はフレデリカを討つためカスパ派の館に向かい、学校の方は頼んだとルールーに任せてくれた。ここで放り投げたらもう魔法少女を名乗れない。

進むしかない。直径三ミリ程度の赤茶色の球体を摘まんで取り出し、念じながら魔法をかける。ルールーの持ち石の中では最も大きな一粒、ゴールドストーンだ。

――神様、お願いします。

大きいというのはつまり安いということだが、値段で魔法の強さが決まるわけではない。

銅とガラスを合わせた人工石であってもサイズに比例して得られる効果が大きくなる。

——効果が大きくなる……大きくなるはず。

念のため二つ三つ出しておくことにする。

石の言葉は出会いのチャンス。今求めているのは良い出会いだ。スノーホワイトが静かな場所に向かう静かな場所を目指したい。でもそれでは駄目だ。スノーホワイトが静かな場所に向かうとは思えない。かといって激戦地へ行けばルールーが危ない。ラズリーヌ候補として戦闘術を修めてはいるが、それも真ん中よりちょい下程度、加えて魔法は戦闘に向いていない。どうにかして上手い位置、狙われ難く全体の状況を把握しやすい——そこまで考えて首を横に振った。そんな位置があったとして師匠が目を付けていないわけがない。

スノーホワイトと会うのは第二目標としてまず師匠に会うことから始めるべきか。納得できるかはともかくライトニング達の説明を聞かせてもらい、現状への理解を深めて——そこまで考えてからルールーは否定した。

ズレている。オールド・ブルーがルールーに教えなかったということは、そうする必要がなかったということだ。神様のように縋りつくべき相手ではない。下手に縋りついたとして、振り払われればいい方、利用されるだけされてから捨てられるか、生贄か。

そこかしこから音が聞こえる。ラズリーヌ候補生の五感は残らず鋭い。聞き取った上で自分にとって進むべき方へ行く。

雷が落ちる音。こちらではない。剣戟の音。こちらも良くない。それとは別の戦いの音。これは一方的だ。固い金属が散々に打ち据えられている。押し殺された痛みを堪える少女の声。痛みと苦しみに耐えている。弱いものいじめ、という言葉が頭に浮かぶ。

ルールーは口の中で「畜生」と呟いた。恐らく進むべき方ではない。自分がすべきことがなにかを考えれば行くべきではない。だからスルーしよう、でいいはずだ。普段なら。今は違う。縁を求めて徘徊している。

掌の中のゴールドストーンを見下ろし、握り締めた。これが導きであることを祈る。

「ちょっと待った！」

攻撃を食らう覚悟で教室の中に踏み込んだ。ライトニング五人がこちらに剣を向け一斉に振り返る。表情は剣呑、ではない。困惑だ。これならいける。

ルールーは教室の中を素早く確認した。ライトニング五人、破壊跡、焼け跡、炎が窓枠でちらちら燃えている。真ん中から折れてヒビが入った黒板の前に立っているんだか座っているんだかよくわからない金属製の崩れかけた人型が、軋んだ音を立てぐらぐらと動いた。

「誰？」

ライトニングの一人が呟いたもっともな疑問に対し、私がここにいるのは当然という自信たっぷりな態度で親指を立て、自分に向ける。

「ラズリーヌ候補生筆頭と呼ばれている0・ルールーを知らない？　あんた達もぐり？」

ライトニング達は視線を交わした。ラズリーヌという単語に反応した。敵対的なものではない。困惑しながらも剣を下げた。内心安堵しながら噯にも出さずルールーは続けた。

「五人も頭数揃えて弱いものいじめなんて師匠が聞いたらどう思うだろうね」

「弱い？　そんなことないわ。蹴っても雷を撃っても倒れなくて」

「こいつが邪魔して仲間を逃がして」

ルールーが懐から取り出したあんパンに五人の視線が集まった。すっと差し出すと一人が受け取り、包装を破き、残りのライトニング達も手を出してあっという間に無くなった。

「もうないの？」

「ないよ。そんなことより中庭行け中庭。あっちは人手が足りないんだから」

「さっき連絡あったのよね」

ライトニングの一人がインカムに手を当てた。

「二年F組の生徒に手を出すなって」

「じゃあ従えよ。なんで攻撃してんの」

「今更逃がすのもどうなのかなって」

「さっさと行けよ。その子は私が責任もってどうにかするから」

あんパンの感想を囁き合いながらライトニング達は駆けていった。ルールーは深々と息を吐き出し、肩を落とした。魔法は戦いに向かず、心も戦い向きではなく、親譲りの才能があるとすればたぶん詐欺師だ。最近舌先三寸で誰かを騙すことばかりしている気がする。どっと疲れたが、だからといって休むこともできない。穴の前に立っていた金属の人型に向き直る。

「あなたは……ええと……ミス・リール？」

魔法少女学級の生徒は一人残らず記憶している。なぜ名前が出るのが遅れたかといえば、ルールーの知る美しい立像と現在の歪んだ人型がなかなか一致しなかったからだ。

「あなたは……いったい……？」

ミス・リールはぎしぎしと軋ませながら身体を動かし、ルールーの方を向いた。

「大丈夫？」

「これは……なぜ学級は襲われているんでしょう。ライトニングさん達がたくさんいるのはどういうことですか。あなたは彼女達の仲間なんですか」

自分のことをなんと表現すればいいものか迷い、相手の信用を得るならこれが一番かと「スノーホワイトの友達の友達」ということにした。

「スノーホワイトさんの？」

「そうそう、スノーホワイト助けたいんだけどどこに行ったか知らない？」

教室入り口の方から足音が聞こえ、ルールーは振り返った。ライトニングが三人、入り

口に爪先が入るか入らないかの位置でこちらに剣を向けている。

「私ラズリーヌ候補！　師匠助けたいなら中庭に行け！」

走り去ってくれた。ふうと胸を撫で下ろし、ミス・リールに再び向き直る。

「走れる？　ていうか歩ける？」

「魔法少女並に走ってというのは……厳しいですね」

「治療……っていうか修理？　した方がいいよね。ちょっと待って」

魔法の宝石を使えば多少はマシになるはずだ。そう考え手持ちの宝石袋から取り出そうとし、しかし緊張が続いたせいか指先が強張っていた。持っていたゴールドストーンを取り落とし、こつんと床に跳ね、転がっていく。床も壁も破壊され尽くした教室の中、どこかの穴にでも落ちればそれでおしまいというところだったが、幸いミス・リールの足元でころんと止まった。

ミス・リールが軋みながら拾い上げ、ルールーはありがとうというお礼の言葉をいいかけ、飲み込んだ。ミス・リールの全身が、ラメの入った赤茶色に光り、天井の細かな穴から差し込む光を受け鈍く輝いていた。

◇ハルナ・ミディ・メレン

中庭の機構が崩されつつある。それにより戦いの均衡も崩れようとしていた。元々プリンセス・ライトニングは生徒の中でも戦闘能力に優れている方だった。魔法の援護なしで数に勝るライトニング達を相手にして生徒達がいつまでも防げるわけがない。普通なら力で押し込まれて終わる。だがハルナに終わらせるつもりはない。物置小屋の中から指揮することができる。

まず第一に、見た目は物置小屋であっても堅牢な魔法要塞だ。ハルナがここに籠っていれば身の危険はない。そして第二に、遺跡の入り口はハルナであっても開くことができない。三派閥の最上位数人のみがパスの呪文を知っている。賊はそのことを知らないだろう。遺跡には手を出せないはずだ。

防衛線を下げる。賊を招き入れるのは危険もあるが、守りやすくはなる。ハルナは物置小屋から援護し、生徒達は中庭で戦う。強化抜きでも強いスノーホワイト型ホムンクルスを前面に出し、クラムベリーは準前衛、出ィ子とプシュケが遊撃、メピスとテティは援護、クミクミとリリアンで仮の拠点を作らせる。あくまでも仮、敵が攻略に少々手間取る程度のものでいい。敵が手間取っている間にハルナが物置小屋から攻撃、これで挟撃になる。

ハルナは傍らの「根」に手を翳した。カバーに覆われていても熱を感じる。

機構はもう使わない。直接ここからエネルギーを吸い上げて魔法に使う。生徒達の強化が自動的に行われなくなるが、ハルナからの攻撃は威力を増す。後はどこまで凌げるか、だ。

お面の魔法少女達は姿を見せなくなっている。どうやらライトニング勢の方が押しているようだが、しかし外がどうなっているのかここから確認はできない。ホムンクルス暴走事件の時には展望台から万全に状況を把握することができていたが、急襲された今、良いポジションを得ることは難しい。

憑融をいつでも行えるよう素体を用意してはあるが、特別製のスノーホワイトとは違って他の素体では本人を入れなければそこまでの強さを発揮することはできない。そして憑融済の魔法少女は既に集めた後、つまりこれ以上こちらの戦力が増えることはない。増援が期待できない状況で籠城というのはよろしくない。

いない増援より期待できるのは外にいるオスク派だ。しかし賊がなにかしらの手段を講じていないわけがなく、恐らくは結界なりなんなりを用意しているだろう。それを壊すのにいったいどれだけ時間が必要なのかさえも内側にいる身ではわからない。

賊の戦力が明らかに一勢力ではないというのも大き過ぎる問題だ。双方都合よくぶつかり合ってくれればいいが、ここまでハルナにとって都合の良いことは全く起きておらず、これからも期待できない。

クラムベリーホムンクルスの姿は見えなくなった。出ィ子、プシュケも見えない。スノーホワイトの素体はまだ動いている。

◇ドリル・ドリィ

カルコロと逸れ、ミス・リールと逸れ、よりによって最後に残ったのがアーリィだった。

ドリィはアーリィのことを蔑み、態度もあからさまに見せていた。だが他の生徒達は余程鈍感なのか、アーリィとドリィを仲良くさせようと躍起になり、なにを無駄なことをしているのかと呆れたものだ。

そんなアーリィと二人きりになり、頼る相手はアーリィしかいない。旧型でポンコツで間抜けでちょっと打たれ強いことくらいしか取り柄が無い相手を頼るなど出来の悪いコメディ、というより当事者として見れば血も凍るようなホラーだ。

それでも戦わなければならない。ここで死ぬ気はない。

アーリィを盾にしつつ後退、アーリィを壁にしてライトニング達の攻撃を防ぎ、ドリィは校舎に穴を開けて通路を作りアーリィを下げさせる。ライトニング達も馬鹿ではないので穴に殺到してきたりはしない。多少の様子見をしているならそれはそれと急いで更なる穴を開けて隣の教室に移動する。

アーリィが喚いた。このまま逃げ続けるつもりか、と。

ドリィは喚き返した。逃げずにどうするつもりなのか、と。

アーリィは愚かなことに「中庭に行けという指示があった」といっている。ドリィは鼻で笑い、そんなものにいちいち従っていたら命がいくつあっても足りはしないと反論する。

アーリィは、他の生徒達もそこに向かっているかもしれないと発言。

ドリィは、敵も聞いているアナウンスなのだから敵もそこに向かっていると返す。

ドリルで穴を開けながらアーリィの相手をしてやる自分はなんという偉いやつなのかと褒めてやりたかったが、この場にドリィを褒めてくれる誰かはいなかった。その代わり、ドリィを罵って「一人でも中庭に行く」という愚かなアーリィがいた。

ドリィは考えた。アーリィという壁を失えばドリィも危険だ。ライトニング達が放つ雷に耐えられるのはアーリィだけだ。短剣や長剣でもドリィには致命傷になるだろうが、アーリィの頑丈な鎧であれば耐えられる。

かといって二人で中庭に向かえば敵のただ中に突っ込んでいくようなもの、やっぱりドリィは死ぬことになるだろう。

ドリィは覚悟を決めた。アーリィを騙す。

ドリィはドリルで掘った。進む方向は下だ。穴を掘り、更に横穴を開けた。上を向く。稲妻が光った。ドリィは顔を顰めて叫んだ。中庭に行くなら地下から行った方がいい、こっちへ降りてこい、と。

アーリィが落ちてきた。土煙を巻き上げ着地し、追ってきたライトニングをドリルで貫き、血が降り注ぐ中、上からは稲妻まで降り注ぎ、ドリィは慌てて横穴へ逃れた。

更に穴を掘る。下に、横に、掘り進める。アーリィは追ってくるライトニングに応戦、傷つけられた鎧は粘性生物のようにじわじわと元の形に戻り、またへこまされ、すぐに戻り、ドリィは穴を掘り、時折振り返ってライトニングを突く。

人数で勝る敵を相手にするなら狭い場所が最も良い。考えればすぐわかる。そしてアーリィには中庭へ行くといっておいたが、ドリィには中庭に行く気など端(はな)からない。中庭に向かっていますよとポーズだけとっておき、実際には全く別方向へ進む。敵から攻撃を受けながらのたうつように掘っていればアーリィの方向感覚程度誤魔化せる。

これでドリィとアーリィは当座の危機を脱することができた。まずは死なずに済んだ。ほっとし、しかし攻撃を受けている真っ最中であることには全く変わりがない。ドリィは敵の攻撃を弾き、アーリィを盾にした。そして「当座の危機を脱した」と安堵した中にアーリィも含んでしまったことに気付き、自分一人について喜ぶべきだったとキィキィ喚いた。

第五章　無口な人形達

◇スノーホワイト

中庭の外から心の声を聞こうとした時は、常に中庭がスノーホワイトの魔法を邪魔し、中庭の内側どころか中庭越しに学校内の声を聞くことも難しかった。いざ中庭に入れば中庭内の声は聞こえるようになり、外の声は一切聞こえなくなってしまっている。中庭に結界的なものが張られていたのだろう。

だがスノーホワイトの前に立つ相手——黒一色のスノーホワイトからは心の声が聞こえてこない。何者なのかはわかる。魔法少女の形をとったホムンクルスが事故で暴れた話は聞いている。恐らくはそれだ。ホムンクルスであればまともな心の声は聞こえない。

一辺三十歩程度しかない小さな箱庭が滅茶苦茶にされていた。抉(えぐ)れた庭土、崩れたアーチ、砕けた石畳、落ちた天井、大きな穴が開いたというより穴そのものになってしまった壁、血が流れ、腕が飛び、脚が飛び、敵味方混ざってそこかしこに横たわる魔法少女達。

操られているクラスメイトとプリンセス・ライトニング達は、未だ激しい戦いを続けていた。動かなくなった魔法少女達が周囲に山と積み上がっていても目もくれない。

唯一、隅の方にある古びた小屋だけは不自然なほどに傷がついていなかった。

スノーホワイト型ホムンクルスはスノーホワイトが持つ物にそっくりの武器を握っていた。振り下ろし、払い、無駄のない攻撃が恐ろしい速度で繰り出される。全く心の声を伴わない攻撃に対し、スノーホワイトは必死で避け、後方へ跳ね、ライトニングの群れに飛び込んだ。

「テティ！」

操られているテティは現在敵だ。理解しているが、思わず声が出てしまった。

スノーホワイトの声にテティが反応、背後から斬りつけてきたライトニングの剣を止め、握り折った。しかし折られたばかりの剣が眩く光り、恐らくは電撃を発したのだろう、ぐらりとよろめき、蹴られようとしたところへ今度はメピスが割り込んだ。敵への挑発を口にしながら長い尻尾を叩きつける。

テティも、メピスも、ここで戦っているクラスメイトの心の声は明らかにおかしかったが、それでも聞こえてはくる。

そして、今目の前で戦う黒い魔法少女（ホムンクルス）。

ライトニングが蹴り飛ばされ、ライトニングが武器を叩き落とされ、ライトニングが上、下、からの突きに対応できず血を吐いて突っ伏した。

この魔法少女の心の声はノイズじみた音でしか聞こえない。考えることができていないのか、それともスノーホワイトには理解できないことを考えているのか。

右へ、左へ、動くたびにライトニングが倒れていく。スノーホワイトの使うそれとそっくりの武器を振るいながら、黒一色のスノーホワイトが蹴り、殴る。だが速度と重さはスノーホワイトの比ではない。

ライトニング一人一人はけして弱くない、スノーホワイトのクラスメイトであるライトニングと遜色ない身体能力を有しているにも関わらず、スノーホワイトそっくりのホムンクルスはものともせずに蹴散らしていく。

強さという点においては、スノーホワイトが理想とする姿だったかもしれない。卑怯、姑息と呼ばれる手を使い、心の声を聞いてどうにか読みを通し、ぎりぎり勝利を掴むひ弱な魔法少女がスノーホワイトだった。「魔法少女狩り」という立派で恐ろしい名前に反する戦い方しかできなかった。目の前のホムンクルスは数で勝る敵を相手に圧倒的な暴力を振るい黙らせている。リップルの隣で戦う魔法少女は、きっとこんな魔法少女が相応しいのかもしれない。どうしてもそんな思いが消えてくれない。

スノーホワイト型ホムンクルスは、右、左、前、後、だけでなく、跳び、跳ね、目にも止まらない速度で三次元的な移動を続け、彼女の動いた後に遅れて稲妻が炸裂し、稲妻にも負けない速度で武器(ルーラ)が振るわれ、倒れ伏したライトニングの数が増えていく。

　右手で敵を斬り、左手で敵を刺し、そこから跳び、石畳の欠片が一際(ひときわ)派手に散っている場所のすぐ隣、蜥蜴(とかげ)と人間をかけあわせたような姿の魔法少女が突っ伏している傍で武器を振り上げ、振り下ろした。蜥蜴の魔法少女は跳び起きながら尻尾を振るい、黒いスノーホワイトは武器を縦にして柄で受け止め、物置小屋の方へ吹き飛び、転がった。

　蜥蜴人間の魔法少女はより大きく、鱗は厚く、固く、牙は鋭く、尻尾は太くなり、恐竜そのものの姿に変身して空に吠えた。

　吠え声でびりびりと髪を震わせながら黒一色のスノーホワイトが前へ出た。死んだふりをしている魔法少女へ攻撃したのはトドメを刺すためではない。死んだふりをしていると察し、敵に敵をぶつけてやろうという算段だ。

　ライトニング達の隊列が乱れる。恐竜へ向かう者とそれ以外の敵にかかっていく者が交差する。オールド・ブルーは未だ前線に復帰できず、心の声も聞こえてこない。

　気が付くとスノーホワイト型ホムンクルスがスノーホワイトの喉元に刃を突き付けていた。切っ先を向けられ、スノーホワイトはようやく「自分が見入っていたこと」に気付いた。ライトニングの囲いが解けている。

　武器が振るわれた。スノーホワイトには視認さえ難しかった。

◇ハルナ・ミディ・メレン

　得体の知れない巨大な生き物の吼え声が響き渡り、石畳が震え、小さな音を立ててぶつかり合った。ハルナは窓の外に巨大な蜥蜴を確認、ライトニング達の集団とぶつかり合っているのを見て安堵半分、苛立ち半分でこめかみに人差し指を当てた。

　魔法少女は動きが早い。魔法使いの身体能力を強化してもそこに割り込むことは難しい。闇雲に支援をしたところで効果は薄く、狙いを定めて効果的に魔法を使おうとすれば必然的に前へ出ることになり危険が大きくなる。中庭に仕込んだ機構はそういった問題点の内いくつかを解決してくれていたが、今はもう使えなくなってしまった。

　スノーホワイトの素体を出したことで押されているだけではなくなった。むしろこっちが押しているまであるはずだ。だが優勢は常に薄氷の上にある。

　クミクミは恐ろしい勢いでツルハシを振るい、地面を砕き、瞬時に別の物に組み替え、リリアンはそれに合わせて糸をひゅんひゅんと振り回して補強していく。そちらに向かおうとしたライトニング二名がハルナの幻術で偽装された落とし穴に落ち、助けようとしたライトニング一名が足首に縄を引っ掛け宙吊りにされたところをメピスに殴られた。

　動きはいい。だが強化はこれ以降も徐々に落ちていく。そこを補うのはハルナだ。機構によって中庭の陣を使うことはできなくなったが、根から直接力を吸い上げればまだまだ戦える。次に使うべきはどの魔法か。

ハルナの思索を邪魔するかのように、ひゅん、と魔法少女型ホムンクルスが現れた。ハルナは速度により巻き起こった風で乱れようとする髪を抑えた。

ハルナの許可なく物置小屋に入ることはできない。逆にハルナの許可した者であれば入り口を使うことなく小屋の中にまで入ってくることができる。疑似人格で動かしているとはいえ自己判断能力は通常の魔法少女型ホムンクルスと変わらない。

現在、スノーホワイトの素体は学校防衛側にとっての最重要戦力だ。意味もなくここには来ない。

ホムンクルスは後ろに手を回して誰かを背負っている。

「誰だ?」

背負っていた人間を正面に抱え直し、ハルナに向けて顔を見せた。

学生服の少女が一人、気を失っているのか目を瞑っている。人間だ。ハルナは知っている。スノーホワイト——目の前で命令を待っている無表情なホムンクルスもどきではない、本物のスノーホワイトが変身する前の姿だ。

◇オールド・ブルー

中庭の入り口横、瓦礫が重なる上に横たわる魔法少女の前でオールド・ブルーは屈み、

「最後までよく戦いました」

他の誰にも聞かれない声で囁き、出ィ子の瞼を閉じてやった。触れた感触も全て人間と変わらないが、オールド・ブルーの魔法は彼女の本質を理解している。生命を失ってしまった今となっては文字通りの抜け殻でしかない。人間のように見え、人間のように感じられても人間の遺体ではない。ホムンクルスと混ざり合った残骸だ。

そこまで理解していてもオールド・ブルーは目を瞑った出ィ子を静かに廊下の隅に寝かせてやった。息を吸い、切り替える。感傷は置いていく。痛みは無視して外された左肘を元に戻す。肩の打撲傷は治療できない。このままいく。

ライトニング達が中庭前の廊下を走り回っている。再編成と振り分けができるのはオールド・ブルーしかいない。インカムから指示を出して中庭への突入を命じる。

本物よりも遥かに強いスノーホワイトのホムンクルス、突如起き上がった恐竜のような魔法少女、という各要素によってライトニング達は苦戦を余儀なくされたが、大元の責はオールド・ブルーにあった。こちらの戦い方をよく知る出ィ子、それと連携した森の音楽家クラムベリーによって指示を出すことができない程度に手間取らされてしまった。出ィ子の魔法、身体能力共にオールド・ブルーの知るものよりキレが鋭く、ホムンクルスの肉体由来の強さと校長の魔法による強化が合わさっていた。強化の方は徐々に小さくなって

いったが、死に際でもまだ残っていた。

出ィ子のことはオールド・ブルーの失策だ。他の弟子と比べても彼女はしっかりしていたし、頻繁に顔を合わせる必要がない、と考えていた。会ってさえいれば彼女の異常に気付くことができたのに、と今更後悔しても遅すぎる。ハルナ・ミディ・メレンにツケを払わせて弔いにするくらいしかできない。

オールド・ブルーは出ィ子とは逆側に捨て置かれている肉の塊にちらと目を向けた。クラムベリーと同じ姿のものを叩き潰してやっても全く喜びはない。研究部門の長として良い材料が手に入ったと思うのが精々だ。

突発的に生じた予想できない要素によってオールド・ブルーは手を塞がれ、その結果ライトニング達を指揮することができず、スノーホワイトも攫われてしまった。散っていたライトニングを集め直して中庭へ攻撃させる。フレデリカやラツムカナホノメノカミへの牽制は当然甘くなり、彼女達が中庭を訪れるのも時間の問題だろう。

やってしまったことは仕方ないが、これからやろうとしていることに差し障りが生じるのはまずい。スペードのエースから一切の応答がない。戦闘能力は絵札を遥かに超え、判断能力も高い。現在の校内において最強無敵の戦力というわけではないが、簡単に死ぬような存在でもない。

スペードのエース抜きでは苦しい。だがここで動かなければもっと苦しくなる。

──行きますか。

ライトニング達は忙しなく動いている。オールド・ブルーは一人その場で動かず、インカムに右手を当て、すぐに離した。入り口から見える範囲にスノーホワイトのホムンクルスがいない。すっと身体を乗り出して中を確認したが、姿が見えない。現状の敵勢力で最も厄介な存在がなぜかいなくなっている。

メピスとテティも中庭の隅へ下がっている。なにか不思議なオブジェによって組み立てられている物は──オールド・ブルーの目はクミクミリリアン共作の防衛拠点、と見た。さっきまでは無かった防衛拠点の前で魔法少女達はライトニングを相手にしていた。

オールド・ブルーは音も無く中庭へ入った。向かう先は中央、拠点は無視する。

戦いはしない。攻撃されない位置を取りながら周囲を窺う。この中庭をよく見る。見る。ただ見るだけではない。本質を見抜く。稲妻が飛ぶ。メピス・フェレスが喚いている。ライトニングの一人が壁を打ち壊して吹き飛んだ。

集中を切らさない。オールド・ブルーであればできる。

──ここか。

◇O・ルールー

「どうもありがとうございました」

淑女の銅像が深々と頭を下げた。相手の丁重な態度と異様な外観に気圧（けお）されて思わず「いえいえ、そんなことは」といいたくなってしまう口を押さえ、咳払いにとどめた。

ミス・リールを修復した。この状況を手放すべきではない。攻撃から救い出すこともした。ルールーは彼女にとって命の恩人だ。この状況を手放すべきではない。命を救ったなら倍返しでも三倍返しでも返してもらわなければならない。ルールーの魔法によって手繰り寄せた運命の糸の先にいたのがこの魔法少女だというのであれば、なおさら簡単に手放してはならない。

「で、他の魔法少女とははぐれちゃったと」

「戦っているうちに一人になってしまいまして……あっ校内放送がありました。中庭に集まるようにと」

「それは私も聞いてる」

自分が何者であるかをどう説明するか迷い、スノーホワイトの友人でフリーランスの傭兵魔法少女ということにしておいた。正確には友人の友人くらいの間柄でしかないが、世の中なんでも正確に説明すればいいというものではない。

ルールーは考えた。ミス・リールという魔法少女のことは資料を読んで把握している。金属を握れば、身体が握った物と同質に変化する。同時に損傷が修復される。落としたゴールドストーンを拾ったミス・リールは見事に全身を変化させた。現在の彼女は巨大なゴールドストーンだ。

それはつまりルールーの魔法と組み合わせることにより大きな結果を生み出すことができるのではないか。

これはまさに運命の出会いとして、誰もいない場所で魔法を使っても意味はない。

「随分と……静かではありませんか?」

「だねえ」

空き教室の中、教卓の影に隠れて二人で息をひそめていたが、戦いの音、中でも特段うるさかったライトニングの雷の音が聞こえなくなっている。気配も薄い。戦いが終わった、という気はまるでしない。嵐の前の静けさだ。

今なら移動できるか。行くなら中庭だ。しかしどうなっているのかもあやふやな状況で動くのはあまりにもリスクが、と、常識的な考えが首をもたげてきたところでもう一度咳ばらいをした。

行くか行かないかなら行くしかない。ルールーは立ち上がり、しゃがんでいるミス・リールに手を差し出した。

◇ハルナ・ミディ・メレン

スノーホワイトを殺さないように、目にしたら連れてくるように、という命令は果たされた。相手が魔法使いや魔法少女であればでかしたと褒めてやるところだが、ホムンクルス相手ではその必要がない。

なにをすべきか。ホムンクルスの身体にスノーホワイトの魂を入れれば完全な憑融体が完成して戦闘能力は現状より更に上がる。常に時間がない鉄火場ではあるが、憑融の手順は簡単で処理も短時間、いつもと同じく小屋の中で始めて小屋の中で終わらせることができる。だからこそ、これまでも校内で誰にも気付かれることなく生徒達の憑融を成功させることができた。物置小屋の中であれば根から直接力を使い――巨大な石臼で粉を引くような音が聞こえ、足の裏から振動が響いた。ハルナは顔を上げた。この音、この振動には覚えがある。「まさか」と思い、窓に走り込んで外を見た。

プリンセス・ライトニングに囲まれ、その中央に青いコスチュームの魔法少女が立っていた。場所は中庭中央付近だ。呪文を唱え、乱れなく滑らかな動きで決められた通りに腕と指を動かしている。彼女の前、壊れるまではアーチ門が立っていた場所が、例の「巨大な石臼で粉を引くような音」を立てながら開いていく。

石畳が開いた先には階段がある。その先にはエントランスがあり、更に進めば遺跡がある。

――馬鹿な……なぜ！

呪文を知っているわけがない。だが発音も発声も全てが正しい。腕の動き、指の動き、残らず正確だ。誰かが教えたのか。内側に密偵がいるのか。だが遺跡入り口への正式な入り方は、各派閥の非常に高い地位にある者だけしか知らないはずだ。それはもう密偵や間諜というレベルではない。

◇オールド・ブルー

ここでも魔法を駆使し、中庭中央に隠されていた扉を発見、解錠する。地面に四角い穴が開き、そこから下へ続く階段が見えた。オールド・ブルーは階段を下りた。

背中の方から聞こえる金属同士がぶつかる音が遠ざかっていく。こちらは音を立てず、真っすぐ歩くのと同じ速度で階段を進む。

壁は灰色の石、床も天井も同じだ。ヒビ一つない。魔法がかかっている。強度を増しているだけでなく、魔法に対する耐性を増している。継ぎ目は見えないが、一つの石から切り出しているのだろうか。普通なら有り得ないが魔法を使えばやれるだろう。

一歩進むごとに肌寒さが増している。温度が低くなっている。それだけではない。なにかがある。この先にあるなにかがオールド・ブルーの体感温度を下げている。

そこから更に二十段歩き階段は終わった。その下には部屋があった。魔法によればここがエントランスだ。まだ「遺跡の入り口」であっても「遺跡そのもの」ではない。

――これは……。

石造りの大きな門がある。巨体のホムンクルスでも出入りできるだろう、魔法少女なら見上げるほどのサイズだ。ここを開けば遺跡へと通じている。魔法による錠はオールド・ブルーの前では意味をなさない。鍵の本質には開錠方法も含まれているものだからだ。この扉は今開けてきたものに比べて簡素で簡易的だ。

特に面倒な手順や特殊な道具が必要なわけではない。数語の呪文を唱えれば扉は開くし、魔法少女の膂力があれば蹴破ることもできるだろう。一応鍵がかかっているというレベルだ。そもそも賊がここまで侵入することは恐らく想定されていない。オールド・ブルーという特殊な存在がいたからこそ中庭のどこでなにをすれば遺跡の入り口が開くのかわかったというだけで、それが誰でもできるわけではない。

そこまで理解していながらオールド・ブルーは扉を開けることはなく、背を向けた。

――無理だな。

中に入って遺物をどうこうするどころではない。オールド・ブルー本人は勿論、魔法に強い耐性を持つハートのライトニングであっても長くはもたない。フレデリカは用意があるのか。フレデリカが自滅するならともかく、入る算段が付いているならまずい。こちらは遺物に触ることもできず、向こうだけが自由に出入りするというのは最悪だ。

遺物の破壊はできない。遺跡の破壊も無理だ。となると残された選択肢はピティ・フレデリカの排除ということになるが、それはそれとしてその前にもう一つ仕事を済ませておかねばならない。

◇ハルナ・ミディ・メレン

中庭には遺跡があるが、入り口の上開き扉が表に出ることはほぼない。遺跡入り口は、三派から集めた高位術者によって完璧に偽装、封印されている。開けるためにはまず申請、その後上層で書類がまわり、何ヶ月か待たされ、その間も根回しに事前工作、水面下での様々な交渉をし、ようやく許可が下りる。

前回「調査のため」という名目で開けた時には、高位術者が十五人とオスク師の代理が派遣されてきた。そこまでして開けたにも関わらず派遣したシャッフリンが戻ってこなかったため、調査隊はエントランスから先へ進むことができず、開けた時同様の手間と時間をかけて再封印するしかなかった。

ホムンクルス並の耐性と魔法少女そのままの知性を持つ憑融体を複数揃え、今度こそはと再度の申請をする予定だった。だが、固いはずの扉が、今、無法に開かれた。

驚愕に身を震わせながらもハルナは自分がなすべきことをした。

「中庭へ戻れ。あの髪の長い……青い魔法少女を」

殺せ、と黒いスノーホワイトに命じる前に外を見た。石畳が開き切っている。そして魔法少女がもういない。ドアノブが回った。ハルナは慌てて小屋の入り口に顔を向けた。ノブが回っている。

この小屋は外から開くことはできないはずだ。コマンドワードを唱えて正しい手順でノブを回さなければならない。だが、敵は遺跡の入り口を開いてみせた。それに比べれば物置小屋のドアを開くことくらいは簡単だろう。

考えている時間はない。

ノブが回り切った。ドアが開き、光が差す。

◇オールド・ブルー

小屋の中には専門書と実験器具が所狭しと並んでいた。が、校長はいない。オールド・ブルーは部屋の中に入り、膝をついて床を撫でた。ほんの数秒前までここにいた。瞬間転移の魔法を使いどこかに移動したか。

――逃げ足の早いこと。

いたのはハルナだけではない。気を失い、変身が解けたスノーホワイトがここにいた。

オールド・ブルーは眩しいものを見るように目を眇めた。スノーホワイトは連れ帰るつもりだった。しかし深追いしても良いことにはならないだろう。惜しいが諦めざるを得ない。スノーホワイトは奪われ、最後にツケを払わせてやろうとしたハルナには逃げられ、どうにも上手くいかないものだ。オールド・ブルーは立ち上がり、インカムに指示を出した。

「用事は終わりました。このまま撤退の準備を」

伝えることを伝え、再び視線を部屋の中央に戻した。

そこには床板を割って根の先が飛び出していた。人間の胴回りよりもまだ太い。根の先だけでこれほど太いなら本体はどこまで大きくなるのか、と見た者を驚かせるだろう。だが姿かたちだけでなく本質まで見るオールド・ブルーには驚きだけで終わらせていいものではなかった。

心の中でなるほどなるほどと独り言ちた。ハルナが大量のエネルギーをどのように供給していたのか腑に落ちた。中庭全体の機構、絶対防備の物置小屋、魔法による支援の数々、全てここから吸い上げていた。

直視すると頭がふらつく。情報量があまりに多い。

これが遺物の一部だ。地表を目指してここまで伸びてきていた。魔法少女学級の管理者であるハルナがそれに気付き私物化、悪用していた。フレデリカも狙っている。そしてオールド・ブルーには扱えない。つまり百害あって一利なしだ。

オールド・ブルーの目はどのように処置すればいいのかも読み取っていた。呪文を唱え、右手で印を作り、左手は根の上に置く。ここからいくつかの段階を踏み、破壊する。

◇リップル

学校は破壊されていない場所がないくらいに破壊され尽くしていた。リップルは逸る気持ちを抑えようとはせず、情動のままに走った。

あの日のことを思い出す。スノーホワイトを一人で戦わせるわけにはいかなかった。彼女に鍛えてほしいと請われれば窘めつつも応じるしかない。力のないまま無法者に挑ませるわけにはいかないからだ。

それに、ささやかでもいいから誰かを助けたい、力になりたい、人を勇気づけたい、そんな街の魔法少女になりたい、というのはリップルの願望だ。トップスピードとの関係は、試験がなければいずれそのようになっていたのではないかと思う。だからこそスノーホワイトに押し付けるのは違うのではないか、とも思う。トップスピードへの思いをスノーホワイトに引き継がせようとしているのではないか、と兆した疑念はなかなか拭うことができず、スノーホワイトに対して思い切って踏み込むことができなかった。

結果、スノーホワイトは魔法少女狩りと呼ばれるようになり、リップルはせめて彼女のサポートができるようになりたいと願った末、フレデリカに操られ、他者の命を奪い、多くの人に迷惑をかけ、スノーホワイトの足を引っ張り、なに一つ良いことは為していない。教室の天井が崩れて落ち、隅の方で埃を巻き上げた。埃に邪魔されもう天井も見えなくなった。

オールド・ブルーの一味が自分を利用していることは知っていた。それでもよかった。ピティ・フレデリカが動くのなら目的を果たす前に殺す、そう決めていた。フレデリカに操られていたからこそ、フレデリカを殺さなければならないと誰よりも知っている。しかし結局それもできていない。

なにかをしようとする度に、かえってスノーホワイトの邪魔をしている。

スノーホワイトを思い、フレデリカを思い、オールド・ブルーを思った。全てを見通すような目の魔法少女だった。リップルなら「知った風な口をきく」くらいは思ってもおかしくないはずなのに、立って話すだけでも余裕がなくなった。オールド・ブルーならフレデリカを倒すことができるだろうか。できるかもしれない。どうせなら自分でトドメを刺したいが贅沢はいわない。いえる立場ではない。

◇ハルナ・ミディ・メレン

タッチの差で間に合った。賊に踏み入られる寸前、転移することに成功した。だが距離を稼ぐことはできず、近場への転移に留まった。

スノーホワイト、そしてホムンクルスと共に遺跡の入り口、エントランスへと跳び、安心の吐息を吐き出した。大扉には手がつけられていない。開けられても壊されてもいない。賊が遺跡の中に入ったということはない。ここまでは来たが、遺跡内の危険性に気付いて手を出さずそのままにした、というところか。賊如きが当然だといいたいところだが、敵はエントランスに続く扉を開け、更に物置小屋の扉も開いた。

考えを改める必要がある。中庭の機構も偶然壊れたのではない。壊された。賊はただの無法者ではなく、魔法的なセキュリティをこじ開ける力を持っている。

「とりあえず……」

指示を出そうとし、ハルナは上り階段の方に目を向けた。薄寒い石造りの部屋の中、ハルナの感じる温度は実際よりも何度か低い。その体感温度が更に下がった。なにかが来る、思う間も無く部屋全体が揺れた。

心が乱れた。ただの地震ではない。エントランスはたとえ開け放たれた後であろうと偶発的な地震程度で揺れるようにはできていない。つまりただの地震ではない想定外のなにかが起こっている。

それがなにかを推測する前に石畳が割れた。以前中庭を割って出てきた根と同じものが石畳を突き破り、更に天井まで割って先へ進んでいこうとしたが、すぐに動きを止め、皺が寄り、水分を失った野菜のように力なくしなびた。スノーホワイト型ホムンクルスがハルナの腕をとって前に回った。だがそれでなにから守れるというのだろう。

なにかが起きている。それとも起こされているのか。物置小屋へ踏み入った賊だ。なにをしてきても全くおかしくはない。

ハルナは呪文を唱えた。まずは遠見の呪文を唱えて物置小屋の監視カメラにアクセス、小屋の中を確認する。

瞑った目がここではない光景を映す。本と実験器具が散乱している。荒らされていた。だがそれらは些末事でしかなかった。部屋の奥、大切な根の変わり果てた姿を見てハルナは呻いた。黒く枯れ、萎びてしまっている。

――なんという……なんということを……。

覆水盆に返らず、今更嘆いたところで意味はない。ここからどうするかを考えるべきだ。わかってはいても歯噛みせずにはいられなかった。だがハルナには悔やむ時間すら与えられていない。

「失礼します」

今度はなんだ、と声の方を見る。クミクミとリリアンが揃って首を垂れていた。

「報告です。敵が撤退しました」

「あ？　なぜ？」

「この……揺れを警戒してのことではないかと。上では地面が隆起し油断すれば転んでしまいそうな有様で」

揺れたから逃げた？　そんな簡単なことでいいのか？　なにか目論見があってのことではないか？　ハルナの中で考えが堂々巡りになりかけ、眼鏡の位置を整え、切り替えた。

敵が撤退したということは事実なのだろう。ならばその事実を利用すべきだ。成り行きではあるがハルナはエントランスにいる。この場、この状況を利用する。安全ではなくなってしまった物置小屋へ戻るよりはいい。どんな罠が残されているかもわからないのだ。

ハルナは振り返り、遺跡の方を見た。エントランス奥の大扉は閉まったままだ。こちらに手は出されていない。ということは中にも手は出されていない。

リリアン達に向き直り、命じた。

「遺跡の中へ向かえ。遺物を見つけて持ってこい」

「中庭に……拠点を作っている……途中で」

「それはもういい。そんなことよりエネルギーの確保が優先だ」

「遺物とは……どんな……」

「わからん。それらしき物を探し出し、ここに持ち帰れ。お前達二人にしか任せられんのだ。命綱もつけていけ。危ないようならすぐに引っ張れ。それでいいな。頼んだぞ」

こんな時にまでゆっくり喋ろうとするクミクミに苛立ちはしたが、だからといって怒鳴ったところで始まらない。ホムンクルスとは違い独自の判断能力を持っているのは良いことなのだと自分を納得させる。

この時間を最大限に活用する。遺物を持って帰ればそれが逆転手、最悪命綱があれば戻ってくるだけはできる。中の様子を確認してくるだけでも意味はある。二人がぶつくさいおうとこれが最も良い、はずだ。

元より意見をすることはできても否を唱えることはできない。ハルナが呪文を唱えて扉を開くと二人の魔法少女は文字通り瞬く間に姿を消し、ハルナは額を手の甲で拭った。

遺跡内部は魔法少女であれ魔法使いであれ生身で入ることができる場所ではない。だが憑融した魔法少女の肉体は限りなくホムンクルスに近い。魔法への耐性が高く、ある程度は遺跡内での活動にも耐えられる。ホムンクルスの問題点は知能と判断能力の低さにあり、それ故に耐性を持っていようと遺跡内の活動には不向きだったが、魔法少女の知能と判断能力を持つ憑融体はいわば両者のいいとこどりだ。

元々遺跡内を探索、遺物を収奪するための用意が憑融だった。まだ完全とはいえないが、状況が状況だけに贅沢をいってはいられない。

ハルナは扉に目をやり、すぐに視線を逸らした。見通せない暗闇へと続いている。ただ開いているというだけで怖気を催す。すぐにでも閉じてしまいたいが、クミクミ達が帰ってくるまでは開けておかねばならない。

◇ピティ・フレデリカ

得たばかりの力を振るって戦うのが楽しかったのはひと時のこと、すぐに飽きてしまった。弱いものいじめは好きでもなんでもない。そして今はそんなことをして時間を空費している場合でもない。そこでフレデリカも己の動きを変えた。現身の力を存分に振るうのは止め、纏わりつく同じ顔の集団を振り切って隠密行動に舵を切った。

床下に潜り、埃に塗れながら恐ろしい速度で匍匐(ほふく)前進をする。蜘蛛の巣が顔にかかることはない。地面についた痕跡を見るに既に一人ならぬ魔法少女が移動している。鼻をひくつかせると複数の魔法少女の匂いが引っ掛かり、その中の一つはスノーホワイトの頭を飾る白い花の香りだった。

久しぶりの芳香に思わず頬が緩む。時間が許すのであればここで満足いくまで香りを楽しみたいところだが、残念ながらそろそろ予定の時間だ。とにかくここまでは無事でいてくれたらしい。流石(さすが)スノーホワイトと心の中で褒めておく。

外側からライトニング達の動きを見るにどうやら中庭へ戦力を集中させようとしているようだ。予想外の急襲だったろうに、まだ学校側は持ちこたえている。生徒達か、教師か、それとも両方か、実に有能だ。

廊下、教室、その真下を静かに、同時に猛スピードで駆け抜ける。正確には這い抜ける。

途中、大きな揺れがあった。活性化が起こっている。これ以上ないタイミングだが、逆にいえばあまり遅れるとまずい。急ぎはする。焦りはしない。急いては事を仕損じる。優先順位はフレキシブルに変化する。

ライトニング達は戦力を糾合、再編成してもう一度攻め込むつもりだろう。フレデリカの愉快な仲間達はそのお陰で多少の余裕が生まれたはずだ。どれだけ残っているかはわからないが、かき回してくれればきっと面白みが増すだろう。

今の自分の動きは客観的に見てゴキブリのようだろうと思い、つまり合理的な動き方ができているのだと納得、瓦礫の下を通り抜けた。

カナの位置は不明、スノーホワイトの位置は不明、オールド・ブルーの位置は不明、中々の手探りだが推測はできる。中庭にいるか、中庭に向かっているか、そのどちらかだろう。

多少不自由であろうとフレデリカは考えることができる。くすんだ灰色の頭脳に衰えはない、どころかカシキアカルクシヒメになってからは頭の働きが良くなっている、まである。

まずフレデリカが来ていることは露見しているだろう。あれだけライトニングと戦って報告が届いていないわけがない。だからオールド・ブルーもフレデリカがフレデリカであるということを前提に動くはずだ。

中庭へ大攻勢をかけるため戦力を集めたとして、攻撃している真っ最中に背後からフレデリカや傭兵達に襲われた場合どんなことになってしまうか。あまり良いことにはならないだろう。

そこまで理解していたとして、余裕はあるのだろうか。フレデリカに背後から攻められても万全の構えで迎撃できるようにしておくことができるのであれば、そもそも中庭を落としているのではないか。ライトニングの大軍勢というインパクトに惑わされてはならない。フレデリカの手下たちがどれだけ数を減らしてしまおうともオールド・ブルーはけして優勢ではない。

――ならば私はどうすべきか……よし。

音の情報に加え、鼻でたっぷりと空気を吸い込み匂いの情報を入手する。今のフレデリカの肉体は腕力や脚力、頑丈さ、それだけでなく五感の鋭さも以前に比べ遥かに鋭敏だ。魔法少女の髪であったりコーヒーのフレーバーであったりを楽しむ時は優れた嗅覚を自覚したものだったが、今と比べれば濁った水を見通そうとしていたに等しい。

――さて、ここだ。

足を止めた。身体を起こし、頭頂部で床板を粉砕、外に飛び出した。

◇オールド・ブルー

魔法少女とはいえ立っていることさえ難しい揺れが続き、既に破壊の限りが尽くされた中庭の地面が幾筋も隆起した。それでも戦おうとしているライトニング達、困惑をした様子で応戦しているメピスとテティからは隠れて瓦礫から瓦礫、ライトニングの陰から陰へと素早く移動、危なげなく中庭の扉を潜って外に出た。

活性化が始まっている。原因は根の先を破壊したことではない。タイミングが重なっただけに過ぎない。

オールド・ブルーは廊下を走り、外で待機していたライトニングの中から数名を選出して自分の護衛につかせた。インカムでライトニング達全員に中庭から離れるよう指示を出す。今遺跡に拘泥(こうでい)して中庭に居続けるのは危険だ。活性化している遺物の動きは予想し難く、下手に巻き込まれれば痛い目を見る。

ライトニングの再編成、戦力の糾合、そこから急襲をかける。中庭を今度こそ落とす。活性化はそれなりに長い間持続するが、ここまでの激しい動きはいつまでも続かない。途切れる間際がチャンスだ。

オールド・ブルーはインカムのチャンネルを変えてライトニング各チームに個別の指示

を出しつつ走り続けた。居場所を固定するべきではない。もう終わったのだと安堵する時間ではない。まだ続いている。

活性化は終わりではない。あくまでも途上だ。ここからだ。根を見ただけでは完全に把握したとはいえないが、それでも推測から組み立てていくことはできる。オールド・ブルーの得意技だ。

廊下を曲がり、前へ、次は右、そこで急停止した。後続のライトニング達に指示を出して警戒させ、自分は一歩前に出る。

辛うじて残っていた床が割れ、中から魔法少女が跳び出した。

「おや……随分と姿が変わりましたね」

「君子は豹変すというでしょう」

ピティ・フレデリカ。今はカシキアカルクシヒメ。肉体を変えて強化されている。

忌々しい魔法少女に出くわした。向こうは狙っていたのだろう、笑顔は本心からのもので、それもまた忌々しい。だがこの出会いはこちらにとっても悪いだけではない。オールド・ブルーは前に出、掌底で顎を狙い、笑顔のまま避けられた。フレデリカはカウンター気味に拳を突き入れてきた。

◇ピティ・フレデリカ

一撃、二撃、驚いたことに攻撃を受け流された。現身の身体能力であれば掠めただけでも骨を折るくらいはできるはずなのに、ふんわりと柔らかに流され、掌底がフレデリカの顔面に迫る。現身の肉体ならダメージはない。それどころか額を叩きつけてやればこれまた骨を折ることができる。

——……いや！

フレデリカは後方へ跳んだ。オールド・ブルーはぴたりとついてくる。余裕はないはずなのに、フレデリカとの遭遇を予期していたはずがないのに、薄い笑みさえ浮かべている。周囲の瓦礫がばらばらと散らばる。散乱した物が落ちる前にオールド・ブルーとフレデリカは打ち合い、身体を入れ替え、また打ち合い、オールド・ブルーは背中で壁を破って校舎の中へと入っていった。

オールド・ブルーの動きを予想した上でフレデリカがとった行動は「オールド・ブルーを無視してライトニング達を蹴散らす」だった。それが最もわかりやすく、そしてオールド・ブルーの裏をかくことになるだろう。そう考えた。

背後から放たれた稲妻は、オールド・ブルーには一切触れず、ブルーの存在を無視するかのように打ち込まれた、にも関わらず、オールド・ブルーには一切触れず、フレデリカにのみ殺到する。稲妻に触れてもたいしたダメージはないはずだが、それによってオールド・ブルーに攻撃させる隙を作りたくはない。回避を余儀なくされ、より逃げ場を奪われる。

今まで戦ってきたライトニングとは動きが違う。三人のライトニングだ。オールド・ブルーの護衛か。恐らくはただのライトニングではない。気持ちが悪いくらいオールド・ブルーとの連携がとれている。肩の辺りにちらりと見えたスートはスペード、数字は見えなかったが、シャッフリンの法則に従うならば上位ナンバーと見て間違いないだろう。

フレデリカは小さく溜息を吐いた。

動きを読まれていたのでもない。罠にかけられていたのでもない。ここでの出会いを予期していなかったにせよ、フレデリカとの戦いを——否、現身との戦いを想定していた。右へ、左へ、ステップで落雷を避け、左の蹴りからスカートを目隠しにしてゼロ距離での右貫き手、だがオールド・ブルーは既におらず、腕を取られかけ、思わず下がり、そこにまた稲妻が降り注いだ。

オールド・ブルーの目を覗き込んだ。淡い青色だ。ラピス・ラズリーヌの色だ。血生臭い戦場のただ中で、今は息が詰まりそうなくらいネモフィラの匂いが濃い。

手刀、引っ掻き、下段蹴り、膝下まで姿勢を低くしての低空タックル、全てが読み抜かれて命中にまで至らない。逆にこちらが掴まれかけて慌てて身を引き、そこにまた追撃をもらってどたばたと避けて回らなければならなくなる。

相手は普通の魔法少女だ。かつて森の音楽家クラムベリーにも敗北している。現身の肉体に傷をつけることができるとは思えない。が、迫る攻撃を目にしたフレデリカは反射的に避けた。あれを受けてはならないと本能に近い部分が叫んでいる。

ライトニングを先に潰すのも難しい。オールド・ブルーがそうさせないよう立ち回っている。現身の身体能力でゴリ押しというわけにはいかない。あらゆる数字で勝っているはずなのに技術と経験と連携でいいようにやられている。

――中々に面白い……が……これは？

オールド・ブルーとライトニング達は戦いながら徐々に中庭と距離を置いている。フレデリカはそれに付き合いながらも困惑した。フレデリカが付き合ったからこそ中庭から離れているが、これ幸いとフレデリカが中庭へ向かえばどうするつもりだったのか。

◇カルコロ

大きな揺れが連続した。カルコロは計算機を弾いて答えを出した。震源地は魔法少女学級の下にある。地表に近い。明らかにまともな地震ではない。なにかが起こっているのにそれがなんなのかカルコロにはわからない。

争いの音が減っている。学校中走り回っていた足音も少なくなっている。

床下から天井裏へ、瓦礫の中へ、こそこそと移動しながらどうにか中庭へ辿り着くも中に入るどころの騒ぎではなく、カルコロは勇気も挫けて踵を返した。かといってどこに向かうといっても行く当てはない。争いの音が減りつつあるのは間違いなく、ならば隠れ潜み続けて賊がいなくなる、もしくは官憲が踏み込んでくるのを待つのが最も良いかもしれないが、それをするには良心が咎める。

　けして良い教師ではなかった。しかしそれでも教師は教師だ。ホムンクルスの事故が起こった時、カルコロは山の中へ入っていった。逃げることも助けを待つこともしなかった。あの時はヒロイズムに溺れたということもできるし、魔法少女らしい勇気を持つことができたといってもいい。良くいえば良いことになり、悪くいえば悪いことになる。あらゆる物事は表裏一体だ。

　悩んでいる暇もない。ならばせめてとハルナの執務室に向かった。こちらは人がいない。鼠らしくこそこそと移動し、破壊された重厚な木製扉を見て溜息を吐いた。当然中も荒らされていた。重い金庫が見事に切断され、書類が散乱している。幸いというべきか死体や血痕の類はない。ハルナはまだ生きているだろうか。考えても答えは出てこない。

　デスクの下、ソファーの裏、探して回るがハルナはいない。カルコロは小さく眉を顰めた。一枚の書類を手に取り、素早く読み取り、二枚、三枚と探し、金庫の中に残ったものを漁り、カルコロは中庭の方を振り返った。

　表情は徐々に厳しいものになり、やがてはっきりとした怒りの顔になった。

握り締めてくしゃくしゃになった書類をその場に捨て、カルコロは中庭に向かって再び移動を——誰にも見つからないようこそこそと——開始した。

第六章　私達はあきらめない

◇スノーホワイト

悪夢を見ていた。それは間違いなく魘(うな)されるような夢だったはずだが、目が覚めた時には全く覚えていなかった。

スノーホワイトは咄嗟に変身していた。精神よりも肉体が早く反応していた。周囲を窺う。冷たい石畳の上に寝かされている。手足が縛られていた。力を入れてみたが切れることも解くこともできそうにない。首を曲げて足首を縛る紐を見ると、クラシカル・リリアンの使う紐だった。あれはそう簡単に切れたりしない。

薄暗い石畳の部屋は実際の温度よりも寒々しく感じた。寒いというより恐ろしさを感じ、それで背筋が冷えているのかもしれない。

部屋の中にいるのはスノーホワイトだけではない。例のスノーホワイトに似たホムンクルスが、スノーホワイトの使う武器とそっくりな武器を持ってなにをするでもなく立っている。歩哨をしているのだろうか。

その隣、魔法少女学級の責任者、校長ハルナ・ミディ・メレンがいる。心の声は相変わらず聞こえなかったが、見ればどんなことを考えているのかある程度推測できた。顔を顰め、手を腰の後ろで組み、行ったり来たりを繰り返している。

彼女は攻め込まれている側だ。防衛はそれほど上手くいっていない。だから焦っている。それでもまだ無事でいるくらいには守ることができている。心を操られているクラスメイト達は無事だろうか。メピスとテティの心の声は階段の上から聞こえてきている。まだ操られてはいるようだが、それでもまだ生きている。他の声はなにもない。あれだけうるさかったライトニング達の声でさえ聞こえない。

石畳の下から揺れを感じた。ハルナを見れば慌てた様子はない。石畳がカタカタと音を立てるほど揺れている。スノーホワイトだけが気付いているわけはない。ハルナがいちいち反応をしないくらいにこの揺れは頻繁に起こっている、ということか。

どれくらい寝ていたのだろう、とスノーホワイトは考える。黒いスノーホワイトに攻撃されたところまでしか覚えていない。あの時点でライトニング達は中庭に入ることができていた。ここは中庭なのだろうか。一定範囲を除き心の声が絶たれている感覚は中庭のそれだが、こんな場所があっただろうか。

ハルナの視線を追って部屋の奥に目を向けた。大きな扉が開いている。下り階段が続いているようだ。見ているだけで頭に痛みを感じ、スノーホワイトは目を逸らした。

息を落ち着け、顔を上げた。ふとこちらを見下ろすハルナと目が合い、向こうは大した興味もないらしくすぐに別の方を見た。スノーホワイトが意識を取り戻して変身をしたところで脅威とも思っていないのだろう。普通なら、縛り上げているといっても魔法少女は油断できない。

――だけど……。

ハルナの傍らに立つ黒いスノーホワイトを見上げた。ただなにも考えずぼうっとしているだけに見えなくもない。だがなにかしら命令されているのだろう。スノーホワイトが暴れようとしたら取り押さえろ、くらいはいわれているはずだ。

下手に動くことはできない。ハルナを怒らせるような質問をするのもよくない。今の彼女はかなり追い詰められている。刺激せず、考える。スノーホワイトがここからなにをすればいいのか、を。

◇オールド・ブルー

良いタイミングとはいえなかった。中庭の攻防戦で時間をかけ、戦力を失い、スペードのエースはいるのかいないのかもわからず、スノーホワイトは攫われ、ハルナには逃げられた。敵を迎え撃つには諸々の準備が足りていない。

だが一概に悪いだけでもなかった。元々出てくるのならこちらに都合が悪い時であろうと予想はできていたし、なによりピティ・フレデリカが向こうから来てくれた。

手勢を差し向けるだけで本人が来ない可能性は高かった。今のフレデリカに自分が動かなければならない理由がどれほどあるというのか。だが直接今のフレデリカを見てオールド・ブルーは理解した。フレデリカは自身がここに来なければならなかった。

フォルムは元々のフレデリカをベースとしながら身体能力は大幅に、別人といっていいほど上昇し、魔法も別物になっている。魔法に対する耐性は、ライトニング集団随一であるハートのエースと比べても段違いに高く、これはほぼ現身に近い。カスパ派で飼っている術者を使い、最新技術をふんだんに盛り込んで素体をデザインしたのだろう。

廊下だった場所を駆け抜けながら拳を流し、蹴りを流し、スカートによる攻撃を流した。回転するスカートの裾が残った壁を斜めに切り落とす。フレデリカは右手を袖口に入れ、抜いた。指の間に一つずつ小さな球体を挟んでいる。間を置かずそれを投げた。オールド・ブルーは目的を理解している。球体の一つ一つが赤や紫、青や黄色の煙を出して小さく爆発した。これは狼煙(のろし)だ。手勢に向かって連絡している。

オールド・ブルーはハンドサインでライトニング達に指示を出した。実はハンドサインだけでなく他にも細かなサインを複数出すことでより立体的な動きを可能としているが、一見(いちげん)で見抜くのはフレデリカであっても難しいだろう。向こうの指示は丸わかり、こちらの指示は隠しつつ、情報戦では一点か二点加点されている。

稲妻、稲妻、貫き手、肘、大きく内側へ入って掌底(しょうてい)、外し、外され、攻防を繰り返しながら足は止めない。フレデリカは気付いている。オールド・ブルーが故意に中庭から離れつつあることを。しかしだからといってこちらに背を向け中庭へ走ることはできない。オールド・ブルーも同じだ。フレデリカと相対している今は大きなチャンスだ。逃してはならない。ここで終わらせる。だからこそ中庭から離れた。

稲妻、フェイント、ライトニングと入れ替わり、壁を蹴って、滑り込むように足首をとり、しかし関節を極めるだけの隙はなく、またライトニングと入れ替わる。

あらためてフレデリカの戦闘力を吟味する。威力、速度、数字だけなら現身のそれには及ばない。しかしそれでも一般の魔法少女、オールド・ブルーにとっては圧倒的な強者だ。当たり所次第では攻撃が掠めただけで致命傷になるだろう。それに怯え防御に徹すれば死ぬだけ、だから攻撃も続けなければならない。幸い綱渡りには慣れている。

流し、受け、ライトニングへ指示を出す。フレデリカと出くわす前に、中庭、遺跡、遺物まで目にすることができた。これだけ距離があれば余計な影響を与えることはない。

◇ハルナ・ミディ・メレン

現状は惨憺(さんたん)たるものだ。物置小屋と中庭の仮拠点で挟撃をするという作戦により中庭内へ敵を誘い込み、その結果遺跡の入り口という本来なら絶対に開けられることがない場所に入られてしまった。更に物置小屋まで踏み込まれ、ハルナは這う這う(ほうほう)の体でなんとかエントランスまで逃げ込んできた。敵はそこで物置小屋の根を破壊、遺跡と遺物が異常な反応を示した。

良い点もあるにはある。地面の揺れを警戒したのか賊が中庭から退いた。現在は中庭を囲むようにしてライトニング達が配置されている。

攻撃は小康状態にある。が、それはあくまで一時的なものに過ぎないだろう。この賊相手に楽観的な考えは捨てた方がいい。

なので不意の休憩時間にこそ動かなければならないのだが、遺跡内に向かわせたクミクミリリアンとの連絡は途切れてしまった。リリアンの紐を腰に結わえさせ、決められた回数引くことである程度のコミュニケーションがとれるようにしたが、早々に反応がなくなり、紐を引けばなんの抵抗もなく、先の千切れた紐だけがこちらに戻ってきた。

一度失敗した上で憑融という技術を生み出したのだ。遺跡内部で活動できると少なくとも数字だけなら保証できる。最悪、憑融魔法少女が遺跡の悪影響で力尽き倒れるにしてももっと時間がかかる。この短時間で消えてしまうのは不可解だ。

どう考えてもおかしなことが起きているが、かといって調べる人員も機材もない。遺跡は常とは違う状態を示している。魔法の影響を受けにくいはずの憑融魔法少女が音信不通になるなにかがある。しかしその原因は不明。侵入者がなにかしたのか。異変が関係しているのか。それとも別の理由があるのか。今のハルナには薄暗く狭苦しく湿っぽい石造りのエントランスで親指の爪を噛んでいるくらいしかない。

とまで考えてから鼻を鳴らして否定した。

――爪を噛んでいるくらいしかない？　そんなわけがあるか！

ここで諦めるのはハルナの流儀に反する。

遺跡の奥へ追加で誰かを派遣するか。二重遭難が発生すれば今度こそどうしようもなくなる。詰む。敵は多勢だ。憑融した生徒は残らず回収したがそれでも足りていない。残りの生徒達も生きてはいないだろう。期待できない。スノーホワイト型ホムンクルスの強さに頼るにしても限界がある。

仮拠点を上手く使えないか。物置小屋との挟撃を想定していたため、遺跡入り口を守るには適していない。補修や改造ができるクミクミとリリアンはいなくなってしまった。メピスとテティは上で見張りをさせているが、それだけだ。

無駄だ、無駄ばかりだと心の中で毒づき、傍らのスノーホワイト型ホムンクルスに目をやった。少々の傷はあるがまだまだ戦える。本来はこの戦いの後にこそ活躍の場が訪れるはずだが、今ここを凌ぐことが優先されるのは仕方ない。

どうすべきか、どうすべきか、考えているだけで時間は過ぎていく。右へ、左へ、後ろ手でただ移動を繰り返す。なにか妙案は思いつかないかと天井を見上げる。暗い灰色の石天井があるだけだ。下を見る。石畳だ。その途中、白いブーツが視界の端に入り、ハルナはそちらに目を向けた。

倒れているスノーホワイト——先程捕えた本物——と目が合った。

ハルナはじっと見返した。スノーホワイトはすっと目を逸らして顔を伏せた。

疲労困憊している。力が感じられない。

現状を思えばそうもなろう、という思いはある。哀れだとも思う。だがそれ以上にハルナは失望していた。新たな魔法少女の旗印、というにはあまりにも弱々しい。窮地にこそ輝くのが魔法少女ではないか。

——いや、違うな。

勝手な理想を押し付け実態に失望するのはあまりにも大人げない。相手はまだ年若い少女だ。この状況に打ちひしがれないわけがない。それ故の憑融だ。まず肉体が強化される。強化された肉体に裏打ちされて自信がつく。それでも駄目ならハルナが魔法を使う。これによってスノーホワイトから精神的弱点を取り除くことができる。

スノーホワイトの憑融により洗脳、強化というのは現実的な選択肢の一つだが、物置小屋の根が断たれてしまっている。新たな根は何本か伸びてきていたが、術による処置をしなければ力を吸い上げることはできない。エネルギーの供給なし、術者は自分のみ、使える道具も限られている、では不都合ばかりでやろうと思えない。

ならば、まで考えたところで壁に手を当て身体を支えた。大きな揺れだ。だが地震ではない。遺跡の周囲は地震への対策も万全だ。ではなんだ。階段の上に目をやった。魔法少女達が戦っている間も小さな揺れはあったが、これほどのものはなかった。

◇ピティ・フレデリカ

フレデリカは八対二か九対一程度の割合で、オールド・ブルーとライトニングへ注意力を割り振っていた。得体が知れない体術を使うオールド・ブルーに対し、ライトニングの脅威度は高くない。稲妻も雷も剣も今のフレデリカを傷つけることさえ難しい。

なのでライトニング達が妙な動きをした時に反応が遅れた。同時にオールド・ブルーが打ちかかってきたのに対応しなければならないというのもあったが、つまりこれはオールド・ブルーが露払いを務めたのだろう。

ライトニング達が数人ずつに分かれて武器を振り上げた。フレデリカの背後、斜め後ろ、前方、壁の上、四個の小集団が足元に向けて武器を叩きつけ、オールド・ブルーがぬるりと後方へ下がった。フレデリカが追うより早く爆発した。

口の中で呻き声を噛み殺した。肉と骨に響く。四方向からの爆発がフレデリカを打ち叩いたが、今の肉体はそれにも耐えてくれた。目も鼓膜も無事だ。とはいえノーダメージでやり過ごすわけにはいかなかった。

オールド・ブルーが前に出、フレデリカが迎撃する。膝をついている暇もない。

――この技……。

研究部門と実験場が協調体制にあった時開発した連携技だ。アルティメットプリンセスエクスプロージョン。人造魔法少女が複数集まることで実行可能になる。

ライトニング達は再び集まり、また別れ、複数の小集団を形成した。不定形生物のようにスムーズな動きだ。オールド・ブルーが絶えず指を動かしているのは、つまりサインを送っているということなのだろう。

右、左、爆発により吹き飛んだ瓦礫がバラバラと落ちてくる中、オールド・ブルーと打ち合い、ライトニング達が武器を振り上げた。

――させるか。

間合いから逃げようとしたオールド・ブルーに追い縋る。多少の隙は覚悟の上だ。ライトニングがエクスプロージョンを取りやめればよし、やめなければオールド・ブルーを巻き込む。打たれ強さでフレデリカと勝負がしたいならやってみればいい。

間合いは保った。拳を突き出す。同時に爆発した。背後からだ。前方のライトニング達は武器を振り上げただけで振り下ろしはしなかった。背中で起こった爆発がフレデリカの身体を押し出し、オールド・ブルーが殴り、防ぎ、蹴り、止め、更に数合打ち合い、離れ際の一撃を脇腹に受け、肘を落とそうとしたところで右手首を掴まれた。

身体のバランスが崩される。フレデリカはたたらを踏んだ。一撃、二撃、攻撃をもらいながらも思考が途切れることはない。

どうして遺跡から離れていったのか、その理由がわかった。アルティメットプリンセスエクスプロージョンだ。爆発で遺跡を巻き込み暴走でもさせては困るから場所を変えた。

これがオールド・ブルーが隠し持っていた真の隠し玉か。だがまだ謎は残っている。ライトニング達は集まり、別れを繰り返し、新たな集団を形成し続けている。一発目と二発目で爆発の規模が違った。オールド・ブルーが巻き込まれない絶妙な間合いを測ってエクスプロージョンを発動している。確かこの技は参加する人数によって爆発の威力が変わる。だがここまで、ライトニングが少ない集団と多い集団で少ない方の威力が高いこともあり、逆に多い方が高いこともある。

また爆発が起こった。身体が泳ぐ。フレデリカは歯を食い縛り、オールド・ブルーの連撃一つ一つに対処した。身体が前にのめる。手首を掴まれているだけでいいように操られている。得体の知れない体術というやつはこれだから困る。

フレデリカは空いている手で水晶玉を取り出した。そして前に思い切りつんのめった。どうにか転ばないよう踏み留まるが、水晶玉をこつんと蹴られ、手放し、転がった。転がった先へ覆い被さるように投げ飛ばされ、腕をつき跳び上がった。一つだけ転がったはずの水晶玉が二十にも三十にも数を増やし、散弾銃の弾丸のように周囲へ飛散した。

◇オールド・ブルー

水晶玉が放射状に飛び散った。オールド・ブルーは手首を離して距離を取った。ライトニング達に指示を出して散開させ、直撃を避ける。

フレデリカが拳を前に突き出した。相当爆発を浴びせてやったのに、動きに衰えはない。攻撃をいなし、腕を取りにいくが逃げられる。オールド・ブルーはハンドサインを出し、フレデリカに打撃、受け、纏わりついて離れない。

手が届く距離で相手を観察する。動きに衰えはないがダメージ皆無というわけでもない。蓄積している。疲労もある。もうすぐ皮膚も破ける。血が流れる。

放たれた水晶玉が空中で静止した。この戦いを取り囲むような位置に留まっている。また突っ込ませてくるつもりなら迎撃する。素直に撃ち落とす必要はない。アルティメットプリンセスエクスプロージョンに巻き込めばいい。

ライトニング達が武器を振るった。爆発が起こる。既に月面裏側のようになっていた付近の地形がまた変わる。オールド・ブルーは体捌きで、フレデリカは身体能力で、お互いに移動を滞らせるようなことはない。流れるように動き回りながらライトニング達を近付かせず、かといって蚊帳の外には置かず、ここぞという位置に配置し、また散開させる。水晶玉はつかず離れずの距離を維持したままついてきている。気を散らせてはならない。弾丸のようにぶつけるのが本来の使い方ではない。水晶玉は最低限の警戒のみ、ライトニング達との連携に細心の注意を傾ける。

アルティメットプリンセスエクスプロージョンは参加者の数で威力が増減する。だがライトニングは別だ。彼女達は人数だけでなくナンバーとスートによって威力が増減する。合計幾つになればどれだけの威力が出るかというデータをフレデリカは知らず、そもそもどのライトニングにどんな数字が振られているのかも外から見ただけではわからない。

オールド・ブルーはライトニングの数字を逐一把握しながら指示を出し直すことができる。自分を巻き込まないよう、フレデリカを範囲内に入れるよう、威力を調節することができる。

爆発、爆発、爆発に次ぐ爆発。

舞い落ちる瓦礫の中でオールド・ブルーは深く踏み込んだ。

◇ピティ・フレデリカ

控えめにいって化け物だ。超魔法少女的身体能力の持ち主と至近距離で打ち合いながら魔法を駆使し、ライトニング達への指示は常に的確で全く隙が見えない。初代ラズリーヌ。味方でいれば頼もしく、敵になればこれほど恐ろしい魔法少女もいないだろう。

——いや……。

味方でいた時に考えていたことは「敵対した時どうするか」だった気がした。存在そのものがフレデリカの不安要素でしかない。敵として戦っている時の方が安心するまである。

オールド・ブルーの踏み込みに対してフレデリカも前に出、オールド・ブルーはあしらおうと一旦下がるという読みを外され腹に一撃、こちらのカウンターはネモフィラの花飾りを掠めるのみ、そのまま抱きかかえようとしたがするりとかわされ、ライトニング達が武器を振り下ろす。

フレデリカは目を瞑ることなくじっと見続けた。

オールド・ブルーはライトニングのインパクトの直前、集団の隙間に入り、そこで爆発が起こった。エクスプロージョンの瞬間、発動者達には障壁が生まれて爆発から身を守ることができるようになっている。先日のホムンクルス暴走事件で使用されたエクスプロージョンも被保護者を守りつつ敵を殲滅したと聞いている。

上手い具合に使えばフレデリカも滑り込むことができるかもしれない、とは到底思えない。オールド・ブルーがそうさせないように立ち回っている。こちらを無視すればライトニングの一人や二人を始末できるとして、その代価として払うのがいかほどになるのか考えたくもないし、オールド・ブルーもそれは承知しているだろう。一人や二人潰したところですぐに再編成される。ほぼ意味がない。

が、それはライトニングを始末した場合の話だ。ライトニングが不思議な心変わりをしてフレデリカの味方になってくれたとしたらどうだろう。単に一人減るどころの話ではなくなってしまう。現在幅を利かせている敵方の戦術は崩壊してしまうことだろう。

フレデリカは視線を僅かに上方向へ動かした。帽子の先についている星飾りが軽快な音を立てて横回転し、ピタリと止まる。オールド・ブルーの動きも止まる。

オールド・ブルーがどこを見ているかはわかっている。クリスマスツリーのように頭の先を飾っている星飾りだ。

誰が見ても、ただの衣装の装飾以上には思われないだろう。だがオールド・ブルーは、どんなものであろうと一目見るだけでその本質を理解する。これ――心を操る細剣（レイピア）の切っ先を加工した飾りがどれだけ危険な物なのかを一見で掴む。そういう魔法だからだ。

オールド・ブルーの右肩が震えた。指の動きが激しくなる。同時に地面が揺れた。足の裏から感じる微細な振動だ。これは活性化による揺れではない。震源地がもっと近い。

　恐らくは真下に近い位置、地下を掘り進んで移動している者がいる。フレデリカは跳んだ。ライトニング達が武器を振り上げる。オールド・ブルーが前へ出る。星飾りを上に向けて放り投げ、タイミングを合わせて周囲に滞空させていた水晶玉を引き寄せた。

　オールド・ブルーは控えめにいって化け物だ。処理能力は凄まじい高さで並列して二つどころか三つ四つ五つ六つの行為をこなす。ライトニングへの指示、フレデリカとの戦闘、魔法の使用、水晶玉への対処、どれ一つしくじっても命を落とす。にも関わらず涼しい顔で完璧にやってのける――と、傍目からは見えるだろう。

　化け物は喩えであり、実際は人間だ。限界はある。自分一人のことならともかく、配下を手足のように使うといっても本物の手足ではない。こちらも喩えだ。

　プキンの細剣は危険極まるアイテムだ。オールド・ブルーなら気付く。そして対処しようとする。する必要がある。当然だ。ライトニングにでも使われれば歯車が狂う。歯車一つの狂いで終わってしまいかねない。

　危険性に気付き、すぐ対応できる。普通なら素晴らしい。だがそれこそがフレデリカの狙いだった。キャパシティを溢れさせる。プキンの細剣、水晶玉、それに加え、ご丁寧にどこかの誰かが地面から振動で存在を伝えてくれた。地下からの振動だけではなにも見えない。本質を見抜くことはできない。オールド・ブルーの負担が増す。

　まず水晶玉の流星群が到達、次いでライトニングがエクスプロージョン、フレデリカは抗うことなく爆発の衝撃で跳び、クレーター一つを飛び越え、生き残った水晶玉から水晶玉へと高速で移動した。

◇ドリル・ドリィ

凄まじい揺れが地中にまで届いていた。ついさっきからずっと続いている下からの揺れではない、上からの揺れだ。音でなにが起きているのかはわかる。連続する爆発だ。

アーリィが騒ぐが、そんなことをいわれずともドリィにだってわかっている。これはアルティメットプリンセスエクスプロージョンによる爆発だ。しかも複数、同時に発生しているものもある。

また爆発が起こった。また起こる。今度は下からも揺れる。

ドリィは進路を変えた。より深く、そして迂回する。爆発で掘り起こされてはたまらない。使用者はバリアによって守られても流れ弾を受ける方はそのまま食らう。アーリィにしろドリィにしろアルティメットプリンセスエクスプロージョンを使うことはできるが、だからといってダメージを軽減できるわけではないのだ。

アーリィを丸め込みつつさりげなく外へ出ようという作戦は、地面の下までしっかりと結界に覆われていたせいで失敗した。そこから方向転換して戦場から外れたつもりがなぜか激戦地の真下を通過しようとしている。ドリィが進むべき方向を誤ったのではなく、激戦地の方からやってきたとしか思えない。

とにかく進めとドリルで土砂を掘っているすぐ先、植物の根のような——ただし太さはドリィの胴体以上もある——ものが下から上へと伸びていった。アーリィが喚く。ドリィは慌てふためきまた進行方向を変えた。

とにかく今はここから離れる。ろくな場所ではない。騒いでいるアーリィの頭をぽかりと殴り、ドリィはドリルを回して前に進み始めた。

◇ピティ・フレデリカ

もうもうと立ち込める土埃が徐々に薄らいでいく。

目につく場所全てがクレーターでボコボコになり、四方のどちらを見ても積み上がった瓦礫で視界が埋まる中、フレデリカは瓦礫の一部と化して仰向けに寝ていた。自分を見下ろしている魔法少女に話したいことは少なからずあったが、息が落ち着かず声を出すことさえ難しい。

切り傷、打ち身が全身を覆っていた。傷をつけることさえ難しいはずの現身の肉体がボロボロだ。特に首元の傷は深く、並の魔法少女なら致命傷になっていただろう。

「立てる？」

声を返すことはできなかったが、差し出された手を取ることはできた。見下ろしていた魔法少女——シンプルな赤いワンピース、黄色のリボン、右手に竹ぼうきというクラシカルなスタイルの彼女の手を借りなんとか立ち上がり、瓦礫の中でどうにか呼吸を整えた。

「いやはや……死ぬかと思いました」

オールド・ブルーの戦いぶりは凄まじかった。現身という圧倒的強者と戦うために組み上げられた体術は一切の隙がなく、身体能力で嵩に懸かってしまえるようなものではなかった。細剣の星飾りは使う前に砕かれ、フレデリカの自信も砕かれ、大いに痛めつけられた。

右手の瓦礫に目をやった。半ばそこに埋め込まれていた魔法少女——今は穏やかな死相の老婦人はフレデリカの想像を超える強さを見せた。今のフレデリカがどれほど強くなったか知らないだろうに気の毒なことだと内心笑っていた自分は、今思えば道化もいいところだった。

「もう少し早く来てくれてもよかったんですよ」

「同じ顔のやつらがえらく邪魔してくれたからね」

赤いワンピースの魔法少女に助けられながら瓦礫の山を踏み越えて上に立った。山の上から見るのは壊れかけた学校でなにも有難みはない。

「あたしは負傷者探して担げるだけ担いでから撤退するよ」

「撤退？　それはまだ早い」

「連絡もらったよ。監査の動きが滅茶苦茶に派手だ。十を超える部署から術者を集めて結界解除に当たらせてるとさ。見栄も外聞もあったもんじゃない、こりゃ本気にさせたね」

「監査の仕事が早いのは素晴らしい。良い指揮官がいたのでしょう。ですが、それとこれとは別の話です。私はまだ目的を果たしていませんので」

「あんたは冷静さを失ってるね」

「それはまあその通りですがね」

オールド・ブルーは倒したが、そもそもフレデリカの目的はそんなところにはない。たとえ逃げる前に官憲が踏み込んできても問題はない。

だがそれについて一から説明する時間はない。そもそも説明するつもりもない。冷静さを失って一人残ることを選んだ雇用主として彼女と別れることになるのは少々寂しくあったが致し方ない。たかが感傷だ。

「私はまだ残ります」

「じゃあここでお別れだ。給料分の働きはしたから文句はないね」

頭の後ろに回していたひよこちゃんのお面をくるりと返して顔を覆い、魔法少女は竹ぼうきに跨った。フレデリカは彼女に向け深々と頭を下げた。

「ありがとうございました。お陰で助かりました」

「宿は引き払う。あんたが生きて帰ったらこっちから連絡入れるよ」

「お待ちしていますよ。それでは」

フレデリカが結果的に傭兵を使い潰してしまったのと同様、傭兵の方でもフレデリカを見限ればすぐに逃げる。状況判断ができない者は、ここで死んだ魔法少女達のように長生きできない。

風を切って飛んでいく赤いワンピースを見送り、フレデリカは中庭に向き直った。跳び、瓦礫地帯を抜け、壊れた校舎の上を走り、耳を澄ませた。

――来ましたか。待ってましたね、これは。

フレデリカは校舎の壁を蹴り飛ばして破壊、空いた穴を潜って三歩、勢いをつけて落とした肘は右手一本で受け止められた。

梅見崎中学の学生服、乱れた髪、物騒なアクセサリー、フレデリカの知る姿とは幾分違っていたが見誤ることはない。ラツムカナホノメノカミ、カナだ。表情はない。だが静かな怒りがこちらにも伝わってくる。

オールド・ブルーのように薄ら笑いで向かってくるよりはわかりやすくていい。

「お別れは済んだらしいな」

「お久しぶりです」

右、左、左、右、打ち合い、同時に跳ぶ。瓦礫を置き去りにし、屋根の上へ、そこで並んで走りながらまだ打ち合う。突き、払い、スカートを目隠しに脛蹴り、受けられハイキックをガード、ガードした左腕に鎖が巻き付き、振り払う間もなく腕を握られた。肉が悲鳴をあげ、骨が軋む。

双方間合いが取れない状況で更に打つ。それでも目は瞑らない。被弾、命中、被弾、被弾。額から血が流れ落ち、視界の右側が赤く染まった。

――なるほど、これが現身ともどきの差ですね。

現身の決定版として生み出されたプク・プック、プクを凌ぐために作られたグリムハートとは違い、ラッムカナホノメノカミは戦うための現身ではない。戦闘能力はプクグリムに比べて大きく劣るが、それでもカシキアカルクシヒメの肉体では手には余る。

余るが、逆にいえば相手をできるのもフレデリカだけだ。ライトニング達が群れをなして包み込み、それでも傷一つ付けられなかったように、通常の魔法少女では勝負にさえならない。大人と子供どころではない、巨人と蟻だ。

単なる肉体強度だけでなく別種の強かさも持っている。オールド・ブルーとフレデリカの戦いが終わるまでどこかに潜み、待っていたとみていい。今も傭兵がこの場を去るまで待っていた。伝わってくる怒りは真実も含んでいるだろうが、内面は冷静だ。グリムハートやプク・プックにはない狡さがある。

自然と笑みが零れた。狡猾さと圧倒的身体能力を持つ相手に見事立ち回った魔法少女がいた。

彼女はフレデリカと戦っていたオールド・ブルーだ。先程までフレデリカを追い詰めた。その戦い方は理詰めでシステマティックでありながらある種魔法少女的でもあった。魔法、配下、技術、格闘術、持てる札全てを使って全力で向かってきた姿は、意外といっては失礼だが主人公そのものだった。フレデリカは顔を青くし赤くし四苦八苦しながらも今思えば楽しんでいたかもしれない。短時間ながら濃密な体験により、脳の奥、普段使わないインスピレーションを刺激(キック)された。

握られた腕はそのまま、逆の腕で肘を叩きこむ、と見せかけて間合いの内側へ滑り込む。接触状態。相手の鼓動まで感じる。温もり。そして匂い。以前のフレデリカも魔法少女の、主に髪の匂いを楽しんだものだ。今はより鋭敏な感覚をもって楽しむことができる。

密着状態を嫌い下がろうとしたカナにくっついたまま移動する。前、右、斜め、引き剝がさせはしない。この距離が最も良い。

オールド・ブルーの戦いの基本は見ることだった。彼女の魔法により相手の本質を見切って行動を先読みし、速さを越えた動きで攻防をコントロールした。

残念ながらフレデリカは彼女のように便利な目を持っていない。なので目以外の感覚器官全てを使って敵の行動を読む。魔法少女の感触、魔法少女の匂い、魔法少女の音、フレデリカが愛してきた全てが、以前より遥かに多くの情報量で教えてくれる。

前へ、後ろへ、抱き抱えてこようとするのをするりと右側へかわし、短い打撃を三発浴びせ、肘を回避、元居た場所、カナの真正面へ帰る。密着状態の維持を最優先でいく。

フレデリカは太腿に指を這わせ、水晶玉を手に取ると宙に向けて放り投げた。

◇カナ

投げられた水晶玉は、物理法則を無視してその場──空中に留まった。

──その肉体は新しくあつらえたか？

肯定。

──水晶玉は新しい魔法か？　どんな魔法だ？

考えながらもカナは動き続けている。水晶玉を背面に置きつつ注意は怠らず、フレデリカへの攻撃は緩めない。

水晶玉に物を吸い込み、別の水晶玉へと移動させる魔法。なにかが飛び出してくるか、それともフレデリカの側から放り込むのか。使い道は多そうだ。警戒しておくに越したことはない。数は五十まで増やすことができるが、増やせば増やすほどにコントロール力を失う。繊細な動きをさせるなら精々五つまで。

右の手刀、かわされ肘、左の掌底、それらを目晦ましに右腕で掴み掛かるが、ウナギのようにぬるりとかわされ、死角から打撃を受けた。先程と同じだ。

攻撃されながらも脳内での質疑を続ける。

——自分なら遺物を上手く使えると考えている？　肯定。向こう見ずな魔法少女は己を過信する。フレデリカはカナから見ても高い能力を持つ魔法少女で、肉体を変えた今ならより強固な自信を持っていてもおかしくはない。どれだけ腹を立てていても、目の前の敵を八つ裂きにしてやりたくとも、魔法を使う時は冷静沈着であらねばならない。現身とはそのように作られている。

「万能感に酔って死ぬ魔法少女は大勢見てきただろう？」

質問を口に出した。肯定。フレデリカ本人もカナの手刀を捌きながら頷いた。

「その通りです。同じ轍を踏まないよう精々頑張りますよ」

「準備はしてきている？」

「もちろんですとも」

離れることができない。打撃の威力が殺される距離での打ち合いを強制され、掴もうとすれば気色の悪い動きでかわされる。奇妙な格闘術だ。フレデリカの息は荒いが、苦しそうな気配は微塵もなく、むしろ恍惚としているようにさえ見える。意味がわからず、意図が読めず、それ故に気味が悪い。

「俺が説得しても耳を傾ける気はないな？」

「それはもう」

口で質問しながら同時に心の中でも質問をする。

——この格闘術はなにを目的としているものだ？

五感の全てを使い相手の動きを読む。答えを知ればなるほどと思えるが、だからといってカナの体術で打破するにはあまりにも粘っこく、身体能力を盾にして暴れるのも上手くいってはいない。

「過去にこの遺跡でなにが起きたか聞きたくはないか？」

「大変に興味深いお話ですが、残念ながら今は時間に追われる身」

カナは質問を口に出すことをやめた。話す気がなかろうとフレデリカと言葉を交わすべきではない。これ以上は無駄、それどころか害悪まで有り得る。こちらの思考が徐々にコントロールされていき、気が付けば言葉によって行動まで縛られていた、などということが起こりかねない。

「おや？　声が聞こえませんね」

聞かせる気はない言葉を口の中で呟き続けた。フレデリカはつまらなさそうにカナを見、首を横に振った。

「コミュニケーションの否定は三賢人のお家芸ですかね。あなたは楽しい方だから期待していたのに……残念です。学校生活はいかがでしたか？　メピス・フェレスの家に居候していたそうですね。彼女はああ見えてなかなか面倒見がいい」

フレデリカを縛っていた鎖を解く。叩き、かわされ、殴り、避けられ、足を踏みつけにいき、これもかわされ、しかし目的は別にある。全力で足を踏みしめることで力を溜めた。周囲の瓦礫が衝撃で吹き飛び、路面に放射状のヒビが入る。

カナは跳んだ。一帯は激しい爆発によって建物は残らず瓦礫になっており、邪魔する屋根もない。上方向への移動は身体能力差がものをいう。だがフレデリカは宙に浮いていた水晶玉を足場にして距離を稼ぎ、カナと離れることなくこちらも跳んだ。二人は上空十数メートルの位置で打ち合った。

水晶玉はぴたりとついてきてカナの背面に陣取っている。が、動く気配はない。注意は怠らずフレデリカの拳に肘を合わせるが受け流された。

視界の隅に中庭が過った。クラスメイト達は無事だろうか。心配しながらも質問はしなかった。

花は踏み散らされている。石畳は砕けたまま放置されている。惨い光景ではあったが、あの時よりは遥かにマシだった。

思い出か妄想なのかもわからない光景が脳裏に過る。始まりの魔法使いがその時間を永遠にするため、儀式を執り行った。生み出された「種」から抽出された力を用いるのだ。

そして儀式は失敗した。生き残りは弟子が三人、カスパはそのうちの一人だったが、優れていたから生き残ったわけではない。偶然だ。

世界が変化した。その場にいた者は巻き込まれた。顔が歪み、肉体が歪み、存在が歪み、心は恐怖と絶望に染まった。

残った弟子は不完全な永遠を手に入れた。肉体を継いでいくことで自己を存続させる。だが肉体により自我は少なからず影響を受け、繰り返していくことで大きくなっていった。元の人格を持つ者は、三賢人の現身の中に一人もいないだろう。記憶が残っているかさえ怪しい現身もいた。少女——カスパ・ヴィム・ホプ・セウクの人格も変化し続け、記憶を奪われカナとして生活したことでまた変化した。

空中でがつがつと殴りつけ、左、右、右、左、指を立てて右手を繰り出した。フレデリカはカナの腕を掴んで攻撃を止めるが、止められることまで計算の内だ。

フレデリカに聴こえないよう口の中でぶつぶつと呟き続けていたのは質問ではない。呪文だ。プク、グリムと違って魔法少女としての力は抑えられている分、魔法使いとしての活動も行うことができるようになっている。校内ではハルナの魔法がなんであるかを看破するくらいにしか活用もできなかったが、学生から離れればいくらでも使い道はある。

呪文が完成し、指先から破壊が放たれた。破壊するためのエネルギーではない、破壊という結果そのものだ。見えない。臭気も音もない。体術で回避するというわけにはいかない。フレデリカの顔面に向けて無音で放つ。

しかしそれが到達する寸前、突如フレデリカの眼前に出現した水晶玉によって防がれた。カナの魔法は水晶玉を破壊することなく、吸い込まれるように消えた。

カナが「あっ」と思う間さえなかった。フレデリカが声を出さずに笑った。背中に耐え難い痛みを感じ、それが全身に広がっていく。右腕が、左脇腹が、左太ももが、全身のあらゆる部位が引き裂かれて血が迸る。制服が肩から破け、鎖が千切れ、拘束が外れたフレデリカがカナの鳩尾を爪先で蹴りつけた。

落ちていく。手の甲が血を噴き上げた。続いて右肩、左脹脛の皮が破れる。フレデリカは足元の水晶玉を蹴り、落ちていくカナに向かって跳んだ。もう一つ、フレデリカの肩の辺りに水晶玉が浮かんでいる。

落ちながら身体が割れていく。落ちる速度よりも速くフレデリカが近付いてくる。土と瓦礫を巻き上げながら、カナは背中から地面に激突した。

第七章　血で血を洗う

◇ピティ・フレデリカ

水晶玉は飛び込んだ物を吸い込み、別の水晶玉から吐き出す。フレデリカに放たれた物はオートで受け止めるよう設定されているためそちらに気を配る必要がなく、格闘戦に集中できるというのがいい。フレデリカが元々持っていた魔法に比べてごくシンプルだが、初見殺しとしては素晴らしい効果を発揮する。オールド・ブルー相手には見抜かれるので、そちらに対しては弾丸として使ったが、戦い慣れない三賢人なら話は違う。カナが具体的にどんな魔法を使ったのかフレデリカにはわからなかったが、結果があればそれでいいのだ。

カナが落下を始めてコンマ三秒後、フレデリカは足場にしていた水晶玉を蹴った。落下速度を超えるスピードでカナに向かって跳ぶ。現身の力は我が身をもって存分に味わった。余計なことをする猶予(ゆうよ)は与えない。着地前にトドメを刺す。カナの鳩尾を踏みつけて地面に叩きつける、寸前、背後に気配を感じた。なにかが動いた。

——えっ。

空中で振り返った。だが間に合わない。強敵との死闘が続いていたという事情を差し引いたとしても完全に虚を突かれた。現身の優れた五感、フレデリカの第六感、全てを擦り抜け、反射神経と予測の先に行かれ、止めようとすることさえできず、突き出されたリップルの日本刀は、狙い過たずフレデリカの喉に差し込まれた。

オールド・ブルーによってつけられた深い傷跡に刀身が埋まり、首の後ろまで突き抜けた。フレデリカは右手を振るったが、動きが鈍い。リップルは刀を刺したままでフレデリカを蹴って後方へ跳び、まずカナが、続いてフレデリカが地面に落ちた。

形としては背中から落ちたが受け身はとった。路面が割れる威力で両腕を叩きつけ、衝撃を利用して即座に立ち上がる。

もうもうと立ち込める土埃の中、ラツムカナホノメノカミにトドメを刺さんと視線を左右し、しかし彼女は落下の痕跡だけを残してもういなくなっていた。引きずったような血の跡が残っている。流石に出血を利用して誘き出そうとする余裕があったとは思えない。素直に追いかけていけば始末はできるはずだ。

だが今はこちらが先だ。

喉から口の中まで血が登ってきた。口の端から零れた血泡を指ですくい、弾いて飛ばす。

リップルが瓦礫の中から突き出した鉄骨の上に立ち、不審そうな顔で覗き込むようにフレデリカを見ている。フレデリカは笑顔を浮かべ、人差し指と親指のみで首に刺さった日本刀をへし折った。

ダメージがないわけではないが、血のしぶきを見てもいないふりでリップルに向けて笑顔を浮かべる。イメージするのはオールド・ブルーの笑顔だ。

「良い不意打ちでした」

水晶玉を蹴って跳んだ。リップルも跳び、逃げた。フレデリカは追う。上空で更に水晶玉を蹴り、また蹴り、追い縋るクナイを打ち落とし、体育館の屋根の端に降り立ち、もう一方の端でクナイを構える魔法少女——リップルを見た。

「普通なら死んでいましたが……残念ながら今の私は普通ではない。人間や並の魔法少女とは造りから違っています。ほら、こうして喉を貫かれてもあなたと話すことができる」

フレデリカは右へ跳び、遅れてリップルはクナイを投げた。完全に目標を見失っていなかっただけ大したものだ。フレデリカは右手でクナイを払い落とし、そのクナイを目隠しにして放たれていた二本目を返す手で払い、同時にこっそりと投げられていた追撃の一本は中指と小指で挟んで止めた。

さらにいつ放たれたかも知れない手裏剣が、後方右上からフレデリカの後頭部に迫る。しかしそれは、突如軌道上に出現した水晶玉に吸い込まれた。

直後、リップルが身体を仰け反らせた。リップルの背後に浮いていた別の水晶玉——魔法の使用者であるフレデリカ本人でさえ気付かなかった——から、先ほど吸い込まれた手裏剣が飛び出し、リップルの背中に突き立ったのだ。呻きながらもまだクナイを投げようとするリップルに一歩で近付いて腕を取り、捩じり、押し倒す。リップルは背中から腰に掛けてを絞った雑巾のように捻り、下側から蹴りを放った。

素晴らしい反撃だったが、今のフレデリカにとっては、どうしても緩慢だった。顎を狙って繰り出された蹴りに対し、逆に顎をぶつけた。手加減はしたが、それでも足の骨が折れる感触が伝わってくる。

普通はこうなる。オールド・ブルーがおかしいのだ。

屋根の上を転がろうとするリップルに上から一撃、両膝を一つ二つと丁寧に踏み砕き、片方残っている腕を軽く踏みつけ馬乗りになり、口から吐き出された針は敢えて目を瞑ることすらなく眼球で弾いてやった。

お世辞ではない。本当に素晴らしい不意打ちだった。これしかない！　というタイミングで打って出た。成長と修練、それに怒りと執念を感じる。魔法少女として一回りも二回りも大きくなってくれた。だが、それでも足りてはいない。惜しかった、ヒヤッとさせられた、で終わってしまう。哀れだ。だからこそ愛おしい。

リップルはようやく動きを止めた。呼吸を荒げ見上げている。瞳は小刻みに動き続けていた。まだなにかできないかと探している。

「無理ですよ。不可能です。諦めてください」

声に笑いが混ざってしまった。いつまでも駄々をこねる子供のようなリップルを笑ったわけではない。ラツムカナホノメノカミ追跡を切り上げ、かといって中庭に向かおうともせず、時間は迫っているというのに、襲ってきたリップルを大喜びで組み伏せている自分の趣味性があまりに滑稽だった。

ここぞという時、趣味に走ってしまうせいでやらかしてしまったことは過去にもあったというのに、反省しながら学習していない。否、学習はしていても体が動いてしまうのだから仕方ない。賢く撤退した傭兵にいわせればそこが愚かということなのだろう。だが愚かさを捨ててしまっては、ピティ・フレデリカはピティ・フレデリカ足りえない。

◇カナ

身体能力ではこちらが勝る。しかし戦闘経験、技術、奇怪な体術、引き出しの多さ、様々な要素によって翻弄され、大きな怪我を負ったせいで継戦も難しくなった。このまま戦い続けても勝ち目はない。玉砕を願い全てを投げ出していい立場ではない。

カナは逃げた。今はそれが最も適切だ。

フレデリカからの追撃を逃れるため虫のように移動し、魔法によって追われていないことを確認してからは廃教室の床上で身を横たえた。

——なぜフレデリカは追撃をしてこない？

別の魔法少女に襲われ、そちらへ応戦したため、という答えに天を仰いだ。天に見放されたという言い訳が通用しないくらいにはツキがある。

とはいえツキだけでどうにかできる状況でもない。横になったのは身を隠すのが一つ、立っているのも辛いというのが一つ。生命力が並ではないとはいえ、出血があまりにも多過ぎる。動けば動くほど肉体の働きが鈍くなっていくだろう。

荒い息で廃教室の天井を見上げた。天井、といえば体育館だ。鉄骨の間にバスケットボールが挟まってしまい、それを取るため普段から魔法少女に変身したままのカナがジャンプ、そして跳び過ぎて鉄骨に頭をぶつけた。僅かな歪みを見れば、その時クラスメイト達が驚いたこと、心配されたこと、無事だとわかってからは大いに笑われたことまで思い出せる。

——雷将アーデルハイトは今どこにいる？

答えは返ってこなかった。つまり、雷将アーデルハイトは今どこにもいない。カナは歯を食い縛った。どうにか助けようと立ち回ったが人助けの経験などないも同然だ。付け焼き刃で助けることはできなかった。

メピス・フェレス。頭に浮かんだのは変身前の少女だ。眼鏡を光らせたその姿が最も馴染み深かった。カナになってからは一番長い間一緒に過ごし、様々なことを教わった。

——メピス・フェレスは今どこにいる？

中庭だ。まだ生きている。安堵し、次に浮かんだのはクミクミとリリアン、そしてクラスメイト達の顔だった。まだ質問していないクラスメイト達の安否を確認しようとする前にカナは取りやめた。

なぜやめたのか。一人一人聞いて安心したり残念がったりしている時間はないからだ。それとも聞きたくないからやめたのか。残酷な答えを聞いてこれ以上傷つきたくないからなのか。

そうかもしれない、と思える。弱っている、とも思える。

大きな怪我をしたことで弱り、フレデリカから逃げたことで弱り、そもそもカナになったことで弱くなったかもしれない。クラスメイト達に欠けてほしくないという願いは弱者の願いだ。弱い者、運の悪い者、強者に睨まれた者、死ぬべくして死んだ者は山と見てきたのに、今更知り合ったばかりの魔法少女達を特別扱いするなど、心の弱さと呼ばずなんと呼ぶのか。

カナは下腹に力を入れて身を起こした。喧騒が遠ざかっている。というより争いの音が静まっている。中庭に行くとしたら今が良い機か。フレデリカはいずれそちらへ向かう。

もう向かっているかもしれない。少なくともメピスは中庭にいて、恐らくは一人というわけでもないだろう。フレデリカが来るということを知らせる。

立ち上がった。汚れが浮いたガラス窓から外を見る。敵の姿はない。あれだけ大勢いたプリンセス・ライトニングはどこかに行ってしまったようだ。

鉄球をぶつけてガラスを割り、割れたガラスを蹴散らして外に飛び出した。そのまま雑草の茂みを走る。お面を被った魔法少女達、プリンセス・ライトニング達が倒れる中を全力で行く。カナは弱くなったが、それでもまだ強い。

◇ピティ・フレデリカ

幼い子に絵本を読み聞かせた時と同じように、フレデリカはリップルに話し始めた。はったりでも嘘偽りでもない、本心からの思いを伝えたかった。

「気持ちの籠った、素晴らしい一撃でした。あなたの気持ちはあの時折れてしまったものと思っていましたが、どうやら私の勘違いだったようです。申し訳ありません」

「なにを……なんの話だ」

「ほら、あの時ですよ。スノーホワイトの前で魔法少女を……プレミアム幸子を殺めてしまったあの時」

「あれは……貴様が！」

「その通り、あなたは悪くない……もっとも、そう慰めたところで他ならぬあなた自身が納得できないでしょうね」

リップルは言葉に詰まり口を噤んだ。フレデリカは「私は初代ラズリーヌだ」と自分に言い聞かせ、きっと包み込むような笑顔に見えるであろう微笑みを浮かべた。

「腕は錆びついていない、どころではない。私の予想を上回って成長してくれていた。いやあ、見誤っていましたよ。すいません。謝罪します……でも、今の私には届きませんでしたね」

一つ間を置き、続ける。

「あなたは私を殺そうとしている。理由は一つではないでしょう。復讐のため？　確かに私は復讐されるだけのことをしました。しかし、あなたが私を殺す理由はそれだけではない」

リップルの反応を見た。睨みつけている。怒りを隠そうとしていない。だがこちらの話を聞いてはいる。フレデリカは続けた。

「スノーホワイトのため、私を殺そうとした。そうでしょう？」

リップルの瞳が僅かに揺れた。表情は変わらないながら動揺している。

「いいですか、あなたは間違っている。スノーホワイトには私が必要なんです」

「貴様！　いけしゃあしゃあと！」

怒鳴り声には応えず、フレデリカは幼子に聞かせるように話し続ける。

「スノーホワイトに対するあなたの気持ちはよくわかります。ですが、あなたはスノーホワイトのことをなにもわかっていない」

「なっ……！」

「スノーホワイトが悩み、苦しんでいる間、あなたはなにをしていましたか？　スノーホワイトがもがいている時、助けを求めていた時、あなたはどこにいましたか？　傍らに寄り添ってくれる誰かがいれば、頼ることができる友達がいれば、スノーホワイトはもう少し楽に生きることができたのではありませんか？」

「貴様！」

「スノーホワイトに合わせる顔がない、なんていうのはあなたの都合でしょう。悪いのはフレデリカ、フレデリカを殺せば彼女のためになる、というのもあなたの思い込みです。逃避するための言い訳に過ぎない」

「貴様ァ！」

まともに言葉を返すこともできていない。彼女は反論できない。なにせ……そう、彼女のことをずうっと見ていましたから」

「私はあなたと違います。スノーホワイトを理解している。なにせ……そう、彼女のことをずうっと見ていましたから」

リップルの表情が変わった。嫌悪を露わにし、フレデリカを見ることすら厭わしそうな顔つきだ。

「ご存じの通り、世の中には絶対的な正解なんてものはありません。にも関わらず、スノーホワイトは倒れた友人達のため、正しい魔法少女であろうとしている。飛び抜けて強ければ阿る者がいるだろうし、他者に利益をもたらすなら一目置かれる。しかしただ正しいというだけでは、どこにも居場所なんて得られない。ある者は彼女を避け、ある者は彼女を疎む。近付くのは彼女を利用しようとする者だけ、しかしスノーホワイトは、そんな連中の心の声を聞いてしまう。欺瞞に溺れることもできません。だからひたすら孤独に苦しむ……唯一残った友達も、姿を晦ましたままでしたしね」

リップルが目を見開いた。きっと反論したいのだろう。だが、言うべき言葉が見つからない。

「このままならスノーホワイトは、広い世界でただ一人孤立していくだけです……けれど、世界に巨悪が存在すれば、その限りではない。正しさは力になります。正義を体現する魔法少女は、人々の希望となり、憧れとなり、シンボルとなるでしょう。心から彼女を慕う仲間が集まり、支援も得られる。彼女の背中を追う後輩達も現れるはず……どうです？　そんな世界こそが、スノーホワイトにふさわしいとは思いませんか？」

言葉を切ってリップルを見詰めた。瞳が揺らいでいる。

「だから私が、その役目を引き受けようと思うんです。世界の敵として、倒すべき絶対的な邪悪として君臨し、彼女の居場所を作りたいのです。彼女の人生に、明確な目的を付与したいのです。スノーホワイトがこれ以上、悩んだり、迷ったり、苦しんだりしなくていいように」

長広舌に戸惑い、理解が追いつかない様子のリップルは、それでも何か言わなければと思ったのか、「スノーホワイトはお前なんかに負けたりしない」と吐き捨てるように呟いた。

「もちろん、もちろんです！　私の見込んだ魔法少女なんですから、そうでなくてはならない。誰も想像しないほどの成長をし、どんな苦難も乗り越える！　自分だけの方法で力を手に入れて、そして強大な悪を倒すのです！　……そう、私はスノーホワイトに討ち果たされたいのです」

嘘ではない。本心からいっている。フレデリカは口の上手さと上辺だけの物言いで他者を騙すことがなにより得意だったが、誰かに本心を伝えたい時もある。

「ただし、一度だけではいけない。それではまたすぐに、世界が彼女を排除にかかる。巨大な悪が倒されて万事解決、これにて終わりは英雄譚だけの話、現実では英雄が持て余されて厄介者扱い……うんざりするほどよくある話です」

リップルの表情がまた変わる。内心の、困惑と恐怖の割合がめまぐるしく変化しているようだ。フレデリカは少し声を落とし、リップルに顔を近づけた。

「『賢人システム』というものを知っていますか？　あなたも姿を変えて戦ったグリムハート、あれら『三賢人の現身』は、肉体的な死を迎えても魂は滅びない。別の存在として生まれ変わってきます。私は今、そのシステムを乗っ取るために行動しています」

三賢人達は派閥争いに汲々し、「魔法の国」を先細りさせるばかりでシステムを使いこなしているとは思えない。もっといい使い方があるはずだ。

「打ち倒されても、また違う存在、違う巨悪となって蘇る。スノーホワイトやその仲間、後継者達が、力を合わせて何度も何度も私を倒す。賢人システムは終わらない勧善懲悪を可能としてくれるのです」

内緒話をするかのように、ささやき声で話し続ける。

「最初に賢人システムのことを聞いたときに、この計画が私の中に閃きました。それ以来ずっと、スノーホワイトのことだけを考えて、計画を推し進めてきたんです。スノーホワイトは、ふさわしい輝きを手に入れるべきです。それこそが私の望みです」

リップルの顔から表情が消えた。目の焦点が合っていない。しかし、フレデリカの言葉が、彼女の脳内でぐるぐると回っていることは見て取れる。

「そしてあなたも……リップル。覚えていますか？　私とあなた、スノーホワイトが初めて顔を合わせた時のこと。思い出すだけで肝(きも)が冷え、同時に胸が熱くなる。二人の魔法少女が見事に連携して私という悪を討伐した……あの瞬間！　味わえるものなら何度でも味わいたい。この計画はあなたのためでもあるのです。あなたを救うためには、まずスノーホワイトが救われなければならない」

リップルは、表情を固定させたまま、ただピクリと身を震わせた。

「今からでも遅くはない、私に協力しませんか？　昔のように私の仕事を手伝ってくれてもいいし、成長するスノーホワイトの助けになってあげるのもいい。強くなったスノーホワイトと一緒に、私を殺しに来てくれるというのもアリですよ……あの時みたいにね」

フレデリカは身体を起こし、呆然としているリップルをそのままに、体育館の上から跳んだ。無防備な背中を晒していたが、攻撃はこなかった。

◇スノーホワイト

黒いスノーホワイトに武器を突き付けられ、中庭に開いた地下への入り口から階段を降りて来た魔法少女が誰なのか、スノーホワイトは知っていた。彼女の心の声を聞いていたからだ。ハルナは来訪者を見て眉根を寄せ、来訪者——カナは全く悪びれることなく見返した。彼女の制服は血に染まり、汚れていない個所を探す方が難しかった。返り血だけではない。肩口がざっくりと割れ、腿や脹脛、背中、その他多くの場所が深々と切り割られている。それでもふらつきさえせず立っていた。

「生徒は中庭に集まれという話だったな」

「それは……そうだ」

「なら俺がここに来ることになんの不思議もない。武器を突き付けられ案内されるような謂れもない。この」

カナは顎で後ろを示した。

「スノーホワイトの影法師に武器を引っ込めるよう命じてくれるか」

ハルナの表情が不可解から不審へと変化していく。

「なんだお前は」

「なんだとはなんだ。カスパ・ヴィム・ホプ・セウクが現身、ラツムカナホノメノカミに対して随分な物言いではないか」

ハルナの表情が驚愕に歪んだ。

「なんという……貴様、なんと恐れ多いでまかせを」

「申し訳ないが記憶を取り戻したのはほんの先刻だ」

「そんな馬鹿な」

「思い当たる節があるのではないか、ハルナ・ミディ・メレン」

ハルナの表情がまた歪んだ。動揺、恐怖、驚愕、様々な感情がない交ぜになった顔を右手で覆い、眼鏡を外し、またかけた。よろめくように石壁に寄りかかって手をついた。

スノーホワイトは縛られ、転がされてはいるが、目隠しをされているわけではない。ここまでハルナを観察する時間はそれなりにあった。心の声が聞こえないからといってなにを考えているか全くわからないわけではない。

「どうしても疑わしいというのであれば魔法で確認してもらってもいい」

ハルナは勢いよく首を振ってカナを見返した。手が震えている。心の声は聞こえなくとも彼女の心が乱れているのは見ればわかった。

「いや……待て」

ハルナはじりじりと身を起こし、壁から手を離した。

「カスパ師が……そんな……有り得ない。お前は刑務所から」

「カスパ派を乗っ取ったピティ・フレデリカにしてやられた」

「そんな……そんな」

「ハルナ。表で攻撃に備えていた魔法少女二名のことを聞きたい」

カナに向けたハルナの表情に怯えが見えた。スノーホワイトにとってはグリムハートやプク・プックの仲間というだけで信頼度が大幅に損なわれるだけの存在でしかない三賢人という地位は、少なくともハルナにとっては侵しがたい神聖な存在であるようだ。魔法使いのトップなのだから魔法使いにとっては尊い存在でも不思議ではない。

「心を操られているようだった。お前がやったな」

ハルナの表情がまた変化しつつあった。迷いが見える。カナという圧倒的な先達にひれ伏して許しを請うか、それともなにが起こったのか外に漏れることはない密室の中で片をつけてしまうか。どうせ表沙汰になったら今の地位を失うことになる、だったら三賢人の現身であってもここで始末すればいい、と考えてもおかしくはない。社会的地位の高い犯罪者は、追い詰められると時として開き直ることがある。

今、ハルナを追い詰め過ぎるべきではない、という感覚が果たしてカナにあるか、というと、それはないのではないか、と思えた。最初から話す気さえないグリムハート、己さえも騙していたに等しいプク・プックに比べれば、それでもまだ会話ができる――とはいえ比較対象が比較対象だ。魔法少女学級での彼女、カナは世間ずれしているようには見えなかった。むしろ世間とのズレを感じさせられた。

ハルナは長く息を吸い、深く息を吐き、カナを見上げた。そこに敬意は見えない。恐れも薄らいでいる。カナは目を細めた。彼女も重体だ。本来なら立っているどころか生きていることができない怪我を負っている。スノーホワイトは身を捩った。

ハルナは両手を開いてカナに向け、大きな声で「待って！」と叫んだ。スノーホワイトは苦しい姿勢で見上げながら眉を顰めた。なにを待てというのか。意味がわからない。だがその行動の結果はすぐに現れた。

階段を駆け下りる音が聞こえる。駆け下りる、どころか転がり落ちる勢いで現れたのはテティとメピスだ。二人はハルナとカナの間に滑り込み、テティは両手を前にミトンを構え、メピスは食いつく寸前の獣のような顔でカナを睨んでいる。カナは右目でハルナ、左目でテティとメピスを捉えながら壁を背にしてハルナに問いかけた。

「なんのつもりだ」

「なんのつもりだはこっちの台詞だコラ！　てめぇなにしやがった！」

ハルナの意図を理解した。助けを必要としているような声を出し、それを階上の二人に聞かせた。単に「来い」と呼びかけたならカナは先に行動していたかもしれない。言葉と行動の意味がわからず一拍置いてしまったことで敵の増援を許してしまった。

ハルナは手を降ろし、表情なくカナに話しかけた。

「今は危急存亡の秋。後からやってきてうだうだといわれてもそれどころではありません。この場は従ってください。私も生徒に暴力を振るいたくはない」

「反逆か？」

「とんでもない。私は反逆などいたしません。大人しくしていただければそれでいい」

ハルナにとって魔法少女は恐らくどうでもいい存在だ。メピスとテティは単なる増援に過ぎない。だがカナにとっても同じだろうか。単なる増援ではない、実質的人質になってはいないか。

魔法少女と魔法使いはじっと見詰め合っていた。どちらも手を出すことはできない。かといって降伏することもできない。このままなにもなければいつまでも見詰め合っているのかというとそんなことをしている場合でもない。ただ、このままなにも起こらないわけがないというのは人質のスノーホワイトがよく知っていた。

「校長！」

カナの背中越しにかけられた声に、その場にいた者全てが反応した。ハルナは、今日何度見たかわからない驚きの表情を声に向け、スノーホワイトのホムンクルスは僅かに反応した。

「それは……そのホムンクルスは！　やはり！　やはりあなたは！」

闖入者(ちんにゅうしゃ)――カルコロがホムンクルスを指差し喚いた。彼女は激高していた。黒いスノーホワイトがなにをしているのか、生徒達の普通とは思えない精神状態、事故で見た数多くの黒い魔法少女達、変質していた出ィ子の遺体、潰された森の音楽家クラムベリー、使用された術式を逆算して術者を推定、あの事故を起こしたのは誰なのか、最も疑わしい者は誰なのか、様々な思いが渦を巻いて巡る。カルコロの中で魔法少女学級の比重は本人が思っている以上に大きくなっていた。普段なら媚び諂(へつら)うくらいしかできないハルナに向かって怒鳴りつけた。

「執務室の金庫の中身！　あれはなんですか！　培養されたホムンクルスの素体！　身長

体重が生徒一人一人と細かい数字まで完璧に一致している！」

カルコロの心の声は聞こえていた。カナがどう動くかも聞こえていた。スノーホワイトはただ転がっているだけだったが、賭けというよりはまだ勝算があった。

ハルナはカルコロの剣幕に飲まれた。もう少し時間があれば言い訳でも用意したかもしれなかったが、先に黒いスノーホワイトが動いた。テティ、メピスが遅れてカルコロに向かう。彼女達はハルナの敵を自動で滅ぼす。激しい剣幕、明確な敵意をもって歩み寄るカルコロは彼女達から見ればハルナの敵でしかなかった。

三人が揃ってカルコロへ殺到したことでカナがフリーになった。目にも止まらない速度で移動、ハルナの背後に回り、右手で喉を、左手で頭を掴んだ。

「あの三人に止まるよう命じろ」

「と……止まれ！」

三人は振り返った。だが動けない。

スノーホワイトは寝たまま頭を下げた。

「ありがとうございます、カルコロ先生。助かりました」

「あ、いえ……その……ええと、これは……なにが？」

「ハルナ」

カナはカルコロに応えることなくハルナに話しかけた。

「メピスとテティの魔法を解除しろ。ホムンクルスには武器を捨てるよう命じろ」

そして小さく「魔法を使う気配を感じれば即へし折る」と付け加えた。

テティとメピスは動けない。ホムンクルスも同じだ。ハルナは震えながら、それでも悩んでいるようだったが、カナの「オスク派の人事に嘴を挟むつもりはない」という一言で魂が抜けるように大きく息を吐き出した。

「わかった……わかりました。武器を捨てろ」

「カルコロ。スノーホワイト……そちらの寝ている魔法少女の縄を解いてやれ」

カルコロは迷いつつもカナの言葉に従い、スノーホワイトはカルコロの手を取り立ち上がった。眩暈を感じたのは押さえつけられていたからではない。この遺跡、その奥だ。

薄暗い、石造りでじめついている。ここまではプク・プックが占拠した遺跡と似ている。だが決定的に違う点としてこの遺跡は歪んでいた。真っ直ぐな部分がどこにもなく、部屋の角も丸みを帯び、その上で全体が歪んでいる。遺跡の入り口にあたる、恐らくは玄関相当の部屋でしかないはずなのに、この部屋の入り口の反対側、重そうな石扉の向こうこそが大事なのだろうに、それでも異様な存在感で魔法少女達を包んでいる。

スノーホワイトは石扉に背をもたれさせた。

遺物を外に出すわけにはいかない。フレデリカに渡せば、つまりはおしまいだ。諦めてはならない。カナから聞こえる心の声に、スノーホワイトは頷いた。

スノーホワイトは右の拳で頬を強く叩いた。外から聞こえてきていた破壊の音にも負けない大きな音が部屋の中に響き、全員がこちらを見た。

「カナ、わたしにやらせて」

「なにを……なるほど」

スノーホワイトへの質問によりカナは答えを知った。頷き、

「お前はそれでいいのか？　……そうか」

こちらもまた答えを知る。

カナは捕まえたままのハルナに対し、耳元に口を寄せて囁いた。

「ハルナ。お前に手伝ってもらうことがある。お前でなければやれないこと、とても大事なことだ」

ハルナの答えを聞く前に、今度はカルコロの方を向いた。

「カルコロにも手伝ってもらいたい」

カルコロはカナを見返し、捕まっているハルナを見、立ち尽くしている白い魔法少女を見、最後に立ち上がったばかりのスノーホワイトを見て、哀れっぽい声で「いったいなにがどうなっているんです？」と尋ねた。スノーホワイトはハルナに向かって口を開いた。

「私をホムンクルスと融合させてください。遺跡に入ります」

◇メピス・フェレス

頭にかかっていた霧が晴れた。だからといってすっきりしたというわけではない。立て続けに投げつけられた現実は、一応の説明有りとはいえ納得できるようなものではなく、混乱に拍車をかけた。

メピスは怒鳴った。

「くそったれ！」

カナが冷静に言葉を返す。

「説明はした」

メピスがまた怒鳴る。

「したからなんだってんだよ！」

「納得できるまで懇切丁寧に説明してやる時間がない」

もう慣れたはずの妙に落ち着き払った態度が苛ついて仕方ない。

記憶は残っていた。だいたいが校長の命令を受けて戦っていた。つまりは校長に操られていた。全くおかしいとは思わず、その不自然さにも気付かず、これはこういうものなのだと事態を受け入れていた。事実に気付いた時、メピスは校長の長い耳を掴んでやろうと手を伸ばしたが、カナに止められ果たせなかった。「せめて一発殴らせろ」といっても

「そんな場合ではない」と断られておしまいだ。

「だいたいそいつが悪いんじゃねえか！」

恐ろしく不機嫌そうな顔な校長を指差しメピスは叫んだ。石造りの狭い部屋なので声が反響し、自分の声ながらうるさくてたまらない。

「メピス、大きな声を出すな。揉めていると外に気付かれる」

そういわれると小さく声を出すしかない。

「あたし達の心だけじゃない。身体までいじられてたんだろ、そいつに」

「そうだ」

「ふざけんなボケ」

「事が終われば全力で治療に当たらせる。魔法により契約してあるから嘘はない」

「それで確実に治せんのかよ」

「それは確約できない」

「クソボケ」

「今は協力する以外ない」

「クソ……そいつ引き渡して降伏しよう」

「フレデリカに遺物を渡せば世界が亡ぶまである」

「フレデリカってあれだろ。うちのトップだろ。じゃあこっちで邪魔すんのは違うだろ」

「いや、フレデリカはカスパ派を乗っ取っただけだ。本来のトップは俺だ」

「……は？」

　カナは真面目な顔つきで話している。冗談をいっている雰囲気ではないが、この魔法少女は真面目な顔でとぼけたことをいうのが常だった。メピスはテティの方を見たが、部屋の隅で小さくなって震えているだけで助けてくれそうにはない。スノーホワイトの方を見ると、両手を挙げてハルナとカルコロになにかを調べられているようだった。

　スノーホワイトは、こちらも馬鹿真面目な顔で頷いた。

「恐らく本当です」

　どう返していいかもわからず、とりあえずクソッと吐き捨てメピスは壁を蹴った。魔法少女の脚力でそれなりの力を込めたにも関わらずヒビ一つ入っていない。

「メピスさん、今はとにかく協力を」

　カルコロが気の毒そうな表情をこちらに顔を向け、すぐにスノーホワイトに向き直った。

　メピスはもう一度壁を蹴った。小動もしない。

　リリアンとクミクミは校長の命令で遺跡に潜ってから音信不通。ラッピーは敵にではあるものの一応保護されたらしい。ライトニングは大人数で襲い掛かってきてメピスも何人か倒している。プシュケと出ィ子は敵の中に飛び込んでそれきり。ミス・リール、ドリィ、アーリィは別れたきりどうなったかわからない。サリーは不明。ランユウィはそもそも見かけた者すらいない。

「……そうだ、アーデルハイトは？」

カナが口を開きかけ、そこで一瞬止まった。メピスはカナがなにかを話そうとして逡巡しているのだということを遅れて理解した。カナがそのような話し方をするのは今まで一度も見たことがなかったため理解が遅れた。

「命を落とした」

反射的に手が出たが、カナの頬を直撃する数センチ前でメピスの掌は制止した。そんなことをあっさりいうな、という理不尽な怒りは、カナは彼女なりに苦しみ、だからこそ初めて見せた逡巡があったのではないかとメピスは考え、そして制服も髪も乾いた血液でバリバリになってしまっている凄惨な姿が平手を止めた。

メピスはまた石壁を蹴りつけた。アーデルハイトとの最後の会話は口論だった。あれでおしまいというのが全く救えない。石壁を蹴り、また蹴った。次は殴った。もう二度と会うことはできない。仲直りの機会もない。

「クソが」

口に出してみるとよくわかる。本当にクソだ。どうしようもない。

メピスは顔を上げた。テティは隅で震えている。壁の方に顔を向け、頭を抱え、なにも見ようとはしていない。現実さえも見たくないのだろう。

痛いほど気持ちがわかる。この状況で働けといわれるのはどういうことなのか。他にやる者がいないからということを理解した上で石壁を殴り、蹴りたくなる。だが、それでも、辛くても、結局やらなければならないということもわかる。

「クソが」

もう一度口に出した。先程の「クソが」よりは僅かに落ち着いている気がした。

メピス・フェレスは自分よりも困り、怯え、弱り、泣いて震える者を見ると、冷静さを少しだけ取り戻すことができる。あいつに比べればまだマシだというわけではない。助けなければならない相手がいる、と思えるからだ。

メピスはテティに歩み寄った。

◇テティ・グットニーギル

全てがわからない。なにもかもわからない。とにかく恐ろしい。立っていることもできない。自分がなにをしていたのか思い出したくない。思い出したくないのに、どうしても思い出してしまう。

皆がなにかを話していても右から左に抜けていくだけで内容が入ってこない。どんな表情で話しているのかもよくわからない。どんな感情で話しているのかまるでわからない。

見えるものが見えてこないし、見えないものは見たくない。

吐き気はするのに吐くことはできず、死ねば楽だろうに死ぬこともできない。自分がなにをしていたのかはっきり記憶が残っている。どこから操られていたのか。どこから自分が自分ではなくなってしまったのか。立派な魔法少女になりたい、職業魔法少女として生きていきたい、そう考えるだけでも罪だったのだろうか。

お母さんが「あなたならきっとやれるよ」といってくれたのは妄想だったか、それとも夢だったか、操られていた時の偽りの記憶だったか。

テティにはもうなにが本当でなにが嘘なのかもわからない。足元が崩れて落ちていく感覚が続く。終わりが見えない。頭がおかしくなりそうなのに、自分は正気でいるということを誰よりもよく理解している。意識と記憶がごちゃ混ぜになり、ひっくり返りそうになりながらも気は確かだなんて意味がわからない。

魔法少女学級は大変だったけど楽しかった。力は及ばないながらも級長として頑張ってきた。皆が仲良くできるようになればいいと思っていた。その思いは果たして自分のものだったのだろうか。魔法少女学級の皆が仲良くあってほしいというのはきっと校長もそう思っていたはずだ。テティは命じられて級長になった。

級長は大変だった。個性豊かでは済ますことのできない魔法少女達をどうにか纏め上げなければならなかった。それでもやり甲斐はあった。ここをこうしよう、そこをもっと変えよう、あの子はもう少し構ってあげないと、あの子には気をかけよう、先生はもう少しやる気を出してくれるといいな、そんなことばかり考えている毎日は、その時は辛く感じたけれど、今思ってみれば、なにより幸せだったかもしれない。

それはきっと未来があったからだ。将来目指すものがあったからだ。今のテティには無いものだ。というより始めから有りはしなかった。有ったのは詐欺に騙されていい気になっていた馬鹿な魔法少女だけだ。

テティにはなにもなかった。可能性も、未来も、なにも無かった。

「テティ」

肩に手を置かれた。強引に顔を振り向かされ、すぐそこにメピス・フェレスの顔があった。メピスはテティの顔をがっしりと掴んだ。テティは抵抗することもできず茫然と顔を見返した。両手のミトンも逆らおうとはしなかった。

いいたいことはたくさんあった。だが言葉は出てこなかった。言葉の代わりに瞳から涙が零れ落ち、止め処なく流れ続け、テティは拭うことすらせずそのままにした。

覚えている。忘れるわけがない。メピスと仲直りをすることができた。肩を並べて一緒に戦った。そのことは本当に嬉しかった。けれど、あれもきっと操られていたからで――

メピスは自分の額をテティの額に打ち付けた。がつん、と音がするくらいに強い打ち方で痛みがあった。

「遺跡の中でお前の力がいるらしい。心配すんな、あたしもついていってやる。行くぞ」

小学校低学年の時、佐山楓子は遠山綾乃の手をきつく握って登校した。経済状況をからかってくる男子が嫌で、学校から足が遠のきかけていた時のことだ。握られた手は今みたいに痛みを感じ、でもとても頼もしかった。それも今と同じだ。

メピスが立ち上がった。テティはつられて立ち上がった。メピスはずんずんと歩いていく。テティは慌ててついていった。カナが神妙な顔で立っている。カルコロが膝に手を置き喘いでいる。校長先生が苦々しい顔でそっぽを向いている。そしてスノーホワイトが遺跡の入り口横に立っていた。

第八章　マジカルダンジョンバスターズ

◇サリー・レイヴン

闇が徐々に晴れていく。ぐるぐるに巻きつきサリーを守ってくれていた闇の蛇がとぐろを解いていった。サリーはまずダークキューティーの姿を探し、膝をついている彼女の姿を見つけて駆け寄ろうとしたが足が動かなかった。大丈夫ですか、と声をかけようとしたが、口から出てきたのは言葉ではなく、唾液と混ざった血液だった。

「無理はするな。重傷だ」

ダークキューティーは小さな、それでもよく通る声でサリーを止めた。サリーはその場で座り込み、立ち上がることができず、荒い息で肩を上下させた。どうにか顔を動かして周囲を見回した。

地面が掘り起こされ、建物は残らず打ち壊されている。そしてプリンセス・ライトニング達が大勢倒れていた。なぜライトニングが大勢いるのか、どうしてライトニングがサリーやダークキューティーに襲い掛かってきたのか、最後までわからないままだった。元々班長だった頃からよくわからない魔法少女ではあったが、有無をいわせず班員に襲いかかるようなわからなさではなかった。

ライトニングのことを話そうとしたが、やはり言葉が出てこない。サリーの様子をどう解釈したのか、ダークキューティーが首を横に振った。

「労うべきは、そっちの二人だ」

ダークキューティーの視線の先に目を向けた。羽を片方失い、嘴が欠け、それでも光り輝いているカラスが蹲っていた。さらにその先、キューティーパンダのお面が半分に割れ、それを頭の先に引っ掛けている魔法少女がこちらを見ていた。

「労われる謂れはない……火の粉を払っただけだ」

「呉越同舟だったな」

「馬鹿にしているのか……ダークキューティー」

「私のことを知っているのか」

「知らないわけがないだろう、有名人」

お面の魔法少女が身を起こした。猿のような尻尾をゆっくりと動かし、僅かに開いた口から覗く牙は獣と変わらない。サリーはダークキューティーに注意を呼びかけようとし、やはり言葉は出てこず、呟き込んだ。

「殺す」

お面の魔法少女が跳びかかろうとした刹那、風が吹いた。姿が消えた。サリーはダークキューティーを庇おうとそちらに目を向けたが、ダークキューティーは空を見上げていた。

赤いワンピースの魔法少女が箒に跨り空を飛んでいた。暴れるお面の魔法少女を脇に抱え、なにやら話している。来た時と同じように風のように飛んで行った。

いったいなんだったんでしょうね、とサリーは話しかけようとし、ダークキューティーのいた方を見た。少量の血痕を残して消えていた。

本格的になにがなにやらわからない。

ただ喜びはある。ダークキューティーと共に戦うことができた。後悔もある。結局守られてしまった。ダークキューティーだけではない、プシュケに大怪我を負わせ、キューティーヒーラーのお面を悪いことに使った敵にまで守られた。

心は今もって高揚している。まだだ、と自分を叱りつける。まだいけるはずだ、と励ます。クラスメイト達は戦っているかもしれない。サリーはどうしたと心配しているかもしれない。彼女達の元に行かねばならない。

サリーは決意を込めて一歩を踏み出そうとした。心は動いたが足は動いてくれなかった。

カラスがカァと鳴いた。

◇ハルナ・ミディ・メレン

スノーホワイトが前に立ち、メピス、そしてテティが続く。三人の魔法少女が暗がりへ消えていくのを見送り、今どんな事態だったかを忘れて感傷的な思いに浸り、すぐに思い出して足元の石を踏みにじった。

スノーホワイトに憑融を使う。魔法少女とホムンクルスを融合させるという術自体は難しいものではない。遺跡からのエネルギー供給は切れたものの、カルコロ、それにカナという大きなサポートがあれば問題なく行える。

これによりスノーホワイトはホムンクルスの肉体を得ることになった。魔法に対する強力な耐性を持ち、身体能力は大幅に上昇し、遺跡に潜ることもできるようになる。元の肉体に戻ることはできない、寿命が極端に縮む、それらは些細な問題だ。

元々ハルナの望んでいたことだ。憑融している魔法少女二人を従えているところもいい。従者がいれば誰が支配する側にいるかが一目でわかるようになる。

疑似人格ではない、本物のスノーホワイトを入れることで見た目も変わる。メピスやテティと同じ、スノーホワイトそのものだ。魔法を使うことだってできる。なにも知らない者が見れば彼女の肉体がホムンクルスであるとは思いもしないだろう。

　ただ主導者はハルナではない。その一点が全体を台無しにしている。精神操作を施すことも許されなかった。忌々しいが従わないわけにもいかない。

　横目で血に汚れた制服の魔法少女を見た。ふざけた扮装だ。これが三賢人の現身と認めたくはない。だが認めざるを得ない。彼女は石畳の上に座り込み、こめかみに指を当て、何事か考え事をしている。ただ考えているわけではない。魔法を使い、情報を集めているのだという。

　カスパ派の現身であるラツムカナホノメノカミは情報収集に長けているという話を聞いたことがある。城の玉座に座りながら世界の果てのことまで知り尽くし「始まりの魔法使い」が今どこにいるのかを確かめたとさえいわれていた。

　ハルナは「魔法の国」を変えたいと願っている。魔法少女のシステムを変革したいと思っている。森の音楽家クラムベリーの事件、あの悲劇が二度と起こらないようにしたいと考え、そのために働いてきた。綺麗な仕事だけではない。他人にいえない汚い仕事も数多くこなしてきた。

　だがそれでも体制側にいる魔法使いだ。今雪崩れ込んできている賊とは違い「魔法の国」をぶち壊してしまいたいわけではないし、「始まりの魔法使い」に対しても三賢人に対しても尊崇の念を抱いている。「始まりの魔法使い」は神そのものであり、三賢人は神から直接教えを受けた直弟子、こちらも神に等しい。偉大なる先達であったり立派な指導者であったりするだけならいくらでも蹴落としてやれるが、神は無理だ。体制そのものを根本から破壊してしまう気は最初からない。

カナのいうことなど嘘、で済ませればそれでよかったかもしれない。だが思い当たる節が一つではなかった。故に考えてしまった。躊躇してしまった。すぐに動くことができなかったから意を通すことに失敗した。こうなってしまえばもうカスパ師の現身として扱う以外にない。態度は恭しく、要請は唯々諾々と受けるしかなく、そのためハルナはいいように使われることになった。

目だけ動かし逆方向に向けた。そちらでは石畳の上に膝をついたカルコロが計算機を弾いている。

カルコロの恩知らずめがという怒りは溶岩のように煮え滾っていた。カスパ師の現身にぶつけるわけにはいかない以上、どうしてもそちらに矛先が向く。上司と部下という関係を即座に廃棄し、より偉い者が現れれば尻尾を振って腰を擦り付ける。鼠であり犬だ。これ以上に腹立たしいことはない。

だが今怒りをぶつけることはできない。カナの目を憚るというだけでなく、カルコロは今必要な人材だ。後々なんらかの報復はするにせよ、その後々の時間を手にするため今は協力しなければならない。どれだけ腹立たしい相手であろうと、だ。

まだチャンスがないわけではない。逆転の目はある。賊が踏み込んでくれば当然エントランス内は混乱する。範囲に作用する魔法、たとえば強酸の霧であったり炎の渦であったりを使えば味方を巻き込んでしまうこともあるだろう。エントランスを破壊することなく上手に範囲を調整する。ハルナならばできる。

◇カナ

ハルナが呪文を唱え、それをカルコロが補助する。彼女達を見るともなく見ながら脳内で質問を繰り返していたカナはある程度の情報を手に入れることができた。

フレデリカがやろうとしていることは把握できた。現在の三賢人をシステムから蹴り出し、空いた場所に自分が収まろうとしている。

賢人システムは、新たな現身へ魂を降ろす際、膨大な魔力を消費する。本来一人用として設計されたシステムでしかないのだ。不慮の事故で三人が囚われてしまったため、想定外のエネルギー不足を招いていた。

かつてラツムカナホノメノカミは、自分の魔法によってその事実を知った。こんな事実を気軽に人に話せば、派閥どころか国全体が大混乱に陥ること間違いない。カスパ派の幹部達にも言い出せず、ラツムはひとりで抱え込み、悩み苦しんだ結果、側仕えであるピティ・フレデリカにだけこっそりと漏らしてしまった。賢人システムのことを知ったフレデリカは、自分の欲望のためにそれを利用しようとしたわけだ。

皮肉なことに、フレデリカが三賢人に代わってシステムを乗っ取った場合、エネルギー不足問題は解決することになる。元々一人用だったシステムが想定通りの運用に戻るのだから当然だ。

カナはカルコロとハルナの作業に加わった。エントランスの両脇に幻覚の壁を張り、部屋の大きさを誤認させる。これによって壁の中からの奇襲を狙う。

三賢人システムをこのまま継続させてはいけない、という考えはカナもずっと持っていた。それでどうすべきかうじうじと悩んでいたせいでこのざまだ。

実際に廃棄までもっていくには途方もない時間がかかるだろう。派閥内の折衝と調整、派閥間の交渉と工作、今まで以上の内輪揉めが頻発、蛇行して進むナメクジよりももっと遅くなる。時間をかけても前に進むならまだいい方で、停滞したり戻ったりということも起こり得る、というかそうなる可能性が極めて高い。そしてその間、絶えず血が流れ続ける。三賢人後に自分こそが有利になるように、と愚か者が賢く立ち回っているつもりで争うだろう。一般の魔法使い達も大混乱に陥る。更に死者が出る。

それを思えば、性急を通り越した速度と邪魔する者全てを踏み潰す暴力をもって事を成そうとしたフレデリカはある意味正しい。権力にしがみつこうという連中が話し合いで解決しようとしている間に「魔法の国」はより衰退する。

勿論フレデリカ式の全てが正しいわけではない。なにより最大の問題点は、それ以降フレデリカ自身が「魔法の国」をリードする立場に立つという点だ。カナはフレデリカの性根を嫌というほど味わった。協力することなどできはしない。

しかしカナという武力によるフレデリカ排除は失敗した。フレデリカの排除ができなかった場合のプランBは、先んじてフレデリカの目的を使用不可能にしてしまうことだ。

フレデリカはまだ現れない。準備は可能な限りやっておく。階段に罠を仕掛ける。姑息的なものであるから派手な効果は望めない。即死させることは難しくとも足を止める、足を僅かでも遅らせる、その程度があれば今はいい。

システムそのものである「遺物」は、植物をイメージして作られている。遺物は魔力を吸い上げ、花を咲かせ、実をつけ、それが落ちると実の中心の種に蓄えられた魔力が弾け、それぞれの本拠地で待機している新たな現身候補に三賢人の魂を降ろす。フレデリカの狙いが、遺物の実、そして種を手に入れることであるのは間違いない。フレデリカより先に遺跡に潜り、種を確保する。それができないのであれば種を破壊する。

カナは床に手を当てた。振動を感じる。遺跡からのものではない。もっと細かく、そして距離が近い。更に近付いてくる。振動が大きくなる。床から手を離した。石畳が揺れている。ハルナとカルコロが作業の手を止めた。カナは二人を手で制し、揺れの近付いてくる方向、向かって右側の壁に向き直った。

現在遺跡の中では、ちょうどプク・プックの「花」が咲き、グリムハートの「実」が生っているはずだ。遺跡が活性化したのもその影響だ。

遺物に花が咲き、実となるまでには一定の時間がかかる。今破壊すれば、フレデリカは当面何もできなくなる。花も破壊できれば、さらに長期間時間の猶予が生まれる。ただしそれをすると、プクとオスクの魂はシステムから解き放たれ、現身は二度と生まれなくなるだろう。

本来なら、これはカナがやらなくてはならないことだ。同じ三賢人、というほど大層な間柄ではないが、それでも付き合いは長い。もしプクとオスクがこの場にいれば、どんな反応を示すか、カナにはわからない。「魔法の国」のために私を殺せというかもしれないし、眠っている間に殺されるようなものじゃないかと怒るかもしれない。カナの魔法は、不確定な未来や、仮定の質問についての答えを出してはくれない。

遺跡入り口の壁は魔法的な防御と物理的な堅牢さを併せ持つ。直下地震だろうと空襲だろうと武闘派魔法少女集団の襲撃だろうとものともしない。

その壁に突然ヒビが入り、あっと思った時には割れ、崩れた。耳を塞ぎたくなるような音が部屋の中に響く。カナには聞き覚えがある。これはドリィのドリルだ。高速回転していた穿孔機が徐々に速度を緩め、その持ち主、ドリィが不安そうな顔で部屋の中を見回し、彼女の後ろから姉か妹であるアーリィも顔を見せた。

「無事だったか」

ドリィが何事か喚き、アーリィが頷いた。アーリィの隣でふわふわと浮遊していた踊り子風の半透明魔法少女も同様に頷いていた。

「知り合いか」

アーリィとドリィが踊り子風半透明魔法少女を見た。ドリィは首を横に振って「ショタイメン」といい、アーリィは首を縦に振った。アーリィの知り合いならば、つまり味方ということだ。

カナは心の中で素早く質問を繰り返し、彼女が何者であるかを確認した。

困惑しているハルナ、怯えているカルコロに対し、

「僥倖だ。戦力が増えた。これならなんとかなるかもしれない」

「はあ……なんとか」

「なんとかだ」

フレデリカを迎え撃つためにどれだけの戦力が必要かはわからない。フレデリカがなにをしてくるかわからないからだ。少なくともハルナカルコロカナの三人だけでは不足していた。

本来遺跡へ入らなければならないのはカナだった。だができなかった。今のカナは重傷を負っており、遺跡内でまともに活動ができるとは思えない。重傷を押して潜ったとして、任務に失敗すればすべてが台無しになる。どうすればいいか。

スノーホワイトは、そんなカナの心の声を聞き、提案を申し出た。

カナは質問し、その真意と覚悟を確かめた。

それで終わりだ。他の者に二人の会話を知らせる必要はなかった。ハルナが話の内容を聞いていれば協力を拒んでいただろう。カルコロも手伝ってはくれなかったかもしれない。

謝罪と感謝をするしかなかった。憑融という技術の危険性までしっかりと把握し、その上で汚れ仕事を引き受けてくれたスノーホワイトには、カナの命を百差し出したところで足りず、そしてそんなものを欲しがりはしないだろう。

カナがすべき仕事は他にもある。遺跡の前に陣取ってフレデリカが来たら殺す、それができないならせめて命をかけて足止めをする。三人での足止めはかなり厳しいが、追加で三人加わったことにより目が出てきた。

ドリィが激しく喚いたが、なにをいっているのかはわからなかった。

◇クミクミ

どれだけ時間が経っただろう。戻ろうにも来たはずの道は苔で塞がっている。苔に分け入ろうと手を突っ込むと汁が跳ね、顔に浴びたリリアンは瞼がしばらく開かなくなった。どうにか開いた時には顔の右半分が緑色になり、それ以降口数が減り、クミクミも話さなくなり、それでも校長の命に従うためには前に進む以外なく、二人は黙ってただただ遺跡を進んだ。

緩やかな下り坂をひたすらに真っ直ぐという一本道だ。床も天井も壁も緑色の迷う余地はない。なのに正しい道を進めている気がしなかった。苔に足が沈みこむ感触は何度繰り返しても慣れない。そのまま引きずり込まれてしまいそうな気がした。クミクミの想像する苔の中は、当然底がない。どこまでもどこまでも沈んでいく。

歩くことは苦痛ではない。動けなくなるのが怖いのは、それで校長の命に従うことができなくなってしまうからだ——クミクミは口元に手を当てた。なぜ校長の命に従うことができなくなってしまうのがそこまで怖いことなのか、理解できない。

不思議だ。ほんのついさっきまでは全く疑問に思わなかった。今はなぜ疑問に思わなかったのかがわからない。これほどおかしなことはない。クミクミに命じる立場であるとするなら、それはカスパ派の上層部だ。一時期頻繁に家を訪ねてきた偉い人であれば命じる権利はあるし、学校が急襲されてからは実質従っているに等しい。

今の自分の立場からすれば校長はむしろ敵ではないか。クミクミは学校の襲撃に全く乗り気ではなかった。襲撃者を手伝いクラスメイトを襲おうという気はさらさらなかった。だが校長に従うという気もなかったはずだ。なぜ命じられるままほいほいということを聞かなければならないのか。

しかもこの場所、なにがどうなっているのかわからない。道はやたらと入り組んでいるし、苔ばかりで進みにくい。歩いているだけで消耗する。やたらと危険な場所だといわれた気がする。これ以上進むのは死ににいくのと変わらないのではないか。茶色がかった緑色の苔は、墓地でも学校の裏でもどこにでもありそうな見た目なのに、得体の知れない恐ろしいものに思えて仕方ない。

そういえば、と思い出した。腰に命綱を結わえてきたはずだ。これを引けば窮状が伝わる。不可解な事態はとりあえず置いて、まずは助けてもらおうと紐を引くが、全く抵抗することなく切れた先がクミクミの元へと戻ってきた。

クミクミは呻いた。リリアンの紐は魔法の紐だ。簡単に千切れることはないはずなのに、どうしてこうもあっさり千切られてしまったのか。

「……リリ、アン」

前を行く魔法少女に声をかけたが返事はない。リリアンはただただ進んでいる。

「リリアン」

しっかりと声をかけて肩を掴んだ。が、それでもリリアンは止まらず、クミクミは両手を肩にかけてこちらに振り向かせた。

息をのんだ。リリアンの顔が、菩薩像のような微笑みを絶えず浮かべていた顔が、苔に覆われてしまっている。口も鼻も塞がり、呼吸はできなくなっているはずなのに、全く苦しんでいる様子がない。

クミクミは思わずリリアンを突き飛ばし、リリアンはよろめき、頭から壁に当たり、そのまま抵抗することなくずぶずぶと苔の中に沈んでいこうとしている。クミクミは慌ててリリアンの手を取ってこちらへ引き戻そうとしたが、力が出ない。それでも引っ張ろうとするが、足を滑らせてリリアン諸共壁にぶつかり、沈んでいった。

こんな時にまでなんて間抜けなドジを、と叫ぶことすらできない。視界の全てが緑色だ。クミクミはポケットに手を入れ、小さな欠片を握りしめた。もう跡形もなく壊れてしまったが、教室に飾る予定だったドラゴンのオブジェ――の残骸だ。

きつく、きつく、痛いくらいに強く握った。きっともうどうしようもないのだろうけれど、それでもオブジェを作った時のこと、皆と一緒に準備をした時のことを思い出し、握りしめた。

◇ピティ・フレデリカ

「そろそろ頃合いですか」

活性化は進んでいる。オールド・ブルー、カナ、リップル、それぞれに充分相手をしてやった。少し相手をし過ぎたと思わなくもないが、好きでやったことなのだから誰かを恨む筋合いではない。中庭までの道でフレデリカを阻むものは今度こそなにもなかった。これまで行こうとするたびに何かしらイベントが発生してきたが、いよいよ打ち止めになってしまったらしい。ライトニング達の生き残りくらいは少数いるかもしれないが、もはや組織だった動きもできないだろう。

ようやく面倒がなくなった。清々(せいせい)する。しかし同時に寂しくもある。いよいよパーティーが終わる時がきている。楽しい時間はもうほとんど残されていない。

もはや用をなしてはいない門の残骸を跨いで中庭に入った。庭師が心を込めて剪定(せんてい)した庭木はクレーターになり、血と死体で足の踏み場もなくなっていた。この世の地獄という絵を描くのであればここをそのまま写生すればいい絵になるだろう。

二歩進み、足を止めた。

意識を感じる。中央付近に開いた地下階段から匂い立つようだ。魔法少女達のものか、それとも遺跡が発しているのか。遺跡の扉を開けるための手段は用意してきたが、無駄になるかもしれない。許可なく扉を開けてしまった誰かがいる。

冷たい手で背筋を撫でられたような感覚があった。これは嫌な予感だ。遺跡の入り口になにかが待ち構えているのは当然として、それに対する予感ではないはずだ。フレデリカは唇の端に右手中指を当てた。良くないことが起ころうとしている、そんな気がする。

考え過ぎるな、と自分に言い聞かせる。まずは身体を動かす。

右足を伸ばしてストレッチ、次は逆に左足を伸ばす。腰を右へ回し、左へ回す。肩甲骨を大きく動かして両腕を回す。怪我は負った。だが充分身体が動く。むしろ今が最高に動くといってもいいかもしれない。新しい肉体を手に入れたばかりの頃はなんと素晴らしいと感嘆したものだったが、今思えばまだ馴染んでいなかった。

オールド・ブルーとの死闘もカナとの殴り合いもリップルの不意打ちも一つ一つが危機的状況だったが、それによって肉体をより速くより強く動かせるようになった。

フレデリカは右手を二度三度開閉し、頷いた。

◇スノーホワイト

クミクミの声が薄れ、掠れ、聞こえてこなくなる。リリアンの声が、遠ざかっていく。こびりついた木霊（こだま）のように二人の声がまた近くなる。

スノーホワイトは足を止めることができない。なにが聞こえようと聞こえまいと先に進む以外の選択肢がない。リップルならここで止まりはしない、と精一杯の強がりで自分を鼓舞する。もし本当にリップルがいたとすれば、そっぽを向いて立っているのではないだろうか。それが彼女らしくて思わず笑みがこぼれた。

「おい……大丈夫かよ」

右側で支えてくれているメピスが心配そうに顔を覗き込んできた。スノーホワイトは正直に「大丈夫ではないです」と答えた。

メピスは体調が悪そうだ。左を見ればテティが荒い息を吐いている。その二人でさえ心配そうな目をスノーホワイトへ向けていた。ちょっと視線を下げるだけで手が見える。握り、開く。自分の意志で動く、自分の手だ。

「大丈夫じゃないって……休むか？」

「時間がありません」

種を奪取する。それができないなら破壊する。

フレデリカが目当てとするのは遺物から生成される実、その中の種だ。種を壊してしまえば目的を果たせない。カナが魔法を使い確かめた。間違いはない。

カナによると相当に強い力を加えれば破壊できるという。テティのミトンで握り潰す。種を破壊することができれば、現在のような活性化した状態は静まっていく。地鳴りと地響きが止まる。地中から伸びてくる根も勢いを失う。増殖し、侵入者を飲み込もうとする苔はただの苔に戻り、やがて枯れる。

スノーホワイトだけが置いていかれるわけにはいかない。一歩進むごとに足が苔に埋まり、水分が染み出し、沈む前に次の一歩を踏み出す。梅雨時の墓地でもここまで酷くはない。

視界が時折歪むが眩暈ではない。腸の蠕動(ぜんどう)のように苔が動く。その中に飛び込んでしまいたいという気持ちを抑えながら足と耳に集中してとにかく進む。頭の中は不規則に揺らめき、同時に今までになく澄み渡っていた。

遺跡の外の声は既に聞こえていない。絶えてしまったとは思えないので、切り離されてしまっているのかもしれない。ここが現世だという気がしない。

なにかがスノーホワイトの内側へ入ってこようとしている感覚があるのに、それを嫌とは思っておらず、そんなわけはないと自分自身を否定し、自我があることを確認する。

自分を保つ。自分の中にリップルが立っているならまだ保っている。

「近いのか？　その、目的地は」

「わかりません」

「わかんねえのかよ」

「目安としてだいたいの距離はカナから聞いてきましたけど……ここまで歩いた距離が……掴み難い。遺跡の中に入ってからは時間感覚もあやふやです。遠くにあるようで近くにある、という状態がずっと続いています」

「つうか……この声」

リリアンの声が聞こえる。クミクミの声が続く。二人の声であるとわかるだけでなにをいっているのか理解できない。言葉になっていない。

「なんだこれ」

「わかりません」

「二人、無事なのか？」

「それもわからない」

自分の声ではないような籠った声に違和感は覚えなかった。むしろそれが自然であるかのように感じた。

遺跡は一直線の下り坂だ。プク・プックが籠った遺跡とは違い、迷うことはない。ただ愚直に足を動かし前へ進めばいずれは目的地へ到着できる、そう思っていた。少なくともここに入るまでは。

クミクミの声が聞こえる。リリアンの声もだ。

メピスがなにか叫んだ。テティがスノーホワイトを止めようとしている。スノーホワイトは自分の足が勝手に動いていたことに気付いた。道ではない、ただの壁に向かって真っ直ぐ進もうとしていた。ぞっとし、まだぞっとする心が残っていることにほっとした。

◇カナ

階段の上から足音が聞こえてきた。今ここに降りてくる者は一人しかいない。

階段の終わり際には罠を仕掛けてある。そこで引っ掛かってくれれば話は早い。フレデリカは魔法少女としてのキャリアは長いが、魔法使いではない。魔法の罠を一目で見抜くことはできないはずだ。接触で発動するため水晶玉による回避もできない。

先程の交戦では相手の手の内を知らずひたすら翻弄されて敗北した。だが今は大量の質問を浴びせたことでフレデリカ本人と同じ程度には魔法を把握している。防御は自動、飛び道具は厳禁だ。抜けによる漏らしはない。

人影が降りてきた。そして黄色の光と共に音が鳴った。床板を踏むことで発動する電撃のトラップだ。カルコロとハルナの詠唱が始まる。

カナは跳んだ。棒立ちの人影に向けて肘を一発、顎先を打ち抜こうとし、止められた。

「いやあ危ない危ない」

階段の隅に黒焦げの水晶玉が転がっていた。フレデリカ自身も足を地面につけず、水晶玉に爪先立ちで乗っている。

空中を水平に移動しフレデリカがカナへ寄った。張りつく、という方が近い距離でカナに密着している。既にこの戦法は見ている。対策も立ててあった。カナの服の下には魔法で生み出した粘着剤を仕込んである。先程と同じ距離で接触すればもう離さない。発動するための呪文を唱えようとした直後、フレデリカは来た時と同じ水平移動で後方へ退いた。

「工夫は認めますが見え透いていますね」

右、左と相次いで太腿に激痛が走った。

地上に何本も転がっていたライトニングの剣が、右と左の腿に突き刺さっていた。そちらに気を取られた次の瞬間、喉に刃が突き刺さり、血が口の中まで込み上げる。詠唱が強制的に止められた。

再度の水平移動により一気に寄った。フレデリカはカナの肩を掴んでエントランス奥へと走った。カルコロの詠唱が止まった。カナを巻き込むかもしれないと躊躇した。ハルナの詠唱は止まらなかったが、間に合わない。

カナは抵抗できずに押し込まれた。元々死ぬ寸前の怪我だった。ハルナやカルコロの魔法で癒しはしたが、辛うじて飛び跳ねることができるようになっただけだ。現身の肉体を修復するなら専用の術者と設備が要る。

だがここでなにもできないなら残った意味がない。スノーホワイトは自らの肉体を捨ててまで志願した。

右拳を握った。テティ・グットニーギルのミトンのように、強く握った。左手はフレデリカの襟元を握る。あと一撃、それだけ身体が動いてくれればいい。フレデリカの頭部に向けて拳を振り下ろせばそれで幕だ。

「甘い」

フレデリカが顔を上げた。両手の指にずらりと小さな水晶玉を挟んでいる。それを投げた。

現身の肉体による投擲だ。カナだけが反応することができた。顔面に達する寸前で掴み止めた。だが自分以外への攻撃を止めるだけの余裕はなかった。

姿を隠すために作った幻覚の壁の中からカルコロが飛び出し、向かいの壁へと突っ込んだ。幻覚が煙のように消え去る。自分へと飛んだ水晶玉を回避しながらカルコロはハルナへタックル、彼女を狙う水晶玉から庇った。

しかし水晶玉は、速度、硬度共に魔法の弾丸を越えている。カルコロの肩口を抉り、ハルナの喉元に撃ち込まれ、眼鏡が天井近くまで飛んだ。

「校長先生は魔法少女を侮辱しました。念入りに死んでいただきます」

追撃で四発、うちハルナに直撃が三発、一発はカルコロの肉体を貫通してハルナに届いた。カルコロの下でハルナの肉体が激しく痙攣した。

フレデリカの声を遮るかのように壁が崩れた。こちらは幻覚の壁ではない、現実の石壁だ。手筈通りに飛び出してきたドリィとアーリィがフレデリカに向けドリルを翳し突っ込むが、作戦が上手くいっていない以上、フレデリカに隙はなく、苦もなくドリルをかわして手刀を振り上げた。

カナは止めるべく踏み出そうとし、足をまともに動いてくれずその場で転がった。

手刀が振り下ろされた。受けたアーリィの兜が無惨に歪んだ。ドリィと二人まとめて蹴り払われ、部屋の隅まで転がっていく。フレデリカはほぼ同時に転がっていく二人に向けて水晶玉を投げつけ、それは二人の魔法少女に直撃、アーリィは兜を弾き飛ばされ、ドリィは悲鳴をあげて前のめりに倒れた。

肌に風が触れた。土煙を割くように見えないなにかが走り、足元からフレデリカに近寄る。フレデリカはごく自然な日常的動作でドリィのドリルを拾い上げた。

「どうやら……あの子、ウェディンの魔法はもう私を縛っていないらしい」

回転するドリルを宙に向けた。フレデリカに迫っていた見えないなにかがドリルを避けようとし、だが振り回したドリルに接触、なにかが弾かれ飛び散った。

「ピティ・フレデリカではない、という判定を受けているということでしょうか。それもまた寂しいですが、今は有難く甘受しましょう」

飛び散ったなにかが再び集まろうとしている。ランプに住む魔人のような姿の魔法少女、テプセケメイだ。

形が作られる前にフレデリカが再度ドリルを突きつけ、テプセケメイは千々に散った。

太腿から血を迸らせながら飛び込み、カナが突きを入れた。だがフレデリカは音もなく後方へ下がり、決死の突きを悠然とかわした。カナは必死で縋りつこうとし、だが足は動いてくれず、フレデリカに蹴り飛ばされ、転がった。

カナは喉に刺さったナイフを抜いた。血はすぐには止まらない。だが残る命の全てを燃やし呪文を唱えるくらいならできるはずだ。今度こそ逃がしはしない。

さあ来い、と身構えるカナに対し、フレデリカは肩を竦めてみせた。

「あなたは万一の保険です。花や種が先に壊されていたらあなたが必要になる」

足だけ動かし後ろへ引いていく。その先には遺跡がある。闇の中から声が聞こえる。徐々に声が遠ざかっていく。

「怪我をしている方々は手当てをすれば助かるかもしれませんよ。お任せします」

声が消えていく。

第九章　二年F組

◇マナ

監査部門が軽んじられている、と感じることは今までに何度もあった。マナのような若輩（じゃくはい）でさえ何度もあった、と思っているくらいだ。ベテランであればもっともっと嫌な思いをしてきたことだろう。

ごく気軽に、それが当たり前であるかのように捜査に口を出してきたり、勝手に人員を押し付けてきたりする偉ぶった魔法使いは少なくない。監査部門の独立性を汚すなどということは毛ほども考えない。

事件の外から嘴を突っ込まれることを望む捜査員は誰一人としていない。会ったばかりの誰かさんと協力して捜査なんて考えたくもないのはマナだけではない。

だが今だけは監査のプライドも捜査員の拘（こだわ）りも捨て、上司からの言いつけも忘れることにする。

　現在、梅見崎中学を囲む結界に魔法使い達が群がっていた。砂糖菓子にたかる蟻のように、ああでもないこうでもないと杖を振るい、データを見て首を傾げ、呪文を唱え、論じ合っている。監査部門の全人員でもここまでの数はいない。

うるるが呼んできたプク派の魔法使い。そこから更に呼ばれた魔法使い達。人事部門が寄越した魔法使い達は他よりも数が多い。

マナは管理部門長に声をかけた。断られても仕方ないと思っていたが、偏屈かつ熟練の老魔法使いは「自分が推薦した魔法少女が通っている」と飛んできた。

「実験場」や情報局は呼んでもないのに来ていたし、そうなれば研究部門も来ないわけにはいかないらしく、マナは自分の小さな権限全てを使って彼らを残らず受け入れ、結界の解除にあたらせた。

マナは結界の解除に関わらない。専門は薬学だ。今すべき仕事は喧嘩をさせないこと、喧嘩以外の余計なこともさせないこと、だ。

「こっち！　こっち！」

うるるが両手を振っている。

「急いで！　急いで！」

マナはそちらに向かって駆けた。大勢の魔法使い達が集まり、その中央、顔に深い皺を刻み最早どこが目かもわからなくなった老婆が杖を振るい、呪文を唱えた。結界でぼやけた景色がはっきりし、人一人が通れる程度の穴が開き、周囲の魔法使い達が「おお」と拍手した。が、すぐ元に戻った。

落胆した声はすぐに議論のそれに戻った。

「結局術式がまだ解明していない」

「サタボーン式の新型解呪ならばどうだろう」

「複数人でかかれば同程度の効果は得られるかもしれん」

「刹那もいいところだったではないか」

「鍵を開けるのではなく壊すというやり方は好かん。あまりにやり口が野蛮だ。野盗と変わらん。職人芸は開錠にこそ発揮される。錠そのものの破壊は馬鹿でもできる」

「馬鹿とはなんだ。そもそもできておらんではないか」

「もっとスマートに全ての結界を一息で取り除くことが望まれている。そのためにも解析を進めて」

「お前の話はいつも」

うるるが老婆の袖口にしがみついた。

「今のやつもう一度やって！　すぐ中に入るから！」

マナはうるるを引きはがしながら老婆に頭を下げた。

「私からもお願いします！　ぜひとも！」

老婆はもごもごと口を動かしていた。唱えていた呪文ははっきりしていたのに、喋る言葉は聞き取ることができないほど不明瞭だ。

「私からも」

声を聞き、振り返った。長い白髭に三角帽子の老人、管理部門長のラギ・ヅェ・ネントが帽子を手に取り、深々を頭を下げた。

「頼む」

老婆は何事かもごもごと呟き、小さく頷いた。

詠唱が再開された。呪文は明瞭、振られる杖の鋭さは若者にも負けていなかった。

◇メピス・フェレス

校長は黒いスノーホワイトの身体が特別製であると自慢げに話していた。実際、ライトニング達との立ち回りを思い出せば納得できる。あの場にいた他の誰と比べても頭一つか二つか、ひょっとするともっとたくさん抜けた強さだった。メピス自身の無力さを認めるようで悔しいが、黒いスノーホワイトがいなければ中庭は落とされていただろう。

あの時は本物のスノーホワイトのように心の声を聞く魔法は使えなかったというし、スノーホワイト本人が入って弱くなるということはないだろう。そう思っていた。

だが実際はスノーホワイトが一番弱っている。メピスよりも足の動きが鈍く、ともすれば遅れがちになり、急に足早になったかと思えば壁に向かって突進しようとする。

身体能力だけではなく魔法に対する耐性もとびきり強いと——これまた自慢げに——校長はいっていた。じゃああたし達は普及品かよと毒づきはしたが、高級品が一人いれば頼もしさはあるはずだった。少なくとも校長の説明通りであればそうなっていた。

校長は嘘を吐いていない、とカナは断言していた。となるとスノーホワイトがいきなり肉体を入れ替えられてスペックを発揮できていないのか。そんなこともなさそうだ。なぜならメピスは肉体を入れ替えられたばかりでも普通に行動できていた。思い出したくないことではあったが。

スノーホワイトの右側から助け起こすように身体を支えた。テティは逆から支えていたが、こちらはこちらで真っ青な顔で震えながら歩いている。気持ちは痛いほどわかった。もしこの行軍を一人でやっていたらメピスは青い顔で震えていたし、ひょっとしたら一歩も歩くことなく引き返していたかもしれない。

「マジ大丈夫かよ」

「なんとか」

「なんとかってお前」

「声が……心の声を聞く魔法が……おかしな声を」

肉体的な問題ではなく精神的な問題だとしたらいよいよまずい。

苔で埋まった道ともいえない道、足首まで沈み込み緑色の汁が流れ、青臭い匂いで鼻が曲がり、一本道で間違えようがないはずなのに正しい道を歩いている気がしない。そしてなによりも声が聞こえる。クミクミとリリアンの声だ。

この迷宮に入った時は、クミクミとリリアンを救い、拾って帰るつもりだった。二人揃って道に迷い、クミクミは泣きそうになり、リリアンが慰めている、そんな光景まで想像していた。だが歩いてすぐメピスは自分が楽観的だったと知った。クミクミとリリアンの声であるということはわかっているのに、なにをいっているのかわからない。そんな声がずっとついてくる。彼女達二人が今も無事でいるとはとても思えない。

カナはアーデルハイトが死んだといっていた。嘘を吐くなと怒鳴ってやりたいが、メピス自身が嘘ではないのだろうと思えてしまっている。つまらない嘘を吐く理由はなく、カナはそんな嘘を吐くキャラクターではない。カナ自身もズタボロにされながら敵を迎え撃つため遺跡の入り口に残った。迎え撃つとはいっていたが、たぶん足止めか時間稼ぎくらいのつもりだ。負けてボロボロにされたカナが、ボロボロの状態で校長とカルコロをつけたくらいでどうにかなるわけがない。メピスでさえわかっているのだから、偉い魔法使いというカナがわかっていないわけがない。

メピスはひぃひぃいいながらやっとの思いで歩いている。テティとスノーホワイトは頼りになりそうにない。

——……クソが！

なにが「頼りになりそうにない」だ、と自分自身を罵った。自分が頼りになればそれでいい。頼りになりそうにないやつらを助けてやる。カナがいれば、漫画のセリフを引用しながらわかったような顔でいうだろう。腹立たしい。

「おい、テティ」

声をかけられたテティは怯えをいっぱいに湛えた目でメピスを見た。メピスは意志と怒りと頼もしさを表情に込めた——つもりで見返し、手を出した。

「ほら」

テティのミトンを握り、これではどうも感触が悪いとミトンの中に手を入れてぎゅっと握った。テティの表情から怯えが薄れ、驚きが面に出た。メピスはテティから視線を外し、前を見た。緑で埋まったつまらない景色であろうと前を見ることに意味がある、と思った。

小学校、それも低学年の時、登下校でテティと手を繋いでいた。相手がそれを覚えているかはわからないが、少なくともメピスは覚えている。魔法少女に変身するようになり、手の大きさも力の強さも変わったが、不思議と体温は変わらない気がした。

月曜日、学校に向かって歩く足取りはどうしても重くなりがちだった。足取りが重いという点では苔でいっぱいの狭い通路をひいこらいいながら歩くのも大して変わらない、かもしれない。

◇クミクミ

見る影もなく小さくなり「一部」になりかけていたクミクミの自我は、メピス、テティ、スノーホワイトが内側へ入ってきた時、この中のそういったあれこれは全て問題だった。自分の存在をアピール、しかし、だが、そういった、ぐるりと回り、元に戻り、そうなり、伝わったことはない。

同時に異物となったリリアンの自我、共同作業、発信、そういった、ぐるりと回り、元に戻り、そうなり、どうやらそれが三人の魔法少女には良い影響を与えていないらしいことに、クミクミは知り、止められず、意志により、無理だった。

「全体」は「同化」を「侵入者」に、だった。クミクミは返す返すも「一部」で、そうだった。同様、リリアン。反逆はできない。

だが助けたいにはそれでもクミクミであったのだ。肉体はもう無、精神も「一部」、あとは溶けて混ざる、それが溶けて混ざる、しかし溶けて混ざる、前に、まだやっておきたい、どうしてもやっておきたい、いる、クラスメイトが。

魔法少女は思いにより強くなる、という言葉、聞いた、あった、覚えて、忘れて、いない、まだ残って、ここにあって、クミクミだ。

クミクミは上手い。リリアンはない。魔法少女だった時の不器用がクミクミ、リリアンは器用、取り込まれて組み込まれてそういうことはもうあったのかもしれない。今はクミクミの方がクミクミだったという過去がある。リリアンは考えるが難しい。

クミクミは意識してくだらない、このように、考えた、あれこれを。混ざっていい、溶けていい、一つに、いい、でも今はこうしている、違う。不幸、違う。幸福、そう。でも今溶けない。まだ溶けない。こういう、そう、溶けない。メピス。テティ。スノーホワイト。クミクミはまだ溶けない。一緒、そこへ、違う、そういう、ダメだ。矛盾、あれは、そこへ、違う、助ける。

三人を助け舟。

クミクミ目的。そういう目的。

声、届かず、クミクミ。クミクミ、届かず。意味が意味。届かない。スノーホワイトが弱っている。時間が小さい。残りはもうない。あとは小さい。

気合。メピス。二班。踏ん張り。テティ。級長。メピス。班長。意地。

守る。クミクミはどうしようもクミクミのそういう二班でクミクミはそうだった。メピスは守る。誰かを守る。強い。強い。クミクミは強くない。緑色のつまりはそういうクミクミは守られていた。

気合。なめられるな。二班。

メピスの手がこういう包む。テティの手を握った。励まして。テティが少しだけ元気。元気は少しだけ。クミクミは食い縛る。見ていたリリアンは元気に。なるほどではある。なるほど。一人は少ない。二人は多い。クミクミは一人。クミクミとリリアンは二人。

合わせる自我。

「一部」のままであることは変わらずとも強さは二倍になる。合わせたことで自我は変質するかもしれないが、どうせ消えてなくなるものを惜しんでも仕方ない。そもそも合わせることができないというのは考えない。魔法少女は奇跡を起こしてなんぼだ。

◇テティ・グットニーギル

テティはふと顔を上げた。

声が聞こえた気がした。クミクミとリリアンの声だ。二人の声は入ってからずっと聞こえ続けていたけれど、それとは違う、もっと意味がわかりそうな、わかりそうでわからない、そんな声だった。

メピスを見た。目が合った。彼女も声を聞いたのだろうか。

べちゃり、と苔の上になにかが落ちた。慌てて音のした方を見る。スノーホワイトを両脇から支えながら速足で歩み寄り、苔の中に埋まるようにして落ちていた物をミトンで摘まみ、引っ張り上げた。それには見覚えがあった。お祭りの準備をしている間、何度も目にし、徐々に完成していく様をずっと見ていた。作っている本人は声をかけても気付かないくらいに夢中で、時間経過と共にしっかりとした形になっていくそれを見るのは作業に詰まった時の素晴らしい気晴らしになった。

クミクミのドラゴンだ。彼女がライトニング達と戦う中で振り回し続け、大部分は壊れてしまっていたはずだけど、壊れた部分がリリアンの糸で縫い合わされて補修されている。

スノーホワイトの体重がふっと軽くなった。見れば、彼女は一人の力で立っている。天井を見上げ、

「そうか」

と呟いた。

「聞こえます」

「聞こえるって……なにがだよ」

「クミクミとリリアンの声が――」

「いや、それはさっきから聞こえてただろ」

「もっとしっかりと、はっきりと、意味のある言葉で」

「えっ……それは……二人はまだ生きてるってことですか」

詰め寄るように顔を近付けたテティに対し、スノーホワイトは弱々しいがしっかりとした笑みを浮かべた。

「私達を助けてくれようとしています」

◇ピティ・フレデリカ

入り口の段階で既に「ヤバい」気配はぷんぷんにあったが、入ってみればそれどころではなく「ヤバい」ことになっていた。緑一色で歩くことさえ難しく、ただの一本道なのに遭難してしまうのが全く不思議ではない。どうやら遺跡か遺物がなんらかの意志を持っているらしく、こちらに声をかけてくるがなにをいっているかわからない。そしてわからないなりに持っていかれそうになる。

冷静なフレデリカが呟く。危険であることは承知できている。活性化状態の遺跡が安全だったらむしろがっかりするくらいだ。危険性で不安になるようなことはない。その程度の脆い心であれば最初から来ようとは思わない。なにか別種の不安があるからこそそわそわしている。そしてそれから目を逸らそうとしている。

情熱的なフレデリカが笑う。なぜここにきて些末事に目を向けなければならないのか。ちまちま考えるくらいならさっさと動くべし。人生においてそういうタイミングは多々あるが、今はまさにそんな時だ。

両者の意見を聞き、フレデリカは考える。

肉体の設計は念には念を、で行われている。これだけの耐性、耐久力ならまず大丈夫と太鼓判を押されて、それでも中に入ると不安になる。だがこの不安はフレデリカをかえって喜ばせた。現身の肉体をもってしても不安になるほどの力がこの先にあるということだ。関係がないなら今は目を瞑る。ただ全面的にではない。そのなにかに気付いてしまった時、動けなくなるようでは困る。ピティ・フレデリカという魔法少女の生き方そのものである柔軟性を保つ。

他の現身、たとえばグリムハートであっても不安は兆したのだろうか。そういった精神的弱みから解き放つべく設計された魔法少女であればなかっただろうか。プク・プックは抜群の頑丈さを誇っていたが「始まりの魔法使い」謹製の巨大装置にあっさり潰れてしまったと聞く。魔法を貫通するようなこともあるだろうか。

理不尽ではあるが、そんなものは世界中どこにでもある。魔法少女が理不尽だからで諦めていては商売あがったりだ。これから大事を為そうというのに、この程度の理不尽で躓いてどうする。

声は無視、魔法少女アニメオープニングメドレーの鼻歌で打ち消し、体重を軽く、苔で沈まないよう足を乗せ、滑るように高速で移動する。

このままいけばすぐに追いつくことができる、はずだったが、すぐに足が止まった。通路の下部分、ちょうど脛(すね)あたりがひっかかる位置に紐が張られている。顔を近付けて見ると、これはどうやらリリアン編みの紐だ。

――クラシカル・リリアンか？

学校に送り込んだ近衛隊所属の魔法少女は全員把握している。それどころかフレデリカの好みが入っている。リリアンは変身前のコンプレックスと変身後の全能感を絶妙なバランスで両立させている稀有な魔法少女だった。当然髪は美しい。注文をつけるなら変身前のトリートメントをもう少し丁寧に行ってほしい。

――ふむ。

妨害工作というには拙(つたな)いが、実際足は止まっていた。邪魔されて困っているわけではなく、状況の異常さに困惑し、いったいなんなんだと考えている。フレデリカは紐を跨ぎ、その先にあるかもしれない落とし穴であったりトラバサミであったりを警戒しながら進み、またすぐに止まった。紐が張られていた。

――ふむふむ……面白い。

面白いことと邪魔臭いことは両立する。

フレデリカは跨いで紐を越え、しばらく進むとまた紐が張られていた。

執拗である。幼稚でもある。リリアンであればもっと気の利いた罠を作ることができるだろうに、なぜか子供が転ばせるために作ったようなシンプルな罠が連続して設置されている。意図が読めない。

意図が読めない時は読まない方がいい。経験則だ。

羽のように柔らかく跳び、空中で身体を捻って右の壁に両足を着けた。そのまま滑るように壁を走る。リリアンの罠が定期的に設置されていたが、当然無視した。今は考えるよりも動くべき時だ。

◇スノーホワイト

足を踏み出す。埋まる。引き抜く。前に進む。

苔がずぶずぶと蠢き、開いた足跡はすぐ元に戻る。ここがプク・プックの占拠した迷宮のような遺跡であれば「足跡を追跡されることはない」と喜べたかもしれない。だがフレデリカが遺跡の中に入ってきたとして、一本道を進むだけだ。足跡の有無は関係ない。

スノーホワイトは背後を振り返り、すぐに前へ向き直った。遺跡の外の声は一切聞こえない。遺跡内では、メピスやテティという近くにいる二人の心の声さえ聞き取り辛い。クミクミ、リリアン、恐らくは遺跡そのものの声が混ざり、耳を澄ましてようやく聞こえるレベルなのだが、聞けば聞くほど体調が悪くなる。

それでも聞き取らなければならない声はあった。

「フレデリカの声が……聞こえた、気がしました」

メピスが喉が潰れたような声でそれに応じた。

「入ってきたってことかよ」

「たぶん」

「上の連中大丈夫か」

「ここからではわかりません」

大丈夫ならフレデリカが入ってくることはない。メピスもそれはわかっているから苦虫を噛み潰したような顔をしている。

「まじいな」

「まずいです」

「その……早いんですか」

テティが震える声で尋ねた。スノーホワイトは声のトーンを落として答えた。

「距離がどれほどあるかは……」

また心の声が聞こえた。今度は「気がした」ではない。フレデリカだ。途切れるようにまた聞こえなくなったが、聞き間違えることはない。

「早いです」

「早い……」

「距離を詰めてきています」

この狭い通路で遭遇して勝てるとは思えない。

遺跡の入り口ではフレデリカに対する防備を固めていたはずだ。カナ、カルコロ、それにハルナがいた。それでも止めることはできなかった。フレデリカの速度から察するに足を遅らせるくらいの負傷もない。せめて上に残った彼女達が生きていることを祈るくらいしかできない。

スノーホワイトは舌の先を小さく噛んだ。僅かばかりの気付けだ。

フレデリカよりも早く目的地へ到達しなければならない。だがフレデリカの速度を考えれば途中で追いつかれてしまう。迎撃は難しい。フレデリカよりも早く移動するのもまた難しい。

ライトニング達を相手に暴れていた黒いスノーホワイトの姿がふっと頭に浮かんだ。校長曰く、今のスノーホワイトは同じくらい強いはずだ。力は強く、足は速い。そのはずなのに、今は足手まといになってテティとメピスの重荷になっている。

スノーホワイトはいつだって重荷だった。守ろうとした魔法少女は皆が死ぬか、死ぬくらい酷い目に遭った。迷っているばかりで結局なにもできない魔法少女。綺麗事ばかりを口にして他の誰かが助けてくれるのを待っている魔法少女。

——違う！

スノーホワイトは唇を噛んだ。血の味はいい気付けになる。

◇O・ルールー

スノーホワイトを探すはずが、それよりも早く見つけたのは数人のプリンセス・ライトニングだった。ライトニングが群れていたから目につくのは当然のこととして、様子がおかしかった。師匠に命じられてなにかをしているはずのライトニングは、頭を寄せ合って何事かを話し合っているようだった。

声をかけることはできなかった。躊躇した時にはもう見えなくなっていた。

「あれは……どういうことです？」

ミス・リールに訊かれても「ちょっとわからない」としか答えることができない。ルールーは本当に全くわからないままここにいる。笑えるくらいだが笑えない。

情報を吟味する。ライトニングが勝手な動きを取るだろうか。オールド・ブルーは指揮できない状態にあるのかもしれない。あるのかもしれない、というかあるのだろう。健在であればライトニングがここで立ち話に興じるわけがない。

オールド・ブルーは強くしぶとく、なにより賢い魔法少女だ。指揮し切れないほどの人数を引き連れてくるようなことは絶対にない。そしてオールド・ブルーは現場であたふたするような魔法少女を指揮下に入れたりはしない。つまり末端が仕事もせずごにょごにょと立ち話をしているのは異常事態だ。

――怪我か、それとも……これは……。

まずい。ライトニングの集団が右往左往し、オールド・ブルーもいないというのは最悪にまずい。チームとしてまずいのはもちろん、ルールー個人としてもまずい。ライトニング達相手だからこそ「私こそがラズリーヌ候補生でござい」が通用していた。オールド・ブルーの敵対者が優勢であるということは、それが通用しなくなる。

――いや……師匠がやられるか？

死にそうにない、というより死ぬところが想像できない魔法少女ではある。敗走くらいならあるかもしれない。オールド・ブルーなら自分達が脱出した後はすぐに抜け道を塞ぐだろう。ついてこれないすっとろい部下は置いていく。普段は頼り甲斐ある魔法少女であってもいざという時の決断に情は絡ませない。

それならばライトニング達がまごついているのも道理だ。指揮官はいなくなり、逃げ道はなくなり、どうするどうすると話し合っても良いアイディアは出てこない。同じ人間で話し合って素晴らしい解決策がぽんと出てくるはずもない。

どうすべきか。迷った。だがスノーホワイトはまだ見ていない。リップルとの約束を破ることになる。ルールーは唸った。短く罵り、リップルのように鋭い舌打ちをした。

なにかがおかしい。師匠が負けたというのは考え辛く、師匠が逃げたというのも一見それらしいがやはり不自然ではないか。単純に負けた、逃げた、というだけなら敵は優勢ということになる。優勢な敵の姿が見えないわけがないのに、ここまでお面の魔法少女達を全く見ていない。

――もうすぐ結界が解除されると踏んで敵味方問わず全員逃げた？　これか？　で、一部のライトニングが置き去りにされた。

置き去りにされた魔法少女にはルールーも含まれる。最悪の場合はミス・リールに弁護してもらうか。どれだけ意味があるかはわからない。少なくともスノーホワイトの無事を見届けなければルールーの任務は完了しない。

嫌な仕事を押し付けられたとは思う。ただこの嫌な仕事は自分でやらなければならない仕事でもあった。最後まで責任は持つ。ルールーは袋に手を突っ込み、そこから手探りで玉を一つ取り出した。

「ミス・リール。これを」

赤茶色の玉を投げて渡した。

「これは？」

「ゴールドストーン。目標への道を示してくれる……はず。これであんたのクラスメイトを探そう」

無表情な貴婦人の顔が少し明るくなったように見えたが気のせいかもしれない。ミス・リールの全身は瞬く間にゴールドストーンに変化し、ルールーは赤茶色の貴婦人像に魔法を使った。小さなクズ宝石では得られない素晴らしい結果があるはずだ。

「よし、こっちだ」

闇雲に走った先には結果が待っていた。体育館の屋根の上でリップルが仰向けになって寝ていた。

「あれは……どなたです？」

「ちょっと！　なんであんたここにいるの！」

近寄って見下ろす。ルールーの喉奥から、うげえ、と声が漏れた。とんでもないやられようだ。両脚がおかしな形になって有り得ない方向へ曲がっている。他にもボロボロだ。死なない程度に痛めつけられて寝かされている。

どこの誰がやったんだという怒り、そしてリップルがここまでやられるなんてという驚き、これをやったやつがまだその辺にいないだろうなという恐怖、それら感情で心を乱されながらもラズリーヌ候補生としてのルールーは最適に動いた。

ルールーは頭の中に並べた宝石リストの中からなにを使うか素早く選んだ。ミス・リールは金属に反応し、変化する。石言葉を持ち、同時に金属を含む、もしくは金属そのものでなければならない。

「ミス・リール、今度はこれ。孔雀石（マラカイト）」

「了解しました」

縞（しま）の模様が入った濃緑色の美しい石だ。魔除けや癒しの力を持つ。ルールーは膝をつきリップルのすぐ傍に座った。リップルは礼どころか動こうともしない。無気力だ。

普段なら応急手当とさして変わらない治療速度の孔雀石も、ミス・リールの大きさがあれば魔法の薬液や魔法の宝石よりも大きな効果を表す。リップルの肉体はルールーも驚く速度で癒されていき、ほっと安堵の息を吐いた。

そこで気付いた。リップルの表情が妙だ。

その表情はルールーが知るリップルのものではなかった。リップルは強敵と戦い大怪我を負わされても怯えたり逃げたりしない。そこにあるのは常に怒りだ。心を燃料にして燃やし、相手が強ければ強いほど勢いよく向かっていく。なのに、今のリップルは、ただぼうっと空を見ている。ルールーが顔を見せても眼球が僅かに動くのみでろくな反応がない。

肉体だけではない。それよりも精神が傷ついているように見える。

「ちょっとどうしたの」

返事がない。

「どうしたの！」

大きな声を出しても返ってこない。

「こんなとこで呆けてどうすんの！　スノーホワイト見つけてないんでしょ！」

リップルが身を起こそうとし、呻き声をあげ、ルーラーは慌てて支えた。

「どうした？　やる気になった？　ていうかこれ誰にやられたの？」

「フレデリカ……」

ルーラーに答えたというよりは天に向かって独り言を呟いたかのようだった。

「マジかよ。フレデリカってピティ・フレデリカ？　あいつが来てるの？　まあ、でも、うん……じゃあ仕返ししなきゃでしょ」

「いや……」

「いやじゃねえだろ！　お前それでもリップルか！」

返事はない。冗談のように光り輝いたミス・リールが心配そうに見ていたが、口出しはしてこなかった。事情がわかっていないのに嘴を突っ込んでくる者が多い業界の中で、彼女の態度は有難い。が、つまりルーラー一人でどうにかしなければならないということでもある。

「フレデリカにボコられてやる気なくしてんの？」

「違う……そうじゃない」

「じゃあなんだよ」

「あいつは……私は……スノーホワイトを」

「はあ？」

「私はスノーホワイトを……」

「スノーホワイトを？」

「なにも……なにも理解していなかった」

「それは……」

「結局ダメになる……だが……クソ、あいつは」

ルールーは右拳を握り、それをリップルの鼻面に向けて落とした。ミス・リールが慌てて割って入り、リップルは鼻血を零しながら身を起こし、ルールーの襟首を掴んだ。

「なにを！」

「気ィ抜けてるらしいから気合い入れてやったんだよ！　文句あんのか！　あるんなら殴ればいいだろ！　ほら！」

襟首を掴んだ指から徐々に力が抜け、リップルの手はだらんと下を向いた。殴られた鼻面も流れた鼻血も即座に治っていく。この大きさの孔雀石を使うとこうなるのか、と変なところで感心するが、なにも面白くはない。

ルールーは腰に下げた小袋に指先を入れた。次はどうするか。肉体の傷を癒した後は心の傷を治療すべきか。闘争心を取り戻させるようなものがいいか。

闘争心を取り戻す。それでまたいつものリップルになる。だけど、と心の中でブレーキがかかる。このまま腑抜けたリップルを連れて学校から脱出すべきではないか。それが丸く収まるような気がする。

「違う！」

大声を出した。リップルとミス・リールがルールーを見ている。

ここでブレーキをかけてどうするつもりだ。ブレーキをぶっ壊したからこそルールーは今ここにいる。ここにいることを後悔してもいいが、無意味にするわけにはいかない。

ルールーはリップルに顔を柄付け、数センチの距離で睨みつけた。リップルは横を向こうとしたが、顔を両手で押さえて自分の方に向けさせた。

「あんたさ、私の師匠知ってる？」

「なにを」

「知ってるよね？」

「……ああ」

「師匠は私を理解してるよ。ひょっとしたら私以上に理解してる。私だけじゃない、あんたのことも、他の弟子のことも、そこらにいっぱい倒れてるライトニングのことも、びっくりするくらい理解してるよ。そういう魔法だからね。見れば理解する」

ルールーはリップルから顔を離し、息を吸い、見下ろした。リップルはルールーを見返している。困惑していた。それでも表情には感情があった。ルールーは怒った顔のまま話を続けた。

「で、なに？」

「なに……って」

「師匠が理解してたからなに？　理解された人の幸せにどれだけ貢献してんのよ。自分が上手く利用するために理解してるだけで、その人を幸福にしたいなんて思ってないでしょ。だからライトニング達は倒れてるし、弟子は利用されてるし、私は今日一日ずっと悪戦苦闘してるし、ていうか師匠本人がたぶんろくな目に遭ってないっぽいし、理解したからどうしたっていう話。理解力が高ければ許されるなんてお為ごかし以下だよ。フレデリカなんて頭おかしいやつが自分を正当化するために作った小理屈聞かされて、そんでボコボコにされて、やる気なくしましたなんてダサいにも程があるでしょ。リップルって魔法少女はさあ、もっとカッコいい魔法少女じゃなかったのかよ」

締めに一発、また鼻面を殴りつけてやろうと拳を落としたが、止められた。ルールーの腕、それにリップルの腕で顔が隠れて表情が見えない。

リップルが立ち上がった。傷が癒えている。歯を食い縛り、柳眉を逆立たせ、顔のパーツ全てを使って怒りを表現していた。ルールーのよく知る顔だった。
「……行くの？」
ルールーも立ち上がり、リップルに訊いた。リップルは恐ろしい顔のまま頷き、ルール
ーに頭を下げて一言「ありがとう」と掠れるような声で呟いた。
ルールーは輪をかけて小さな声で「なんの礼だよ」と呟いた。ミス・リールが、なぜか
一番嬉しそうに頷いた。

第十章　魔法少女狩り

◇スノーホワイト

フレデリカが今どこまで来ているのかはわからない。火花が瞬くような心の声が聞こえてきたのもさっきまでの話、今は聞き取ることができていない。ただ恐らくはかなりのスピードで走っている。対するこちらは歩く速度でどうにか前に行くのが精々で、このままではいずれ追いつかれてしまうことになる。

普通に考えれば途中で追いつかれる。一直線なので向こうがこちらを見つけないわけはないし、こちらにもやり過ごす選択肢はない。フレデリカを最奥まで行かせないことが目的なのにやり過ごす意味がない。

追いつかれた後に迎撃するのは難しい。テティとメピスを救いたいなら迎撃より命乞いの方が成功する可能性は高い、というくらいに難しい。

今できるのは精一杯の速度で前へ進むだけだ。なんとかしてフレデリカより先に目的地へ到着する。種を壊すのにはどれくらいの時間がかかるだろう。テティのミトンでもすぐに壊してしまうことができないのであれば、フレデリカの求めている種を見せつけて「お前が撤退しなければこれを破壊する」と脅して時間を稼ぐ。フレデリカ相手に通用する気はあまりしない。見抜かれ、さっさと蹴散らされて奪われる。

となると勝利条件はフレデリカよりある程度早く到着する、か。今のままでそれができるかどうか。

「おい」

メピスに声をかけられ、目をやると前を指差していた。スノーホワイトは目を凝らした。道の先に黄色の紐が垂れている。苔の緑色が染みて多少変色はしていたが、久々にみた緑色以外の物だ。

三人は雪をこぐように歩き、メピスがそろそろと紐の先を手に取った。紐は下り坂の先に続いている。その先がどうなっているかはここから見通すことはできない。

「これ、リリアンの紐だよな……どういうことだよ」

「たぶん……いや」

スノーホワイトは天井を見上げ、下を向き、前を見た。

「手助けしようとしてくれてる、これは」

「なんで言い切れんだよ」

「明らかに遺跡の意志とは違うことをしようとしているから」

「遺跡の意志……って？」

テティが恐る恐る尋ね、話して聞かせようとしたスノーホワイトは口を開けたまま言葉に詰まった。説明することができないから言葉に詰まったのではない。説明することができて、なぜ説明することができるのか自分でも理解していないから言葉に詰まった。

スノーホワイトは右手を壁につけた。べちゃりという感触が返ってくる。ずぶずぶと沈みそうになるのを引き剥がし、緑色の液体で汚れた手袋を見た。白かった手袋はまだらに緑どころか緑ではない部分がほぼない。歩いているだけでこの有様だ。

「……そうか。声だ」

「声？」

「心の声です。恐らく私は遺跡の心の声を聞いている」

「恐らくってなんだよ。聞いてんならわかるだろ」

「可聴域の外にある音を浴びせられているようなもの……でも進めば進むほど音が強くなって意味がわかるように……いや、これは理解できるようになってきている……？」

自分でも遺跡の声を聞いているという自覚はあったはずだ。だが改めて考えてみないと事実をきちんと把握することができなかった。曖昧な頭の中でぼんやりと受け止めて、なぜかその先に進もうとせず「これはなんだろう？」と不思議がっていた。

メピスを見た。見るからに困惑している。テティの方は怯えが入っている。スノーホワイトは小さく、それでいてはっきりと「よし」と口にし、両手で挟むように頬を叩いた。普通に叩いた音ではない、水を叩くような音だったため顔は緑色で汚れたことだろう。

「どうしたよ」

「気付けです。これ以上引き込まれないように。それよりその紐は」

「わかんねえ。たぶんこれの先に進めばいいってことなんだと思うけど」

「でも……それなら、その……今でもルートはわかってるんだよね？　だって一直線だから迷ったりすることないはずだし」

「なんだろうな」

メピスがくいと紐を引くと、紐から引き返されてたたらを踏んだ。

「おっと……なんだよ」

メピスが紐を掴み直す。紐はメピスを強く引き、テティはメピスにしがみつき、スノーホワイトも慌ててメピスに抱き着いたが、それでも引く力は弱くならず、むしろ徐々に強くなっていった。三人の魔法少女は紐を離さず、すぽんと苔から足が抜け、宙を飛ぶように引っ張られていった。

◇ピティ・フレデリカ

またしても道が塞がっている。フレデリカは足を止め、通路全面に張られた紐を切り裂き、再び走り出した。子供のような簡易罠では通用しないことを学習したのか、転ばせようというのではなくただただ邪魔しようという障害物が増えてきた。

苔の汁を浴びて緑色に染まりながら進むという道行自体が妨害のようなものだというのに、いちいち足を止めさせられては亀の歩みだ。現身の優れた身体能力を活かすことができない。

ということを考えている間にまた足を止めた。一本道であるはずなのに、道がない。苔で塞がってしまっている。フレデリカは顔の苔汁を拭って捨てた。緑色の液体の中で泳いでいるかのような有様だ。

——これは誰も入ろうとしませんね。

現身の肉体を持っていてようやく普通に進むことができる。並の魔法少女では居続けるだけで消耗し、ほどなく苔の上で倒れ、人の形すらなくなり骨も残らない。

袖口からライトニングの短剣を取り出し、苔に刺して左右に割った。そこには先程見たのと同じ、紐が一面に張られている。張った紐の上に苔を重ねることで道がないように見せかけたのだろう。

さっさと紐を切り裂いて先に進む。緑色の液体を左右に割って滑るように高速度で前進し、かといって速力のみに傾注することなく周囲の地形、不自然なものがないか、罠は設置されていないか、不意打ちへの警戒、といった様々な物事へのリソースを割きながらの進行になる。当然、邪魔するものなく進む方が早いが、無警戒で進むことの危険性は馬鹿にできるものではない。

進めば進むほど苔は分厚く、緑色の液体は量を増し、臭気はきつく、空気は薄く、なのに重々しくなり、現身の肉体をもってしても足が鈍る。そんな中で徐々に罠を高度にしていくとして、追いかけられている側、それも専門の工作兵でも技師でも盗掘屋でもない魔法少女達が、どこまでできるものかは疑問でしかないが、それでも警戒しなければならない。足を掬われてお仕舞はご免だ。

すぐに足を止めた。道があるはずの場所が苔で埋まっている。迷わず蹴散らし、先に進もうとしてまた足を止めた。張り巡らされた紐のほんの先に一本の紐が張られていた。苛立たせようとする意図はしっかりと感じる。フレデリカは紐を避けて右側の壁に取り付き、走り出した。

時間感覚がおかしくなってきている。魔法の端末はまともに表示されず、体内時計も正常に動いているとは言い難い。もう討手は迷宮の外で包囲網を敷いているかもしれない。

――だが踏み込むことはできまい。

「魔法の国」は延々と内輪揉めを繰り返していた。敵対派閥より上をいくためならかなりの無茶でもやってきた。そんな連中が手を出すことなく封じた遺跡だ。危険であることだけはよく知られている。具体性がないのによく信じられるものだ、とは思わない。始まりの魔法使いが絡む時点で大概ろくなものではないのだ。魔法少女全てを生贄にして国を救おうとするプク・プックでさえ計画には加えなかった。

◇スノーホワイト

飛ぶように引っ張られるのは長く続かなかった。やがてぽんと開けた場所に出た。面積は学校のグラウンドよりまだ広いかもしれない。高さは——体育館の床から天井までと、ここと、どちらが高いだろうか。

入ってきた時はどこに目的の物があるのかわからなかった。しばらくの間部屋を眺めて床壁天井にツタのような植物が蔓延(はびこ)っていることに気付いた。一本一本があまりにも太く、抱えるのに人間が二人は必要になるサイズがみっしりと詰まっていて、それが植物だと認識できなかった。他の植物がそうであるように、少しでも自分の領域を広げんとしている。グロテスクな光景のはずなのに、なぜかすんなり受け入れてしまっている。スノーホワイトは頬の内側を一噛みし、取り込まれるなと自分に言い聞かせた。

テティが縋るような目で見上げている。メピスは長々と息を吐き出した。スノーホワイトは「魔法の国」の遺物に興味を持ったことは今まで一度もなかったが、この場にいるだけで大きさと存在感に圧倒される。神聖とか、荘厳とか、そんな言葉が脳裏によぎり、慌てて頭を振った。

余計なことを考えている場合ではない。

紐から手を放す。するすると天井の方に戻っていき、見えなくなった。心の中で一言、ありがとうと礼をいい、一旦心を落ち着け周囲を見渡した。

植物の表面は苔むしている。通路のそれより濃いかもしれない。それに伴い匂いも濃い。息苦しい。周囲を警戒したが、誰の姿も見えない。

前に出た。苔から染み出す液体は粘性を帯びてきたように感じる。一歩前に出るという行為が重く鈍い。しんとして静かな空間に重苦しい水音だけが響いている。

周囲を警戒しながらスノーホワイトは部屋の中央に近付き、見回した。植物が寄り集まり、捩じり合わさって壁、床、天井が形成されている。天井は天蓋のように、床側は緩やかな擂り鉢状になっていて、中央部分に水のような液体が溜まっている。ちょっとした池のようだ。

「それらしいもん……あったか？」

後ろからかけられた声に振り返り、首を横に振った。

「見当たらないけど、どこかにあるはず」

メピスは左回り、テティは中央寄り、スノーホワイトは右回りで歩いた。根の陰、見えない上側、心は焦りながら、それでも丁寧にチェックしていった。

――これは……。

左側奥の天井端で薄っすら光が零れていた。スノーホワイトは目を凝らした。花だ。菫（すみれ）に似た可愛らしい花が咲いている。まだ実ではない。

「あったぞ！」

スノーホワイトはメピスの声が聞こえた方へ走った。こちらは右側中央の壁、人間三人分程度の高さからちょこんと伸びている蔦の先、茶色の丸いものがくっついている。花と同じく薄っすら光っていた。スノーホワイトは顔についた苔の汁を掌でぬぐい取った。光っていてくれて助かった。そうでなければどれだけの時間がかかったか考えたくない。

「これ……だよな？」

「たぶん」

離れて見ているだけでも喉が渇く。ふらつきそうになる頭を右手で支え、スノーホワイトは目で距離を測った。背伸びをしても届かない。

届かないということを確認してから背筋がすっと冷えた。無意識に手を伸ばしていた。安易に触っていいものではないことをカナから知らされていたはずなのに、まるでそれが当然であるかのように手を伸ばしていた。

「よし。飛んで落とすか」

スノーホワイトはメピスの前に右腕を出して制止した。

「待って」

「慎重にいくべきだと思う」

「テティのミトンを使ったほうがいいか？」

「でも……手が届かないよ」

「じゃあこれでいくぞ」

メピスがテティの両脇に手を入れて飛ぶ。彼女の小さな翼では魔法少女二人分の体重を支えられるか心配だったが、身体がふわりと浮き上がった。目の前にある小さな丸に、テティはおずおずと手を伸ばし、突如猛スピードで飛来した水晶玉をミトンで受け止めた。テティがバランスを崩し、メピスが支えきれず、二人は水晶玉と一緒に苔の上へ転がった。

あっと思う間もなかった。スノーホワイトは入り口の方を向き身構えた。

「間に合った、というべきですか。それとも間に合わなかったというべきでしょうか」

見知った姿とは違う。コスチュームの細部が変化し、なにより感じる力がまるで違う。だがそれでも見誤ることは絶対にない。

「フレデリカ……！」

スノーホワイトは呻くように呟いた。

◇カナ

　ハルナはもうどうしようもなかった。

　カルコロは魔法少女であったためハルナよりマシだったが、位置的にはハルナよりも攻撃の矢面に立っていた。辛うじて意識を保っていたが、出血、肉体の損傷、全てが酷い。

　水晶玉の直撃を受けたドリィは寝たままで起き上がることができないでいる。意味のわからない言葉を喚き続けるだけの元気が残っている、が、それをもってして重傷ではない、とはとてもいえない。

　アーリィは変形した兜と傷ついた鎧が自動で修復され、その後動かなくなった。

　テプセケメイはどこにも見えない。いなくなってしまった。

　カナも怪我を負っていた。足と喉をやられた。歩くことが難しい。詠唱は途切れ途切れになり、魔法で治療することが困難だ。フレデリカは狙ってやっている。お前は邪魔だから追いかけてくるなと移動手段と修復手段を破壊してから遺跡に入っていったのだ。

　カルコロは呪文を唱えて自分を治療していたが、負傷と出血に追いついていない。ドリィは今でこそ元気に喚いているが、これもいつまでもつかはわからない。カルコロが彼女の回復に回ることができる時が果たしてくるものか。今にも消えてしまいそうな声で詠唱を続けている。

カナは壁によりかかって質問を繰り返した。フレデリカが恐ろしい速度でスノーホワイト達との距離を詰めている。スノーホワイト達もリリアンの手助けによって一時的な速度を手に入れ、なんとかフレデリカに先んじて目的地へ到着することはできたが、すぐに追いつかれてしまった。

このままではフレデリカに目的を達成させてしまう。カナはなにもできない。ただ質問を繰り返すばかりの傍観者だ。スノーホワイト達も見殺しにしてしまう。

カルコロの詠唱だけが石室の中に響く。カナは千切れかけた制服の袖を握った。メピスも死ぬ。テティも死ぬ。ここにいては止められない。だがここから動くことができない。両腕だけで這っていったとして、それで間に合うはずもない。万が一なんらかの奇跡が起きてカナが遺物まで辿り着けたとして、腕で這うだけのカナがなんの役に立てるというのか。

無力で無様だ。カルコロを癒すことさえ今はできない。声を出すだけで一緒に血が噴き出す。すぐに治る怪我ではない。慟哭することさえ難しい。できるのは質問ばかりだ。現身システムの真実を発表することに躊躇し、だらだらと引き延ばしていた結果がこれだ。どうしようもない。

袖はカナの体温が移って温もりをもっていた。今はその温かささえ耐えられず、カナは袖から手を外し、握り締め、メピスのように壁を殴りつけ、階段の方を見た。

聞こえる。空耳や幻聴ではない。誰かが近付いている。一人ではない。足音が二人、どちらも訓練された魔法少女のそれだ。そしてもう一人、というか一つ、金属を打ち鳴らす音が聞こえる。重い音だ。聞いたことがある。学級でのレクリエーションで体育館を走る彼女の足音は他の誰よりも大きく重かった。

——一緒に来るのは誰だ？

リップル。０・ルールー。

カナは質問を繰り返した。リップルの魔法、ルールーの魔法を知る。ミス・リールはルールーの魔法により身体が変化している。階段を駆け下りる音が大きくなる。今のミス・リールとルールーならばカルコロとドリィを治すことができる。カナはいい。治している時間があるなら他にすべきことがある。

——もう一つ、リップルの魔法は……。

質問の答えが返ってくる前に、片目と片腕を失った忍者の魔法少女が現れた。

◇ピティ・フレデリカ

余裕ぶった態度で魔法少女三人の前に立ったが、内心は態度ほど余裕があったわけではない。余裕どころかその場で倒れたいくらいには落胆していた。肉体的な消耗より、精神的なダメージのほうが遥かに大きかった。

「なにをやっているんです。あなたは私の部下でしょう」

「派閥を乗っ取ったやつが偉そうに話してんじゃねえよ」

立ち上がろうとしているメピス・フェレスに話しかける。苛立ちが言葉に出てしまう。心を落ち着けるだけの時間が欲しかった。そのために会話で間を繋いだ。

ひと目見て理解した。メピス・フェレスとテティ・グットニーギル、それにスノーホワイト。三人とも、もはや愛すべき魔法少女ではなくなっている。

普通の魔法少女では遺跡の中で活動できない。すぐに苔塗れになって倒れて動かなくなる。この三人が闘争心露わに——テティは逃げ腰だったが——フレデリカと向き合っているという事実は、つまりもう改造されてしまった後だということを証明している。

嫌な予感の正体がわかった。薄々気づきながらフレデリカが目を逸らしていたことだ。スノーホワイトはもうスノーホワイトではなくなっていた。

遺跡の扉が開いていた時点で、そんな気はしていた。スノーホワイトは校内でも見かけなかったし、彼女に関する報告も受けていない。彼女の性格なら、方法さえあれば遺跡内部への探索行にも志願するだろう。そんなスノーホワイトだからこそフレデリカは愛していた。だがそれももう終わってしまった。彼女は魔法少女であることを辞めた。

「どうして、どうしてあなた達は……！　人の気持ちも知らずに、大事な物を簡単に手放すのですか！　それでも魔法少女ですか⁉」

「どの口でいうよクソボケが」

メピスが飛んだ。苔を撒き散らしながらフレデリカとの距離を一息で詰めた。フレデリカが知るよりも遥かに速い。両手で掴み掛かる、と見せかけて悪魔のように先の尖った尻尾が死角からフレデリカの足を刺さんとするが、踏みつけて止めた。

両腕で肩を掴まれるが、気にせずメピスに手刀を振り下ろす。首元に到達する寸前、フレデリカの腕をミトンが掴んで止めた。

――ほう……！

テティ・グットニーギルの魔法は攻撃に対して自動で発動する。フレデリカの攻撃速度に対しても捉えることが可能だ。

先ほどのメピスと違い、テティのミトンによる握り込みは、今のフレデリカの肉体すらも軋ませる。深刻なダメージが入るほどではないにせよ、右腕の動きが封じられた。フレデリカは自由な方の左手で水晶玉を取り出し、それを打ち割って四本の鋭い水晶片に変え、うち三本を投擲する。テティへ投げた水晶片は逆側のミトンで止められ、メピスは身を捻って肩で水晶片を受け、スノーホワイトは薙刀（なぎなた）のような武器で水晶片を弾いた。残る一本は自分の手首へ刺突、テティのミトンの上から貫いて固定する。

フレデリカはテティを捕まえたまま垂直に跳び、宙に浮く頭大の水晶玉に着地した。スノーホワイトは間を置かず跳び、フレデリカに向けて一薙ぎ、フレデリカはテティを掲げてみせることでスノーホワイトに攻撃を止めさせ、水晶玉を水平移動、更に下がる。

スノーホワイトは汚らしい水音と共に着地、フレデリカに武器を向けた。

緑色に汚れていても姿かたちはスノーホワイトだ。白い魔法少女だ。だが強過ぎる。

ここまで来るのに相当疲弊しているだろう。そしてここに居続ければそれだけ動きは鈍るはずだ。にも関わらず、斬撃の強さ、速さ、どちらもフレデリカが知るスノーホワイトを遥かに上回っている。現身が投げた水晶片を弾いて落とすことなどできるはずがない。

単に成長したとか修行したとかそういうレベルではない。

三人とも身体能力は高いがスノーホワイトが頭一つか二つ抜けている。改造はされているとして、彼女が特別に優れているのは校長の趣味か、それとも必要があってのことか。

「こっちは放っておいていいのかよ」

メピスが嘲(あざけ)るように声をかけてきた。フレデリカはスノーホワイトから視線を切らない。メピスを気にしている場合ではない。彼女の言葉には魔法がかかっているが、それを意識しておけば大して影響を受けるものではない。

感情は魔法少女の武器であり弱みでもある。

かつて愛弟子を殺されたフレデリカは逆上した。合理的ではない、損しかないと理解していながら感情を抑えることができなかった。感情に身を委ねる主人公的性質が自分にもあったのかとその時は感動したが、結局のところ行動で表すからこその正しい魔法少女であり、フレデリカにはどうしても向いていない。

スノーホワイトは違った。彼女には可能性があった。それも全て過去の話になってしまったが、だからといって壊れた日用品を捨てるようには扱いたくない。せめて大切にしたぬいぐるみを供養するくらいのことはしてあげたいとフレデリカは考えている。

左腕に痛みを感じた。テティが右手首に続き、フレデリカの左の二の腕を掴んでいる。噛み合わせた歯を見せ、真剣な表情で、それでいて震えていて、涙さえ浮かべている。怯えた小動物が必死で頑張っている形相だ。両腕の掴まれた部分がみしりと軋む。今の肉体なら問題はないと高を括っていたが、少しばかり——否、かなり怪しくなってきた。魔法の効果に上限がないのか、それとも上限を越えようとしているのか。テティ自身が勝手に想定していた上限があっただけで、実際には違ったということも考えられる。これは自らの過信を恥じるよりテティを褒めるところだろう。

フレデリカは赤子を抱く母のように慈しみを込めて微笑んだ。

スノーホワイトが跳んだ。跳躍しながら槍投げに似た姿勢で武器をこちらに向けている。

フレデリカは壊れかけた両腕を振り上げてテティの身体を顔の前に持っていった。武器で突かれたとしてもテティの身体で攻撃を止めればいい。

「おいおい人質かよ！　魔法少女のやることか！　正々堂々できないのかねぇ！」

メピスの声は支援だ。スノーホワイトの攻撃を確実に決めさせようとしている。だがスノーホワイトは武器で突くことも投げることもしなかった。跳躍姿勢のまま、フレデリカとの距離はおよそ五歩、右手で構えた武器ではない、左手で持ったなにかをぽんと投げた。

それは東洋の龍に見えた。ディフォルメされた一抱えほどの龍がフレデリカに向かって飛んでくる。どうすべきか、テティで受けるか、避けるか、悩む時間はない。フレデリカは足を振り上げ龍を蹴った。スノーホワイトに向けて蹴り返したつもりだったが、龍はフレデリカの蹴りに耐えることなく砕け散り、中に詰まっていた苔が降り注いだ。

まるで意志を持っているかのように、空中で苔が広がった。視界が緑色に埋まる。フレデリカの顔に苔が降ってくる。

――クミクミか。

この場にはいない。アイテムだけを残したか。素晴らしい。強大な敵に対していなくなった仲間まで一緒に力を集め、勝利を目指す。正しく魔法少女的だ。

顔面に浴びせられた苔はそのまま放置した。振り上げた足を勢いよく振り下ろし、身体を回転させて遠心力を効かせ、テティ諸共に跳ぶ。

視界を塞がれている。鼻の方も苔の匂いしか捉えられない。だがそれでも自分の周囲になにがあるのか把握している。テティと共に飛び、スノーホワイトと入れ違いになりながら苔の上を転がる。

「逃げんなフレデリカァ！」

腹から出ている良い声だ。つい立ち止まって戦いたくなる。スノーホワイトを筆頭に三人とも好ましい魔法少女ではあった。結果は見えているが相手をしてやるのも功徳になるか。

遺跡に入って以来、地上より鈍くなってしまった嗅覚が、付着した苔の酷い匂いでいよいよ効かなくなった。視界も塞がれている。頼みの耳はメピスが邪魔をしてくる。フレデリカは足の裏から感じる振動を頼りに向きを変えた。

スノーホワイトがこちらに向かってくる。フレデリカはまだ両手を塞がれている。武器が投げられた。恐ろしい速度だ。躊躇いはない。ただ少し気が逸り過ぎている。

武器がフレデリカに到達する寸前、突如出現した水晶玉が武器を飲み込み、スノーホワイトは同時に跳んだ。自分の背中へと戻ってきた武器を躱し、柄を掴んだ。こちらの心を読み、攻撃を回避している。

フレデリカは胸の内から空気を吐き出し、手を使うことなく顔の苔を吹き飛ばした。

「お見事です、スノーホワイト」

心の底から彼女を讃えた。

◇スノーホワイト

「なにがお見事だゴミカス！」

メピスが、フレデリカをスノーホワイトと挟み込む形になる位置を狙って飛んだ。スノーホワイトはメピスに合わせて微調整を加えながらフレデリカに向かう。

フレデリカは落ちていた水晶片を左足で拾い、視線はスノーホワイトに向けたまま、メピスに向けて放った。フレデリカに取り付いているテティが、水晶片が放たれた瞬間、それを右手で受け止める。だがスノーホワイトは心の声を聞き知っていた。フレデリカの狙い通りだ。テティが片手を使ったことでフレデリカの片手が空いた。スノーホワイトは叫んだ。間に合わない。

フレデリカは拘束から逃れた左手で手刀を固め、テティの腕に向けて打ち下ろした。手刀はテティの腕を切断し、緑一色の中で真っ赤な血が噴き上がる。

フレデリカはテティの右腕を振るった。テティは受けることも止めることができない。

「テティ！」

メピスの声にテティがなにかを返そうとし、しかし言葉を発する前に肘がこめかみの辺りに直撃、まともにもらい、頭部がへこんだ。

スノーホワイトは叩きつけるように武器を振るった。フレデリカはテティの右腕をスノーホワイトに投げつけ牽制、同時に突っ込んできたメピスをかわしつつ、腕の力が抜けたテティを引き剥がしてメピスに向けて突き飛ばし、水晶玉の上へ跳んだ。

「私の心の声を聞いているんでしょう、スノーホワイト。私が今どれだけがっかりしているか、わかりますか？」

　スノーホワイトは武器を振るう、が、届かない。委縮したように振りが乱れた。なにも考えず武器を振るえばいいだけなのに、フレデリカの言葉の意味を追っている。フレデリカはスノーホワイトのことを思い、こんなことをしでかしたのか。スノーホワイトがいなければ魔法少女学級は襲われなかったのだろうか。クラスメイトが命を奪われることもなかったのか。スノーホワイトがいなければ、なにも起こらなかったのか。

　フレデリカはテティを受け止めたメピスの胸を蹴った。その蹴りは上に重なっていたテティのミトンを蹴ることになったが、メピスは血を吐いて倒れた。

　フレデリカは二人を踏み台代わりにしてもう一跳躍、水晶玉の上に乗った。スノーホワイトは歯を食い縛って武器を突き入れた。フレデリカは水晶玉の上でくるりと半回転、三人の魔法少女達を笑顔で見下ろす。

　苔に足を取られながらもスノーホワイトは前へ出た。だがフレデリカがそれ以上の速度で水晶玉から水晶玉へと跳び、また水晶玉へ跳び、水晶玉へ跳び、スノーホワイトに狙いをつけさせることなく移動を続け、武器を左手で受け流してスノーホワイトの肩に一撃、脇腹へ、右腕へ、腰へ、攻撃を受ける度に骨が折れ、スノーホワイトの動きは鈍り、苔の上に倒れ込もうとし、最後の一撃で吹き飛ばされた。

緑色の液体に塗れて転々と苔の上を転がり、倒れているテティとメピスにぶつかって跳ね上がり、また転がり、起き上がった。立ってこそいるものの、もはや武器を持っていることさえできず取り落とした。

フレデリカはもがきながらも左手のみで顔に付着した苔を取って投げ捨てた。

「私は……私はあなたが作り出す未来を本当に楽しみにしていた。私が考えていたのは、ずっと、ずっと、あなたのことだけだった。スノーホワイト、あなたがいてくれたから私は頑張ることができた」

スノーホワイトはこちらを見下ろすフレデリカを睨みつけた。

「本当ならあなたとは、こんな形で戦いたくなかった。もっともっと、すべての魔法少女に憎まれ、恐れられるような存在になってから、あなたに倒されたかった。今のような紛い物ではない、純粋な魔法少女のあなたに」

スノーホワイトは肩を上げ下げするほどの荒い呼吸で言葉を返すこともできない。それに元々フレデリカに返す言葉は持っていない。ただ、じっと見る。観察する。そして自分に言い聞かせる。冷静になれ、フレデリカの言葉の意味を追うな、と。口から出てくる言葉よりも心の声を聞く。ここからなにかできないか。

テティの心の声が聞こえない。メピスの声も消えかけている。フレデリカの声が心の声と重なって聞こえてくる。ブーツ越しに苔に体温を奪われていく。身体中の怪我が熱を持っている。倒れてしまいたいが倒れることはできない。わたしがいなければいろんな人が死なずに済んでいた、フレデリカの言葉を聞くなと言い聞かせているのに、スノーホワイトの心はどうしても余計なことを考えてしまう。

「今日久々にあなたと手合わせして思い知りました。あなたの戦い方には私の教えが活かされている。嬉しいはずなのに、それがとても悲しい」

呼吸を整えることができない。いつまで経っても息は荒いままだ。脚に力が入らなくなり、自然に膝が折れた。苔塗れの地面に手をついて、かろうじて倒れ込むのだけは防ぐ。

「クラムベリーの時も私は悲しかった。今はあの時以上に悲しい……それでも立ち直らなければなりません。クラムベリーの後にはあなたが現れた。あなたの後にもきっと誰かが現れる……ええ、天国から見守るなり罵声を浴びせるなりしてください」

心の声が聞こえてくる。目を瞑りたいが開いていなければならない。

頭の中でぐるぐると回っている。

「きっとあなたのような……いや、あなた以上の可能性をもった魔法少女が生まれてくる。ひょっとしたらもういるかもしれない。私が見つけてあげなければいけません」

フレデリカは話しながら、宙に浮く水晶玉から水晶玉へと跳び続けた。彼女の心の声は出会った時からだんだんと落ち着いていき、今は午後のティータイムを楽しむくらいの心持ちで話している。

「私の手で殺してあげるつもりでしたが……もう動く元気もないようですね。殺すのはやめにして、息絶えるまでの間、私の晴れ姿を見ていてもらうことにしましょうか……ふふ、私の気持ちを踏みにじり、紛い物になってしまったあなたへのささやかな復讐ですよ」

フレデリカは天井近くに飛び、フレデリカは花を蹴り飛ばした。花弁が散り散りになり、ひらひらと飛んでいく。

「これはもう必要ありませんから」

次いで壁際、遺物の枝に生った丸い実の前で、水晶玉に乗ったフレデリカは止まった。実はあっさりともぎ取られ、皮が剥かれ、赤い果肉がむき出しになり、フレデリカは果肉を取り去ってその中身、小さな種を取り出した。

フレデリカの心の声が聞こえてくる。あの種を飲み込み、中央の水たまりに身を沈めれば、フレデリカの望みは成就する。

「では——」

種を飲み込もうとしたフレデリカの動きがそこで止まった。視線をスノーホワイトから外している。出口の方向、自分達がやってきた方を警戒している。恐らくは音を探知した。すぐにスノーホワイトにも音が聞こえてきた。足音ではない。なにかが飛ぶような音だ。

音が近づくにつれて、スノーホワイトに新しい心の声が届く。

フレデリカの表情が歪んだ。スノーホワイトはその理由を知っている。そしてスノーホワイトの顔もフレデリカに負けないくらい歪んでいた。

◇ピティ・フレデリカ

フレデリカは信じ難いものを目にした。苔に覆われた通路を、壁や床に触れることなく猛スピードで滑空してくる学生服の魔法少女――カナだった。

いったいなにが起きているのか。カナは先ほどぼろぼろにした姿のままで、真っ直ぐこちらに突っ込んでくる。フレデリカは瞬時に状況を整理できず、ひとまず種を口に入れながら、カナの進行方向から身を躱した。

その時、不意に声をかけられた。

「それ、飲まないほうがいいんじゃないか？」

今にも死にそうな、蚊の鳴くような、しかし魔法のかかったその声は、種を嚥下(えんげ)しようとする現身の肉体の喉の動きを一瞬止めた。小さい種を喉に詰まらせたフレデリカは、思わず声の方を見やった。仰向けになったメピス・フェレスが、馬鹿にするような顔でフレデリカを見上げていた。

あとは死ぬだけのはずが、まだ意識を保っていた。テティのミトンに偶然守られ命を繋いだか。だがそれも無駄なこと、無意味な奇跡だ。

フレデリカはむせようとする身体を抑えながら、あらためて種を飲み込もうとした。

そのため、軌道が変化した飛来するカナへの反応が遅れた。この軌道の変化は何度も見たことがある。リップルの投げるクナイや手裏剣のそれと同じだ。

避けたはずのカナがフレデリカの眼前に迫り、体当たりしながら掴みかかる。両脚はきっちり潰した。走れない、歩けもしない。だが腕はそのままだ。瀕死の魔法少女は、残った力を振り絞り、自分の両手でフレデリカの両手首を掴んだ。

スノーホワイトが叫ぶ。

「種を！　飲み込ませないで！」

カナの背に乗っていた魔法少女が、ゆらりと身を起こした。

リップルの右半身は、既に苔に覆われていた。

遺跡内部では、普通の魔法少女ではまともに活動することもできない。スノーホワイトのようなまともではない身体をもっていてさえ、ギリギリ生きて帰ることができるかどうかというところだ。

手遅れだ。リップルはもう助からない。重傷の魔法少女と一緒に飛んできた死にかけの魔法少女は、両手を掴まれてガラ空きとなっていたフレデリカの喉にクナイを突き立てた。

さっきとまったく同じだ。そんなことでフレデリカは死にはしない。

「がっ……ぐっ……」

だが、打ち込まれたクナイが、フレデリカの喉に種を留まらせていた。先に進まない。ダムのように堰き止められている。

その時、フレデリカのうなじに、柔らかなものが触れた。混乱していたフレデリカは、不思議と冷静にそれがなにかを理解していた。

スノーホワイトだ。

リップルが何をするつもりなのか、心の声を聞いたスノーホワイトが、テティのミトンを自分の手にはめ、後ろからフレデリカの首を掴んだ。

テティのミトンならば種を破壊できる。フレデリカの首諸共に潰してしまえる。スノーホワイトの手に力がこもった。情け、容赦、手加減、なにもない。全力で殺しにかかる。まさに「魔法少女狩り」だ。

——ああ。

骨が砕け、肉が潰れ、光が溢れた。フレデリカはなにも考えることができなくなった。

◇スノーホワイト

フレデリカの喉が潰れ、そして光った。種が砕けたということに気付くまで瞬き半分ほどの時間もなかったはずだが、気付いた時にはもう光の中に飲み込まれようとしていた。

「犬には犬の……狼には……狼の……流儀がある」

カナがかすれた声で呟き、微笑み、そして光に向かって跳びかかった。

カナが光を抑えつけようとしている。肉体を焼かれながら呪文を唱え始めた。彼女の心の声が聞こえてくる。この場にいる皆を守ろうとしてくれている。

スノーホワイトには逃げる力も残されていない。動くことができない。

リップルの口が動いた。なにかをいおうとした、というのはわかった。リップルだからきっとお詫びではないかと思えた。むしろこちらが御礼をいわなければいけない立場なのに、とスノーホワイトは笑った。

リップルはもう声を出すことができない。目はスノーホワイトの方を見ていない。眼球が緑色に染まっている。苔は全身に広がっていた。まだ生きている。だが、もう手遅れだ。

光が奔流となって広がっていく。

スノーホワイトはリップルに別れを告げる気はなかった。死を覚悟で特攻してそのまま死ぬだなんてリップルにはやってほしくない。彼女は死ぬ気でカナと一緒にやってきた。フレデリカと刺し違える覚悟があった。それでも駄目だ。彼女の覚悟に泥を塗ったとしても生き延びてもらう。自分のために誰かが死ぬなんて、それもよりによってリップルが死

ぬなんて、絶対に嫌だった。

カナの声が聞こえる。スノーホワイトは祈った。リップルを助けてください。

どこからか、ひら、と可愛らしい花弁がスノーホワイトの手の甲に落ちた。誰かの声が聞こえた気がした。スノーホワイトは目を瞑った。全てが光に包まれていく。

最終章　その先へ。

◇マナ

三ヶ月前に起こった梅見崎中学襲撃事件をきっかけに魔法少女学級内で保全されていた遺跡の詳細が明かされ、「魔法の国」の支配者層は上を下への大騒ぎになった。ただマナのような下々は騒ぎというほどでもなかった。上層部は積極的に実情を明かそうとはせず、精々が噂話程度の情報しかない。一般魔法使いにとっては三賢人の現身など雲の上の存在、一目も見ずに生涯を終えることも珍しくない。

そもそも三賢人に抜けがあるなどよくあること、どうせまた復活するのだろうとのんびり構えている者が四割、三賢人はいったいどうなってしまったのか、噂ばかりでなにも公表されないのはなぜなのかと不安に感じている者が四割、その他二割、といったところだろうか。

本来ならマナも大騒ぎから遠い人種のはずだったが、事件に直接関り、知らなくていい事実を山と知ってしまったせいでやらなければならないことが無駄に増えた。忙しさ極まる一ヶ月が瞬く間に通り過ぎ、そして今はサタボーンの島にいる。

忙しい中なぜこのように辺鄙な島へ来たかといえば、島の植物と融合してしまったとある魔法少女の分離作業が本日行われるからだ。島の中に根を張り周囲の力を吸い上げて「灰色の果実」を実らせるという仕組みは、「魔法の国」から力を吸い上げて種を生み出すという遺跡の構造と酷似していた。分離計画に携わっていたラギは、一応オスク派の幹部待遇であるという地位を活かして遺跡のシステムについて事細かく調べ上げ、そこから逆算して植物と結合してしまった魔法少女、7753を救うための術式を組み上げることに成功した――らしい。

なんらかの方法で遺跡について知ったサタボーンが模倣したのか、それとも偶然似通ったシステムを構築してしまったのか、残された資料からはわからない。ラギ曰く「天才というものは神から着想を賜ることがあるという。始まりの魔法使いがサタボーンに天啓を与えたとしても不思議ではない」とのことだが、マナにはよくわからなかった。とりあえず友人を救うことができるのなら有難いことではある。

7753が収まっていた木の周辺には見た事のない機材がそこかしこに積まれていた。協力を申し出てきた「実験場」提供の救出用設備だ。それだけではなく白衣の魔法使い達が大勢詰めかけてきた。総じて胡散臭いが、僅かばかりのマナの私財では費用を賄うことなど到底できず、そこにラギの手持ちや管理部門の金庫を足してもまだ足りないのだから仕方ない。マナの知る「実験場」の魔法使いは広くなった額を叩いて「お詫びみたいなもんだからよぉ」とにやついていたが、信じられる言葉ではなかった。だが信じられるもの以外も今は利用しなければならない。「正しいもの以外は絶対に認めない」という頑固爺のラギが、長年曲げなかった信念を曲げてまでやってくれているのだからマナに口を出す権利はない。

「大丈夫でしょうか……本当に大丈夫ですかね」

「安全面には最大限配慮しているそうだから心配するな」

「その言い回し、安全ではないように聞こえるのですが」

以前の半分ほどの大きさになったテプセケメイが魔法の宝石が詰まった袋を抱えて飛んでいき、ラギが声を張り上げ指示を出す。マナは慣れない手つきでケーブルを繋いだ。魔法使い達の声が高くなる。詠唱が重なっていく。蒸気が噴き上がった。周囲が光で満たされていき、次第に詠唱の声が小さくなり、光は薄らぎ、蒸気が消えていく。

誰かが感嘆の声をあげた。植物から蔓が伸び、巨大な灰色の実が生っている。マナの知る灰色の実の数十倍は大きい。その実がぴくりと震え、表皮が割れて果汁が零れた。破れ目は徐々に大きくなり、そこから手が出てがばっと割った。

中から現れた魔法少女は果汁に塗れていた。咳き込み、帽子とゴーグルが揺れる。

マナは茫然と彼女の姿を見ていた。７７５３に似ているが本来の７７５３そのものではない。細部が違っている。なにより全身がきらきらと光り輝いている。ラギが唸り、実験場の魔法使い達がぼそぼそと囁き合う。

「あれは……」

「似ている……」

「現身……？」

涙ぐんでいる者、感極まったのかその場にしゃがみこんでいる者もいた。このままでは拝み出す者まで出かねない。

ギャラリーの反応とは無関係に魔法少女の咳き込みはいよいよ酷くなり、マナは慌てて駆け寄り大きなタオルで彼女を拭いた。魔法少女はマナを見上げて力ない笑顔を浮かべた。

「いやあ……今回ばかりは死ぬかと思いました」

情けない笑顔と死にそうな声は７７５３そのもので、マナはほっとしながらごしごしと頭を拭き、零れ落ちそうになった涙を誤魔化すため天井を見上げた。小さなテプセケメイが無表情でくるくると舞っていた。

ここまで多くの苦労があった。テプセケメイも嬉しいのだろう。彼女によって生まれた苦労も少なくはなかったが、今それについて云々するのは無粋が過ぎる。

そういえばもう一人、苦労を生み出す魔法少女がいた。うるる。元プク派の魔法少女。

マナの中ではテプセケメイの同類として扱われている。一時は毎日のように顔を合わせていたが、事件からこっち全く姿を見ていない。どこかで誰かに迷惑をかけていないといいが、と考え、力任せに頭を拭かれた７７５３がぐうと呻いた。

◇うるる

紙の輪で連ねて作った飾り、ぬいぐるみ、フィギュアの並ぶ棚、今期のアニメのポスター、十年前のアニメのポスター、二十年前のアニメのポスター、それら「らしい」グッズが並ぶ中で詳細不明のキャラクターに仮想した少女達がお茶会を楽しんでいる。

ここはコスプレという設定で変身した魔法少女達が集まるカフェ、マジマジカルカル。魔法少女が変身したままお茶会できることで有名なカフェだ。うるるが変身したままケーキを食べていても怒られることはない。そして今うるるの前に座る魔法少女はうるる以上に溶け込んでいた。五分に一度くらいのペースで「一緒に写真撮ってもいいですか？」と尋ねてくる人間だったり魔法少女だったりがいて面倒くさい。

「それで」

五度目の撮影希望が終わるのを待ち、うるるはフォークを皿の上に置いた。陶器と金属のぶつかる音が鬱陶しい。

「あんたはどうしてスノーホワイトをストーキングしてたの」

撮影を終えたばかりの魔法少女「ダークキューティー」は心外そうな顔でうるるを見返した。

「ストーキングではない」

「じゃあなにさ」

「諜報活動だ」

「はあ?」

「スノーホワイトとの決戦は間近いと踏んでいた。血の予感があった。外れることはない。ならば決戦に備えなければならない。それが主人公への礼儀というものだ」

うるるは後悔していた。呼び出したこと、質問したこと、うるるの財布から出したわけではないとはいえお茶に誘ってしまったこと、全てを後悔した。常識の外に住んでいる魔法少女にものを尋ねたところで常識の外の答えが返ってくるだけだ。意味がないことに無駄な時間を使ってしまった。

「次はこちらの番だ」

「はあ? なに?」

「なぜスノーホワイトを手伝っている?」

「スノーホワイト一人じゃ大変でしょ。うるるは気合入れてやってそれで終わりにするほど無責任じゃないから」

妹達のような「誰かの犠牲になる魔法少女」はもうごめんだった。スノーホワイトなら魔法少女が使い捨てにされない世界を作ってくれるかもしれない、と思ってうるるは手伝っていた。だけどそんな気恥ずかしいことはスノーホワイト本人にも——魔法で心の声を聞かれていたとしても——いえなかったし、ましてや頭のおかしい魔法少女に話したくはない。

「もう一つ」

「なにさ。うるるからは一つしか質問してないし、まともな答えじゃなかったし、こんなの取引とかそういうのじゃないでしょ。ずるいからね」

「私はお前の妹を殺した」

ぐちゃぐちゃと考え事をしていたうるるの頭が音を立てずに片付けられた。中身がシンプルになった。ダークキューティーは宇宙美(そらみ)を殺した。知っている。見ていた。

「……それで？」

「仇を討とうとは思わないのか」

「思うよ。今じゃないけどね」

「そうか。いつになるかはわからないが楽しみにしている」

うるるは手を挙げて立ち上がり「チョコケーキおかわり！」と店員に告げ、座った。ダークキューティーは足を組み替え、メニューを指差した。

「この店にはチョコケーキなどない」

「あるじゃん。今うるる食べてたでしょ」

「それは『クリーム国のプリンセスショコラ』だ。名前は大事だ。正確に呼ぶべきだ」

「ああもううっさいわかんなことばっかりいって。あっそうだ。うるるは二つ教えたけどそっち一つしか教えてないでしょ。じゃあうるるもう一個追加するからね」

「なんだ」

「お前は放っておくと危ないから情報共有するからね。ＭＩＮＥのアドレス教えなさい」

ダークキューティーはうるるの顔を見返し、すいと目を逸らした。なにを見ているのかと思えば壁に貼ってあるキューティーヒーラーのポスターを見ていた。

◇サリー・レイヴン

魔法少女学級では楽しいことはたくさんあった。しかし最後の最後、終わってみれば、悲しいことになってしまった。こうなってしまえばもうどうしようもない。楽しいことを思い出しても、最後は悲しいことだったで終わってしまう。

本物のダークキューティーと協力して戦い、全てをぶつけて敵を倒したことは一生の思い出になったかもしれないが、サリーが戦いに熱中している間にクラスメイト達は命を落とし、魔法少女学級はなくなり、生き残った魔法少女達も散り散りになってしまった。プシュケとの約束を守ることもできなかった。生きていれば嵐のような悪口雑言を聞かされただろうに、今はそれもない。

そもそも自分は活躍をしたといえるのだろうか。助けられてばかりだった気がする。最終的には明確に庇われていた。

キューティーヒーラーになることは人生の目標だった。魔法少女学級に行ったのもキャリアアップのため、そこで上手くやっていこうというのもクラスメイトと仲良くしようというのも皆に仲良くなってほしいというのもレクリエーションで活躍したいというのも放課後に寄り道をして美味しいものを食べたいというのも学園祭でラーメン屋を千客万来にしてみたいというのも全てはキューティーヒーラーのためだったはずなのに、終わってしまえばそうとは思えない。

ライトニングに振り回されたり、ランユウィを慰めたり、出ィ子と「お互い大変だね」と目で通じ合い頷いてみせたり、プシュケから溢れ出す悪口を右から左へ受け流したり、一つ一つが将来のためとかキューティーヒーラーになるためだったとは思えず、山でホムンクルスの群れに襲われたというとんでもない思い出も、けっこう悪くない大冒険だったなと思うことができている。

魔法少女学級はもう閉鎖された。こっそりと生徒達に生体改造をしていたという校長は無法者の襲撃で命を落とし、なんだかとんでもないことになったという遺跡は封鎖されてしまっている。もう二度と同じ場所に若い魔法少女達が集められることはない。

魔法少女学級は終わった。なくなった。一月くらいは思い出すだけで泣いていた。今はダークキューティーにいわれたことを思い出し、主人公なら泣いてばかりいてどうすると自分を奮い立たせるくらいはできるようになった。

そんな時、仕事の話が舞い込んだ。

卒業後はキューティーヒーラーという話は魔法少女学級の閉鎖により終わり、また一候補生として積み上げていかなければと決意を新たにした矢先、アニメの仕事に誘われた。残念ながら、サリーとしては心底残念ながらキューティーヒーラーではなかった。それどころか「打倒キューティーヒーラーシリーズ」を目指して立案された魔法少女アニメ、とりあえず一クールだがうまくいけばシリーズ化、という新番組企画だった。

以前のサリーであればとんでもない話だと秒で蹴った。だが今のサリーは考えてしまう。キューティーヒーラーを信じ、キューティーヒーラーに縋り、キューティーヒーラーのみを正義とする魔法少女でいいのか、と。

キューティーヒーラーはあまりにも大きい。打ち負かすなどできるわけがない。もしそれができるとするならいったいどんなことをするのか。とりあえず話だけ聞き、納得できないようなら断ればいい、そう考えて約束の日時に本部の第三会議室へ向かった。

当日、素晴らしい素質の持ち主を見つけた、彼女の美貌は何ものにも代え難いと紹介された人物――アニメ化されればサリーの相棒になる――はサリーの知る魔法少女だった。美辞麗句を並べ立てるプロデューサーは一旦無視し、サリーは彼女に話しかけた。

「えっと……なんで？」

「なんでって、道を歩いていたら呼び止められたの。ナンパかと思ったらそうじゃないらしくて。この後会食もあるんでしょう？　すき焼きとお寿司と焼肉とふかひれスープだっていってたけど、本当かしら。一度に全部食べられるお店なんてあるの？」

その後、おまけのように「サリーも元気そうでよかった」と付け足し、プリンセス・ライトニングはクッキー五枚を重ねて口へ運んだ。

大勢いたライトニングの一人、ではない。サリーの知るライトニングだ。素っ頓狂なことばかりいって班員を困らせ、容姿と態度で心を惑わす、三班班長にして魔法少女学級の問題児、プリンセス・ライトニングだ。

サリーは彼女にいいたいことがあった。あったはずだが、言葉が出てこなかった。プリンセス・ライトニングは学級にいた時と同じようにクッキーを貪り、それがまるで当然であるかのように落ち着いた佇まいでティーカップを傾けた。

ライトニングはわかりにくい魔法少女である。それはもう魔法少女学級に通っていた間も一貫してわかり難かった。しかし、だからこそサリーは彼女の考えを読もうと努力してきた。今日の彼女は比較的わかりやすい。食事のため、そしてサリーに会うため来ている。アニメはついでだ。恐らく食べるだけ食べて仕事を受ける気はない。

サリーも半分以上、七分くらいは断るつもりだった。打倒キューティーヒーラーというフレーズにはどうしても反発を覚えた。だがライトニングの唇を見て、反射的に近寄り、彼女の肩を掴んでいた。

「やろう！　一緒に！」

ライトニングは涼しい顔でサリーを見返し、特に返事はなくまたクッキーをぱくついた。

プロデューサーはサリーの態度を見て大いに喜んでいた。この人が当てになるかどうかはまだわからない。ライトニングをきちんと説得できるなら誰か、と考え、脳裏によぎったのはラッピー・ティップの顔だった。彼女は人事部門に推薦されていたと誰かがいっていた気がした。人事といえばどこよりも耳が早いことで知られているし、情報通ならライトニングのことも詳しく知っている、かもしれない。

◇ラッピー・ティップ

会議は終わった。参加者達はどやどやと部屋を出ていき、教室ほどの広さがある第二会議室には部門長のジューベと副部門長のパペタ、お茶係のラッピーだけが残された。

ラッピーのお茶係としての適性は高い。魔法のラップで保存することでいつでもすぐに淹れたてのお茶を提供することができる。焼き菓子が湿気ることもないし、生菓子を腐らせてしまうこともない。純粋なお茶係だけではなく、ホワイトボードへの板書や資料の配布といった雑用もそつなくこなす。会議に一人いればとても便利だ。

なのでずっと会議専属で使ってほしいが、残念ながらお茶係以外もそつなくこなしてしまうために様々な仕事、特に危険な仕事に駆り出されることになる。

今は部門長と副部門長の話を横に立って聞いている。

「7753の分離が成功したそうだ」

「まだ人事に籍があったはずですね」

「なんでも面白い蘇り方をしたらしい。『実験場』の方で随分ちやほやされているそうだ。組織の外からも人が集まっているとか」

「なんでまた」

「新たな現身とか蘇った現身とか色々いわれてひれ伏したり拝んだりしている魔法使いもいるらしい。『魔法の国』に新たな宗教が生まれるのかもしれないね」

「それは気の毒……大変なことで……しかし、まあ、そういうことなら余計に『実験場』が手放してくれないんじゃないですか？　悪用できそうだし」

「それは困る」

「まあ……困る……かな？」

「困るんだ。できればこちらで引き取りたい。本人に人事を続ける気がないにしても辞表なりなんなり提出してもらわなければね。なにせ慣例だから」

「ははあ。それを拠り所にしていくと。『実験場』から掻っ攫うってなるとけっこう骨じゃないですか。私は嫌ですからね」

「頼んでもないのに先を読んで断るのはいかがなものか。そもそも君に頼もうとは思っていないのに」

「そうなんです？」

「そうだよ。『実験場』だけじゃない。監査部門の捜査員が７７５３を違法な実験に利用されないよう身柄を確保していると聞くし、分離の主導は管理部門だったそうだ。あそこの爺さん……失礼、ラギ師は絵に描いたような頑固爺……えへん、固い信念を持っている方と聞くし、君はそういう老人が苦手じゃないか。今回は単なる荒事ではないコミュニケーション能力が必要な任務になる」

「はいはいコミュ障で悪うございましたね。で、誰に行かせるんですか」

　ジューベの首から上が三十度右方向へ回り、ラッピーを見た。どうせこうなるだろうということを予想していたラッピーは別に驚くこともなかった。

「ラッピー」
「はい」
「君をラズリーヌ一味から解放してもらうために少なからぬ時間と金銭を必要とした」
「はい」
「行ってくれるね」
「はい」

いわれたこと全てに頷きながら既に頭は新しい仕事へ向かっていた。正確には頭の働きのうち八割くらいは新しい仕事に向かっていた。二割は過去の仕事を思い出していた。最近はこれでも割合が減ってきた方だ。一ヶ月前まではなにをしても五割は思い出していた。

魔法少女学級では大変な思いばかりだった。明るく楽しい魔法少女を演じながらも心の中では必死だった。なにが悲しくてこの年齢で中学生に混ざって中学生のふりをしなければならないんだと思いながらも、上役に逆らうわけにはいかなかった。

やがて演じながらも楽しみも見出し、本当の中学生のように学校へ通い、そして、魔法少女学級はなくなった。

命があるだけマシと考えることもできる。騒動の中で死んだクラスメイトの方が生き残った者よりも多かった。しかし逆に考えることもできる。ラッピーがもう少し頑張れば、さっさと連行されず「私も手伝うから残してください」くらいいえていれば、もう何人か助かっていたかもしれない。もしもを使うのは職業魔法少女失格で、自分が死ぬかもしれない状況に飛び込んでいたらなんて考えるのも同じくらい失格だ。それでも考えずにはいられなかったのは、きっと中学生達が楽しい奴等だったからだろう。いなくなったあいつはいいやつだった、で終わらせなければならないのは人事部門職員の鉄則だ。今はもういない者のことをいつまでも考えていれば、次にいなくなるのは自分自身になる。ラッピーは最後に生き残った仲間達のことを――ミス・リールは今も優しそうに微笑むことができているだろうか――考え、二割だった思い出を一割まで減らした。

◇カルコロ

かつて管理部門には部屋が一つしかなかった。今の管理部門には部屋が四つある。建て増しは部門長が魔法によって行ったため費用はかかっていない。二人の魔法少女、カルコロとミス・リールは増えた部屋のうち一室、物置として使われている部屋の中で立ち話をしていた。

「そう、そうなんです。場所を変えて今度こそ清く正しく魔法少女学級をやろうという話がありまして」

「清く正しくですか」

「言葉だけで終わらせるつもりはないみたいですよ。色んな所から専門家を寄せ集めて監視機関を作るという話ですから。小さな不正一つでも許さない、と」

「それは良いことですねえ」

「それで一つ……そのう、お願いしたいことが」

「はい？」

「私はですね、つい先日まで当局に拘束されていた身でして」

「大変でしたねえ」

ハルナの腹心として調査すらなく処分まであったはずだが、どこかから働きかけでもあったのか、きちんとした調査と事実に基づく報告によりカルコロは放免された。それでも解き放たれるまで三ヶ月を要し、その後も管理部門長預かりという身分で自由に出歩くことは許されていない。だけでなく、どこかの密偵に見張られているらしい。カルコロ自身は全く気付いていないが、ラッピーの上司であるという人事部門の部門長が彼女経由で助言してくれた。

「今でもマークされている存在なんです」

「先生は悪くなかったのに」

「そういっていただけると有難いのですが、まあ、有能だったかというと疑問符が付くというか……少なくとも事件を未然に防ぐことはできませんでしたし」

「誰であっても未然に防ぐのは難しかったでしょう」

「いや……ええ、でですね。まあそういう微妙な存在であるわけで、まさかそういう話が来るとは思っていなかったんですが……新しい魔法少女学級で副担任をやってくれないかという話をいただきまして」

「それはいいですね」

「いいです……かねえ？」

「いいですよ。前回は……あんなことになってしまいましたけど、でも先生だってやりたいことはあったんでしょう？」

教師としてのカルコロは無気力そのものだった。ミス・リールだってそれは知っているはずなのに、微笑みを浮かべて心から励ましてくれる。

「やりたいこと……ですか」

どうにかして断りたかった。魔法少女学級というものにもう関わりたくなかった。トラウマにならないわけがない。普通の魔法使いなら年単位で寝込む。心が弱ければ一生涯外に出ない。魔法少女だからこうして仕事中に立ち話くらいできるようになったが、事件直後はなにも見たくないなにも信じたくないという状態だった。

「やりたいことは……まあ、あったかもしれませんが」

「ええ」

「でもそれ以上に大変で……皆さんに迷惑を……テティさんにはいつも面倒をかけてしまって……本当に」

カルコロが面倒を避けるから級長のテティに負担がかかってたのかもしれない。彼女はいつも大変そうで、クラスメイト達の間を走り回り、でも、今思えば、不思議と楽しそうだったような気がする。思い出が美化されているのだろうか。

ミス・リールに魔法少女学級の話をしたのは励ましてもらいたいからではない。彼女を通して管理部門長に口利きしてもらい、上手い具合に断るかなかったことにできればと考えていたからだ。なのに、勧められている。そしてミス・リールの微笑みを見ているとなんとなくやれそうな気がしてしまう。

「不思議な……」

「はい？」

「いえ、なんでも……」

扉が音を立てて開いた。引き戸が跳ね返った勢いで半分ほど閉まり、開けた人物が手を当ててもう一度開いた。そこには管理部門長、ラギ・ヴェ・ネントが立っていた。怒りで表情を歪め、顔を赤くし、心なしかヒゲまで逆立っている気がした。

「いつまで無駄話をしているか！　本を三冊持ってくるだけでどうしてそこまで時間がかかる！」

カルコロは慌てて頭を下げ、申し訳ありませんと詫びた。恐る恐る頭を上げてラギの顔を見ると、まだ怒っているようだったが、背後でラギの真似をしているらしいテプセケメイが視界に入り、思わず吹き出し、より一層怒られることになった。

◇０・ルールー

戻ることはできなかった。というより戻れたものではなかった。他の魔法少女達とは違い、ルールーだけが組織の意に反して行動していた。直接の原因ではないにせよ、師匠が命を落とした場所——魔法少女学級に、許可なく居たのだ。

戻れるものではない。元々居場所があったかも微妙な所だ。少なくともへらへら笑いながらなんとなく戻ろうという気にはなれなかった。

別に偉くなったわけではない。意識が高くなったわけでもない。そういうことをするのは恥ずかしいと思うようになっただけだ。ルールーは恥ずかしいから戻らない。それでいい、と自分では納得している。

しかし世の中は後ろ盾のない魔法少女がなにもせず生きていけるようにはできていない。万事金の世、稼ぎのない者は人間であれ魔法少女であれ生きていく資格がないのだ。自分を鍛えるために放浪しよう、と思っても、それが通るわけではない。

「おおおおおおおおお！」

ルールルーは叫び、跳んだ。背中の側を炎の刃が通り抜け、あわやというところでなんとか回避することができた。着地、そのまま土埃をたてて荒れ地を走る。ちらと背中の方を確認すると火が燻っていたので慌てて叩き消す。完全に避けることはできていなかった。

炎の刃が、今度は三つ飛んできた。ルールルーは叫び、滑り、転がり、走り回り、またもやギリギリで回避した。障害物のない荒野のただ中で避け続けることには無理がある。背中を見れば、また燻っていたので叩き消す。

「おい！　こっち！　こっち！」

声のする方を見ると地面に穴が開いていた。嫌も応もなくそちらへ滑り込む。炎の刃を今度こそ紙一重で回避、穴の中に転がり落ち、尻から着地、さすりながら横穴を進み、ワンルームくらいあるやや広い空間に出た。

そこで二人の魔法少女が待っていた。山伏風のコスチュームの魔法少女が錫杖をしゃらんと鳴らし、石突きで地面を突いた。

「おい、どういうことだよこれ」

ルールルーは曖昧な笑顔を浮かべて首を傾げた。

「いやあ……不意打ち受けましたねえ」

「不意打ち受けましたじゃねえだろコラ！」

「あのねえ」

複数の尻尾を生やした狐モチーフの魔法少女が笑っているようで全く笑っていない冷ややかな目でルールーを見た。

「幸運を招く力があるっていうから雇ったんだけどねえ」

「いやあ、それは……最悪の不運は免れたんですよ。本来なら死人が出てるところだったけど逃げることができたっていう感じで」

「言い訳はそれで終わり？」

「いやいや！　次は！　次こそは！」

傭兵稼業は大変だ。今度はミス・リールにも来てもらおう、そう思った。そうすればルールーの魔法はもっと素晴らしい力を発揮する。

◇メピス・フェレス

「実験場」と呼ばれる施設がどれほど恐ろしい場所なのかという話は近衛隊で先輩から聞かされた。やらかした魔法少女の終着駅、公的施設にも関わらず法と倫理から切り離された場所、楽に死ねるならまだマシ、その他様々な噂話を聞いたがその時は恐ろしいと思わなかった。自分とはあまりにもかけ離れた場所としか思えなかったからだ。

恐らく「実験場」に連れていかれるといわれたならメピスといえどみっともなく怯えてしまったかもしれない。しかし実際には連れていった先で数日後に「そういやこの病院ってなんなんだ？」と尋ねてみたら「実験場」ということを教えられ「気が付けばそこにいるというのは逆に怖さを感じるものだ」と感じ入った。

陰でどんなことをしているのかわからない「実験場」は、少なくともメピスにとっては退屈な大病院だった。毎日毎日よくわからない検査で血だったり髪の毛だったり皮膚の切れ端だったりを持っていかれ、食事は味気なくまさに病院食だ。

クラスメイト達は目にしない。幸いスマホを取り上げられることはなかったため、ミス・リールやラッピーとMINEで連絡を取り合ったりくらいはできている。それとドリィだけはたまに顔を見せる。

メピスは身体を勝手に作り変えられてしまった。精神も操られた。いかれたエルフこと校長が死んだため精神の方はなんとかなかったが、肉体の方は難しいらしい。このままでは寿命も短い。生き急ぐのはヤンキー漫画の鉄則だが、勝手に人体改造されて寿命が縮みましたではSF漫画だ。

「実験場」が慈善事業で治療してくれるわけがない。知らない間に被験者になっていたということも有り得る。ただ聞き取り難いドリィの話によればそこまで無茶はしないのだという。カスパ派からの預かり物ということでお客様待遇らしいし、偉い人が何日かおきにチェックしているのだそうだ。

カナの友達とでも思われているのか。それともカナの世話を焼いていたから恩返しかなにかなのか。あの時のことを思えばそんな時間は全然なかった。まさかカナが「メピスを丁寧に扱うように」と言い含めていたとは思えない。

暇な人間は余計なことを考えるようになる。メピスは病院の天井を見上げながらあの日のことばかりを考えていた。テティは倒れた後もメピスを助けてくれた。薄れゆく記憶の中でカナになにかを話された気もする。彼女もたぶん助けてくれた。クミクミとリリアンはとんでもないことになってしまった後も助けてくれた。スノーホワイトがいなければメピスは生きていなかっただろう。そしてアーデルハイトはメピスのいない所で戦い抜いて死んでしまった。

遺跡の奥までメピス達を助けに来てくれたのはドリィとその仲間だと聞いている。活性化が解除されたからとかいっていたが、だからといってあんな所に入ってきてくれるとは何度お礼をいっても足りはしない。ラッピーとミス・リールも、きっと自分達だって辛く苦しいはずなのに、なにかとメピスをフォローしてくれようとする。ドリィが顔を出しているのも本人なりに気を遣ってくれているのだろう。この前はミス・リールから連絡先を聞いたらしいカルコロからの電話があった。ひたすらに謝罪していた。

助け出されてから数日間はずっと苦しんでいた。その後はぽっかりと穴が開いたようだった。人を助けられる魔法少女になりたかった。テティに助けられるような自分になりたくないと癇癪を起こし、結局皆に助けられてメピスが生き残った。テティにいってやりたいことも、テティがいいたかったであろうことも、もう聞けない。

　他のクラスメイト達も生きたかったに決まっていた。出ィ子も、ランユウィも、プシュケも、夢があって、やりたいことがあって、魔法少女学級に入ってきたはずだ。

　なにかしなければならないという奇妙な使命感はあったが、だからといってなにかをするだけの気力が湧かず、メピスは差し入れの漫画を読んだ。好きなジャンルも、そうでないジャンルも、余さず読んだ。リリアンなら好きそうな恋愛もの、アーデルハイト好みの王道少年漫画、クミクミの好きな異世界転生ファンタジー、カナに勧めたヤンキー漫画、読む漫画全てが思い出に繋がっている。なんなら繋がっていない漫画であっても「これはあいつが好きそうだ」「あいつなら怒り出すかもしれない」と考えてしまう。

　ライトニングがグルメ漫画を好むというのは安直だろうか。サリーがキューティーヒーラーのコミカライズを読むのは鉄板だ。テティならきっと魔法少女ものを読んで勉強になるといったりするだろう。

　読んでいた漫画雑誌を枕元に置き、溜息を吐いた。この漫画が面白かった、この漫画ならきっとお前の好みだ、そんな話をすることはもうない。カナに勧めたい漫画だけでも抱えきれないほどあったのに、もうできない。

もう一つ溜息を吐き、ベッドの上で寝返りを打った。椅子に座り、こちらをじっと見ているドリィと目があった。正確にはメピスではなく漫画雑誌に目を向けている。

「なんだよ？　読むか？　え？　読み方わからん？　お前そんなことじゃダメだろ、ちょっとここ座れ。今から教えてやるから。漫画読めない人生なんてきっと味気ないって」

◇

白い魔法少女、黒い魔法少女、二人の魔法少女が屋根の上を並んで疾走していた。屋根瓦を蹴り飛ばし、トタン屋根を吹き飛ばし、二人の魔法少女は速度を一切落とすことなく走り続けた。

白い魔法少女はちらりと後ろに目を向け、表情を歪め、また前を見た。黒い魔法少女は並走する相棒を横目で見て心配そうに尋ねた。

「まだいる？」

「いるよ。まだいる」

白い魔法少女に負けず劣らず黒い魔法少女も表情を歪めた。

「どうする？」

「このままじゃダメ。下から行こう」

「別方向で？」

「いや……下手に別れない方がいいよ。戦力減らしたらそれこそ」

そこから先は潰れたカエルのような叫びで言葉にはなっていなかった。背後から投げつけられた屋根瓦が後頭部に直撃、砕けて粉になり、白い魔法少女は屋根を破壊しながら転がってそのまま下に落ちた。黒い魔法少女は振り返りながら速度を殺して迎撃、屋根瓦を弾くも続けて飛んできた数枚、数十枚の屋根瓦を防ぐことができず、乱打され、こちらも下に転がり落ちた。

二人の魔法少女が呻く中、彼女達の目前に赤い魔法少女が降り立った。薙刀のような、槍のような武器を突き付け、

「ノワール・ミー。ブラン・キー。魔法少女相手の架空料金請求詐欺、それに絡んだ脅迫、恐喝、暴行、諸々の容疑で」

最後まで言い切る前に、黒い魔法少女――ノワール・ミーが、彼女のコスチュームと同じく黒い刀身のナイフを投げた。タイミング、速度、起こりの無さ、全てが申し分のない一投だったが、赤い魔法少女はあっさりと指で挟み止め、くるりと刃を返し、持ち主に向けて投げ返した。露出した肩にナイフが突き刺さり、鮮やかな赤色の血が噴き出す。

白い魔法少女――ブラン・キーは慌てて両手を挙げて抵抗の意志がないことを示した。

「ギブ！　ギブギブ！　参りました！　降参します」

「武装解除を」

「します！　します！　痛い目を見るのはごめんです！」

肩を押さえて呻いている相棒の分まで武器を投げ捨て、怯える子犬のような目で赤い魔法少女を見上げた。

「どうか、どうかご容赦を」

「……容赦もなにも、抵抗しなければ別に……」

「いや、魔法少女狩りは抵抗しない相手もボッコボコにするって……あっいや噂です噂。すいませんすいません」

内心溜息を吐いた。根も葉もない噂で恐ろしい虚像ばかりが無暗と大きくなり、穏やかではないあだ名がついて回るのは以前と全く変わらない。溜息を吐く赤い魔法少女に、笑い混じりでリップルが話しかけた。

――戦う前から降伏してくれるなら悪くない。

目の前の二人には聞こえないよう、小さな声で言葉を返す。

「でも魔法少女狩りはやめてほしいな」

――気持ちはわかるけど……でも定着しちゃってるから。

「もうちょっとかわいいあだ名を自分で広めることってできないかな」

――バレた時に大恥かくからやめた方がいいと思う。

　そこまで話してからブラン・キーに目を落とした。別にそんなことはないのだが、心の中で会話をしているとぼんやり油断しているように見られるがちだ。案の定、彼女は慌てて首を横に振った。

「とんでもない！　油断してるところをぐさりなんて全然！　めっそうも！」

「……自白していませんか？」

「いやいやいや！　全然！　誓って潔白です！　魔法少女狩りのスノーホワイトの前で……あっいや今は違う名前で……ええと、スノー……」

「スノーブラッド」

「そうそう！　スノーブラッド相手にそんな大それた真似ができるわけが！」

　ひたすらに無害だとアピールするブラン・キーは最早滑稽でさえあった。肩を押さえながら相棒を見るノワール・ミーの目も温度が低い。

　スノーホワイトは誰にも聞こえない声で呟いた。

「こんな小悪党ばかりなら楽なんだけど」

　──もっと面倒なヤツの相手もしないといけない。

「面倒か……そうだね」

　スノーホワイトはリップルを助けることができた。もう死ぬ以外にないはずだった、当人も死ぬ気でしかなかったリップルに自分の肉体を与えることで融合し、二人で一人の魔法少女「スノーブラッド」になった。憑融の身体能力はそのままに、百発百中の投擲と心の声を聞く魔法で今まで以上に捜査員として活動できている。

遺跡の最深部でなにが起こったのかはわからない。ただ意思を感じた、そんな気がした。リップルとスノーホワイトを助けようとしてくれる意思だ。それに包み込むようなエネルギーを感じた。遺跡の力が弱まり、ドリィが助けにきてくれた時には、息も絶え絶えのメピスと、知らない赤い魔法少女だけが転がっていたのだという。

「だけどこれで終わりじゃない」

——ああ。

「魔法の国」は三賢人の時代を終え、次の段階へ移ろうとしている。それがいい方へ進むか、悪い方へ転がるか、まだなにもわからない。これ以上はないくらいに働き、己を犠牲にし、それでもまだやらなければならないことがあるというのは苦しいことかもしれないけれど、でもそれ以上に「まだマシだ」と思えることでもある。忙しいのが嬉しいだなんてとんでもない話だと魔梨華は嫌な顔をするが、彼女は彼女で学校の仕事が忙しいことを嬉しく思っているのを知っている。

自分は次の段階に移ろうとしているのだろうか。姿が変わっても今までとやることはそんなに変わっていない。変わっていないのに、なぜだろう、以前ほど辛くはなくなっている自分がいる。

これまで出会ってきた、そして別れてきた魔法少女達は、ずっと背中を押してくれている。彼女達に恥ずかしくない魔法少女になりたい。それにはまだ足りていない。本当に必要なものがなんであるかさえわかっていないのかもしれない。意地だけで突っ張っているのかもしれない。それでも――

「わたしはずっと……」

――うん？

「……夢を見続けてた」

――うん。

「ここから先も夢を見る」

――うん。

「最後の最後まで夢を見続けていられたら勝ち……そう思わない？」

――……かもしれない。

リップルの声は、小さく、けれどとても優しかった。会話をすることはできるが心の声は聞こえない。自分自身の心の声が聞こえないのと同じだ。今は、その「聞こえない」ということが、なにより嬉しく、有難かった。

悩み続ける。答えが出ないことを受け入れる。自分の理想とは程遠いことを理解した上で、それでも近付く努力をする。後悔する前にやる。後悔した後でもやる。リップルがいてくれるなら、きっと大丈夫だ。

◇三代目ラズリーヌ

ラズリーヌは速足で廊下を進んだが、この洋館は外から見るより中が広く作られているため距離がある。咎める人もいないのだからと駆け足で廊下を走り、目的の部屋の扉を開けた。ここ、デリュージ達のアジトである洋館の一室、古い外観からは想像できないリノリウムの会議室には二人の魔法少女が座っていた。

一人は主であるプリンセス・デリュージ、もう一人は彼女の右腕アーク・アーリィだ。アーリィの傍らには持ち運び式の大砲が置かれ、腰には剣を提げている。デリュージは悪戯っぽい顔で壁の時計に目を向けた。

「五分の遅刻だね」

「ごめん遅れた。その、色々あって」

「新リーダーは苦労が多い？」

「やめてよその新リーダーっての」

魔法少女学級の事故でホムンクルスが暴走し、全ては「実験場」の責任になった。その後ハルナの校長のあれこれが発覚し、じゃああの事故もハルナがしたのではということになり「実験場」は汚名返上ができたらしいが、それはどうでもよかった。問題は多数の魔法少女型ホムンクルスだ。その中の一体に用事があった。

「実験場」と研究部門は不倶戴天の仲だ。普通に頼み込んで譲り受けるような間柄ではない。簡単に盗み出すことができるようなセキュリティでもない。手に入れるのは、それはもう本当に苦労させられた。どうなるかもわからない計画のためによくもまああそこまで頑張ったものだと自分を褒めてあげたい。

ラズリーヌの疲労を見てとったのか、アーリィが心配そうにキィキィと声をあげ、隣に座るデリュージは力なく微笑んだ。彼女もまた同じ苦労を味わっている。

「それでは二十二……二十三回目の報告会でしたっけ？」

ラズリーヌも腰掛け、折り畳み机で額を突き合わせての報告会が始まった。

シャドウゲールの作った謎の装置——旧型テレビに似ていた——はどこかのなにかと交信することができるようになっていた。途切れ途切れにぽん……ぽんと音が聞こえるもその意味は誰にもわからない。特に役立ったことはない。誰が触るでもなく机の隅に置かれている。

スノーホワイトはスノーブラッドと名を変えて活動を再開したという。

「スノーホワイト……」

デリュージは呟き、目を細めた。その仕草はかつてのオールド・ブルーを思わせたが、そんなことを伝えて喜ばれるわけはないのでラズリーヌは黙っていた。懐かしさと寂しさと恐ろしさを感じながらデリュージを見ていた。

スノーホワイト達を遺跡から助け出したのはアーリィだ。だが彼女達はアーリィの記憶を失くし、ドリィ単独に助けられたと思っている。アーリィは不本意らしかったが我慢してもらうしかない。アーリィだけでなく、デリュージのことも、キャサリンのことも、ブレンダのことも、ラズリーヌのことも、全て助けた時に記憶から抜き取った。彼女達にはもう必要のないことだからだ。一時期一緒にいたことを忘れてもらった方がこちらにとっても都合がよく、あちらにとっても安全だ。お互いのためになる。

ラズリーヌはかねてよりデリュージと「オールド・ブルー後」について話し合ってきた。マジマジカルカルからスタートした協議は、コンカフェ、カラオケ、会議室、サウナ、場所を変えて続き、計画の骨子を少しずつ固めていた。研究部門の成果、プフレの遺産、それらを合わせれば現行の魔法少女システムに大きな影響を与えることができる。場合によってはオールド・ブルーに対してクーデターを起こす、という選択肢さえあった。記憶を抜き差ししながら秘密裏に進めていたが、ひょっとしたら気付かれていたのではないか、と今になって思う。

オールド・ブルーにとっては大切な者でさえ駒でしかなかった。その大切な者の範囲には自分自身さえ含んでいた。ラピス・ラズリーヌという文化、情報、存在、コンセプト、その他様々な要素が受け継がれていけば、ラズリーヌがなくなることはない。そう考えていたのかもしれない。

プフレの遺産——情報、技術、コネクション、資産、その他諸々を吟味したデリュージは、あまりに込み入った複雑さに、自分一人では持て余すという結論に至った。同盟者であるラズリーヌが加わってもまだ足りない。だからこそ、ここから先が必要になる。ハルナから奪取した実在の魔法少女型ホムンクルスを作り出す技術、ラズリーヌが持っている記憶の飴玉、そしてシャドウゲール。それらを組み合わせれば——

この日も二人は話した。時折アーリィから意見をもらい、話し続けた。流石に喉が渇いてきた、とお茶を淹れるため立とうとした時、机の隅に置かれていた謎の装置のモニターにノイズが走った。

三人の魔法少女は一斉にそちらを見た。モニターのノイズは踊るようにうねり、広がり、白と黒の球体を形作った。

「ようやく通信できたぽん！　こちらファル！　今は」

ぶつんと音を立てて電源が切れた。

あとがき

お久しぶりです。遠藤浅蜊でございます。大変長らくお待たせいたしました。魔法少女育成計画「赤」をお届けに参りました。スノーホワイトの冒険もここで一区切りということになります。具体的な話は小説は後書きから読む派の皆さんに配慮し触れないようにするとして、いやあ……感慨もひとしおです。

ここまで十年以上魔法少女育成計画を書き続けてきました。最初の一冊、通称無印は単巻完結のつもりで書いていましたが、それで終わりにならなかったのも読者の方々の応援あってこそです。本当に有難い話です。

十年の間に私も年を取りました。

まず体重が増えました。いくらなんでも増え過ぎだと最近はダイエットに励み、毎日三十分間エアロバイクを漕いでいます。そのお陰もあってどうにか六キロほど減量に成功、以前会った時は「太り過ぎてて待ち合わせしても気付けなかった」と非情な言葉を浴びせてきた担当編集者のS村さんに「痩せましたね」の一言をいわせてやろうと意気揚々東京へ行ったのですが、いわれた言葉は「また太りましたね」でした。そういえば前に会った時はもう少し体重が少なかったかもしれない、と後から気付きました。

逆流性食道炎は多少マシになりました。

胃腸と便通は魔法少女育成計画が始まる前より快調です。魔法かもしれません。お通じがよくなるよとかそういうやつです。

髪が薄いのは十年前と変わらないので気にしないことにしています。

健康の次は舞台の話を。

「白」から「赤」が出る前に朗読劇の公演が二度もありました。

一度目は森の音楽家クラムベリーが受けた試験とそこから繋がる現在を描いた「unripe duet」です。ミーヤ・オクターブ、テルミ・ドールといったオリジナル魔法少女に加え、原作のキャラも大勢登場し、一部は大暴れします。

もう一つはスノーホワイトとリップルの成長、そしてフレデリカのろくでもない暗躍が描かれる「スノーホワイト育成計画」と、同時公演で二代目ラズリーヌとトットポップがコンビを組んで大活躍、巻き込まれた7753が胃を痛くする「青い魔法少女の自己主張」です。

私はどちらも観に行きました。招待されて関係者席から観るだけでなく、呼ばれてもいないのに行って自費で観てきたこともあります。それだけする価値がありました。とても楽しく、とても興奮しました。素晴らしい体験でした。キャストの皆さんの魔法少女そのものな熱演、アンサンブルの皆さんの美しい動き、大きな舞台、広い会場が狭く感じてしまうほどの演出、引き込まれました。

魔法少女育成計画という作品が良い出会いを得た幸運な作品であるということを再確認した朗読劇でした。皆様、本当にありがとうございました。

そんな素敵朗読劇が別のキャラクターを主役にまた行われるそうですよ。なんでもプフレとシャドウゲールがメインになるとか。これはぜひとも観に行かねばなりますまい。読者の皆さんも今から逐一情報をチェックしておくことをお勧めします。いやあ、楽しみが増え続けますね。

さて、記念すべき一冊ということでなにかこう他所で話したことのない特別な話をしようと思います。魔法少女育成計画の中にあったちょっとした奇跡です。

「赤」で色々ありましたピティ・フレデリカですが、初めて出てきたのは「restart」で名前だけの登場でした。その時は特に設定等考えず、あまり強そうではなく魔法少女っぽい感じの響きということで名前を決めました。

次の登場は「スノーホワイト育成計画」になります。ストーリーから逆算して魔法は水晶玉を使うもの、コスチュームは占い師モチーフということになり、ピティ・フレデリカというフルネームが決まりました。これ以降基本フレデリカと呼ばれることになります。「restart」でスノーホワイトはどうしてピティと呼んでいたの？という疑問は「フレデリカと名前を呼ぶのも嫌になっていたんでしょう」ということになります。

次の登場は「limited」です。ここでフレデリカは極道妖精のトコから「哀れなフレデリカ」と煽られます。これは私がピティの意味を検索して「pity」に辿り着いたからです。この時点で私の認識は「pity」でした。

そして「limited」の外国語版が出ます。そこではピティが「pythie」になっていました。私は驚きます。「えっ！　ピティってpityじゃなかったの⁉」と。ですがここで「pythie」を検索してみたところ、意味の一つに女占い師というものがありまして、なるほどこれはフレデリカそのものであると納得、ピティは「pythie」になったのでした。ありがとうございます。ナイス翻訳です。

響きだけでつけた名前「ピティ」が、巡り巡って相応しい名前になってしまったという奇跡です。実にびっくりです。なおトコが有名人と呼んでいるフレデリカのスペルを把握していなかったというのは不自然であるため、こちらは煽るために意図して哀れ呼ばわりをしていたということになりました。トコの名誉は守られました。

そんな奇跡を起こした魔法少女、ピティ・フレデリカもあんなことになってしまい、「黒」と「白」で登場した学生魔法少女達も色々な目に遭ってしまい、スノーホワイトとリップルはあんなことになって、7753やうるる、デリュージにラズリーヌも本当にこうで、いやあ……本当に感慨深い。色々なことがありました。

十年というのは長いものです。「魔法少女は死なないの！」と怒った姪は高校生になり、魔法少女育成計画の朗読劇を観にいくくらい大きくなりました。作中世界は現実世界ほど時間経過が早くはありませんが、それでも魔法少女達は成長しました。

作者は登場キャラクターほど立派ではありませんが、今後も皆さんにお楽しみいただける作品を書いていきたい、そう願っています。

ご指導いただきました編集部の皆様、十年以上お世話になっております担当編集者のS村さん、ありがとうございました。今後もよろしくお願いします。

マルイノ先生、素敵なイラストをありがとうございました。この十年、繰り返しお住いの方角に向かって頭を下げ続けてきたことで（それに加えてお住いの方角に足を向けて寝ないよう気を付けたことで）家の中でどちらがその方角なのかを完璧に把握することができるようになりました。今回のリバーシブル表紙は睡眠不足で凍てついた私の心を優しく溶かしてくれました。お気に入りのイラストは頭突き直後のメピスとテティです。

帯に素晴らしいコメントをいただきました東山奈央さん、ありがとうございました。「unripe duet」のミーヤ・オクターブ、「スノーホワイト育成計画」のスノーホワイト、二つの朗読劇で重要な役を演じていただき、インスピレーションを蹴りまくられました。これからアニメ化される「restart」でもよろしくお願いします。とても楽しみです。

そして読者の皆様。ここまでお付き合いいただきまして本当にありがとうございました。スノーホワイトの冒険は一つの区切りになりました。ですが、魔法少女育成計画という大きな物語がまだ終わったわけではありません。とりあえず最も近いものとしては新しい朗読劇、そして「restart」のアニメも待っています。

今後ともなにとぞよろしくお願いします。

"またどこかで彼女達に出逢えることを
願って、ここまで長い間共に過ごす
ことが出来るなんて一巻の巻末コメントを
書いている時は思ってもいませんでした。
この願いが叶ったのは今まで携わって
下さった全ての皆様、そして遠藤先生が
彼女達を描き続けて下さったお陰です。
スノーホワイト達の物語を伝える
お手伝いをさせていただき、
本当にありがとうございました!

本書に対するご意見、ご感想をお待ちしております。

|あて先| 〒102-8388 東京都千代田区一番町25番地
株式会社 宝島社 書籍局
このライトノベルがすごい!文庫 編集部
「遠藤浅蜊先生」係
「マルイノ先生」係

この物語はフィクションです。実在する人物、団体等とは一切関係ありません。

このライトノベルがすごい!文庫

魔法少女育成計画「赤」

(まほうしょうじょいくせいけいかく「れっど」)

2023年12月11日 第1刷発行

著 者 遠藤浅蜊(えんどうあさり)

発行人 蓮見清一
発行所 株式会社 宝島社
〒102-8388 東京都千代田区一番町25番地
電話：営業 03(3234)4621/編集 03(3239)0599
https://tkj.jp

印刷・製本 株式会社広済堂ネクスト

ISBN978-4-299-02642-2